宿敵

2

SHUKUTEKI
by ENDO Shusaku
Copyright © 1985 ENDO Junko
All rights reserved.
Originally published in Japan.
Korean translation right arranged with
ENDO Junko, Japan
through THE SAKAI AGENCY and BC Agency.

이 책의 한국어판 저작권은 THE SAKAI AGENCY와 BC 에이전시를 통한
저작권자와의 독점 계약으로 포북에 있습니다.
저작권법에 의해 한국 내에서 보호를 받는 저작물이므로 무단 전제와 복제를 금합니다.

宿敵

2

엔도 슈사쿠遠藤周作 지음 | 조양욱曺良旭 옮김

숙적 2

2008년 8월 7일 초판 1쇄 인쇄
2008년 8월 9일 초판 1쇄 발행

지은이 | 엔도 슈사쿠
옮긴이 | 조양욱
펴낸이 | 계명훈
편집 | 손일수·이수지
마케팅 | 함송이
펴낸곳 | forbook

디자인 | 이혜경
인쇄 | 미래프린팅
출력 | 타임출력

주소 | 서울시 마포구 공덕동 105-219 정화빌딩 3층
판매문의 | 02-753-2700(에디터)
출판 등록 | 2005년 8월 5일 제2-4209호

값 | 10,000원
ISBN 978-89-93418-02-6   04830
ISBN 978-89-93418-00-2   04830(세트)

* 본 저작물은 for book에서 저작권자와의 계약에 따라 발행한 것이므로
  본사의 허락 없이는 어떠한 형태나 수단으로도 이 책의 내용을 이용할 수 없습니다.

* 잘못된 책은 바꾸어 드립니다.

| 옮긴이의 글 |

'임진왜란', 우리가 몰랐던 놀랍고 흥미로운 사실들

일본문화연구소장 조양욱

　내가 그들의 이름을 처음 들은 것은 초등학교 교실에서였던 것 같다. 그때는 그냥 풍신수길豊臣秀吉, 소서행장小西行長, 가등청정加藤淸正이었다. 훗날 그것이 일본 발음으로 '도요토미 히데요시', '고니시 유키나가', '가토 기요마사'라는 것을 알았다. 그들은 임진왜란을 일으켜 이 나라를 짓밟은 불구대천의 원수나 다름없는 존재였다.

　세월이 한참 흘러 내 나이 지천명知天命에 접어들 무렵, 나는 전혀 엉뚱한 장면에서 '고니시 유키나가'라는 이름을 다시 대했다. 해마다 5월이면 도쿄東京에서 쾌속정을 타고 세 시간이나 가야 하는 외딴 섬으로 한국과 일본의 가톨릭 신자들이 모여든다. '줄리아제(祭)'라는 축제가 열리기 때문이다. 대관절 줄리아가 누구인가? 이 대목에서 고니시가 등장하는 것이다.

　임진왜란 당시 일본군 제1군 사령관이었던 그가 철수하면서 데려간 조선인 포로 가운데 어여쁜 소녀가 있었다. 양반 댁 규수로 여겨지지만 나이도, 이름도, 출신도 전혀 알려지지 않았다. 고니시는 소녀를 양녀로 삼았다. 자신처럼 가톨릭 세례도 받게 했다.

고니시는 일본을 동서東西로 나눈 천하 쟁패의 전쟁에서 지는 쪽에 가담하는 바람에 처형되었다. 수양딸 줄리아는 당시의 관행에 따라 새로운 최고 권력자 도쿠가와 이에야스德川家康의 하녀가 되었다. 어느 날 줄리아를 보고 반한 도쿠가와가 수청을 들라고 명한다. 그러나 이를 거부함으로써 줄리아는 섬으로 유배되었고, 잇단 도쿠가와의 명을 거듭 거역함으로써 점점 먼 절해고도로 보내진다. 결국 그녀는 가난한 섬사람들에게 신앙심을 심어주며 여생을 보내다가 그곳에서 눈을 감는다. 줄리아제는 일본 가톨릭계에서 성인의 반열에 드는 그녀, 오타아 줄리아를 기리기 위해 벌써 30년이 넘게 거행되어 왔다.

그 후 내가 다시 고니시를 만난 것이 바로 이 작품, 〈숙적宿敵〉이다. 작품 속에서 철저한 사무라이인 가토 기요마사는 한반도를 점령하기 위해 서두르는 반면, 상인 출신이자 가톨릭 신자인 고니시는 어떻게 해서든 살육을 피하고 무모한 전쟁을 끝내려 하는 것으로 그려진다.

그래서 고니시는 일부러 왜군의 정보를 조선 측에 흘린다. 이 사실은 〈조선왕조실록〉에도 나온다. 이순신 장군이 정보를 의심하여 조정의 지시에 따르지 않는 바람에 나중에 탄핵의 사유가 되기도 한다. 또한 이 작품에는 나오지 않지만, 가토가 이순신 장군을 암살하기 위해 자객을 보내자 '이순신 장군이 있어야 전쟁을 끝낼 수 있다'고 믿은 고니시가 그 자객을 살해하도록 자신의 부하에게 은밀히 명령을 내렸다는 이야기도 있다.

또 하나의 놀라운 사실은, 비록 뚜렷한 물증物證이 제시되지는 않았지만, 도요토미가 암살당했을지도 모른다는 점이다. 그것도 바로 자신의 최측근이라 할 고니시에 의해서……. 이 작품에서도 그렇지만 임진왜란을 다룬 일본의 다른 글들에서도 가장 핵심적인 심증心證은 고니시 집안이 국제 무역에 종사했고, 특히 약종상藥種商으로 이름이 높았다는 점이다. 그래서 손쉽게 동남아에서 특이한 독약을 구입할 수 있었고, 그것을 사용해서 임진왜란을 강행하는 도요토미를 죽였다는 것이다. 이 작품에서는 그것이 향香이고, 향을 맡은 도요토미가 서서히 죽어간 것으로 묘사된다. 그래야 주변에서 암살의 눈치를 채지 못할 것이기에 말이다. 믿거나 말거나 한 스토리이기는 하지만, 충분히 있을 법한 흥미로운 추론이 아닐 수 없다.

이 작품을 쓴 엔도 슈사쿠는 대단한 작가였다. 작고하기 전까지 해마다 노벨문학상 후보에 오른 것을 봐도 소설가로서의 그의 위치를 짐작하고 남는다. 여기에서는 세세한 그의 프로필을 생략하지만, 아무튼 그런 작가가 쓴 작품인 만큼 〈숙적〉에 보내는 신뢰도 커질 수밖에 없다. 엔도는 '필연한담筆硯閑談'이라는 제목의 글에서 자신의 작품을 이렇게 설명했다.

"나는 가토 기요마사의 흉상을 보면서 옛 일본 육군의 전형적인 군인을 떠올린다. 그것도 태평양전쟁 시절의 장군이 아니라 러일전쟁 당시의 육군 대장이다. 고니시 유키나가는 본질적으로 무사가 아니었다. 그는 무역상 출신이었으므로 전쟁에 서툴렀다. 대신 이 사나이는 외교 감각이 뛰어난 일종의 자유주의자였다.

누구에게나 생리적으로 도무지 맞지 않는 상대가 있기 마련이다. 주는 것 없이 미운 상대가 있다. 아마도 가토와 고니시의 관계가 바로 생리적으로 맞지 않는 사이가 아니었을까? 그로 인해 두 사람은 숙명적으로 대립했고, 서로 미워했던 게 아니었을까?

나는 그와 같은 숙명적인 인간 대립의 상극이나 이유를 이 소설에서 다루고자 했다. 그런 일들은 현실적으로 우리의 삶에서 얼마든지 일어날 수 있기 때문이다."

　분명히 그렇다. '숙적(라이벌)'은 동서고금을 막론하고 어디에든 있다. 이 작품에 등장하는 출신도 다르고, 성격도 다른 두 인간이 보여주는 인생 드라마는 바로 오늘의 우리 주변에도 얼마든지 있다. 그들의 행동 하나하나에서 판이한 성향의 상사(혹은 부하) 다루는 법, 기업 경영이나 인간관계에서의 위기 대처법 등을 찾을 수도 있겠다.

　결국 이 작품의 독법讀法은 크게 두 가지에 포커스가 맞춰진다. 하나는 일본 쪽의 시각에서 다루어진 임진왜란을 읽는다는 점이다. 그만큼 한국인 독자들에게 색다른 흥미를 불러일으킨다. 다른 하나는 요즈음 세상에도 지천으로 널린 라이벌, 자칫 목숨까지 건 경쟁관계에 놓인 인간상을 시대를 거슬러 올라가 이웃나라에서 엿본다는 점이다. 낯선 인명이나 지명 등의 고유명사에서 다소 멈칫거릴 독자들도 〈숙적〉을 손에 쥐면 단숨에 독파讀破하리라는 생각이 드는 것도 그러한 이유 때문이다.

주요등장인물

오다 노부나가織田信長
전국 시대의 명장. 천하통일을 눈앞에 두고 측근의 쿠데타로 죽었다.

도요토미 히데요시豊臣秀吉(= 하시바 히데요시)
젊어서는 기노시타 도키치로木下藤吉郎라는 이름을 가지고 있었으며, 29세 이후에는 하시바 히데요시羽柴秀吉라고 하였다가 다이죠다이진太政大臣, 간파쿠關白가 되어 '도요토미'라는 성을 썼다. 가난한 집안에서 태어나 오다 노부나가에게 발탁됨으로써 최고 권력자의 자리에 오른 인물. 1592년 조선을 침공하여 임진왜란을 일으켰다.

고니시 유키나가小西行長(= 고니시 야쿠로)
장사꾼 집안 출신이면서 도요토미 히데요시의 배려로 영주의 자리에 오른 인물. 젊었을 때의 이름은 '고니시 야쿠로'였으나 히데요시의 측근 가신이 되면서 '고니시 유키나가'로 개명하였다. 가톨릭 신자였으며, 임진왜란 당시 선봉장으로 부산에 상륙했다.

가토 기요마사加藤淸正(= 가토 도라노스케)
고니시 유키나가와 죽을 때까지 앙숙으로 지낸 무장. 젊었을 때의 이름은 '가토 도라노스케'였으나 히데요시의 측근 가신이 되면서 '가토 기요마사'로 개명하였다. 사무라이다운 기질의 소유자로서 임진왜란에서는 울산성 전투에서 큰 곤욕을 치렀다.

도쿠가와 이에야스德川家康(*본문에서는 '미카와'로 호칭)
어릴 때의 이름은 '다케치요竹千代'. 미카와三河의 오카자키岡崎 성주 마쓰다이라 히로타다의 장남. 전국시대 세 명장 가운데 한 사람. 도요토미 히데요시가 죽은 뒤 천하의 패권을 쥐고 에도(江戶, 지금의 도쿄)에 막부幕府를 세웠다.

이시다 미쓰나리石田三成
도요토미 히데요시의 측근 참모. 히데요시 사후 도쿠가와 이에야스를 상대로 천하 쟁패의 결전을 벌였으나 패하여 처형되었다.

모우리 데루모토毛利輝元
일본 중서부 주고쿠中國 지역의 영주.

아케치 미쓰히데明智光秀
오다 노부나가의 측근 가신이었으나 쿠데타를 일으켜 노부나가를 죽음으로 이끌었다. 도요토미 히데요시에 의해 진압되었으며, 그로 인해 히데요시가 천하의 패권을 차지했다.

다카야마 우콘高山右近
깊은 가톨릭 신앙심을 가졌던 영주. 도요토미 히데요시가 신앙을 버릴 것을 강요하자 영주의 지위를 내놓고 초야에 묻힘.

이토
고니시 유키나가의 아내. 남편을 위해 도요토미 히데요시의 독살을 꾀한다.

요도기미淀君
도요토미 히데요시의 측실. 히데요시는 요도기미와의 사이에 태어난 늦둥이 아들에게 권력을 이양한다는 유언을 남긴다.

소 요시토모宗義智
쓰시마對馬島의 영주. 고니시 유키나가의 딸과 정략 결혼한다.

▎일러두기

* 본문 중의 일본어 표기는 원칙적으로 한글 맞춤법 외래어 표기법에 따랐다.
* 고유명사 가운데 산이나 강, 들판, 사찰 이름 등에는 독자의 이해를 돕기 위해 처음 나오는 경우에 한해 한자를 병기했다.
* 관직官職은 되도록 우리 식으로 바꾸었으며, 필요한 경우에만 주석을 달았다.
* 일본의 연호는 '서기'로 바꾸었다. (예) 분로쿠文祿 1년 = 1592년

| 차례 |

2권

16. 절망의 나날 · 15
17. 여우와 너구리 · 33
18. 은밀한 반역 · 51
19. 암살 계획 · 69
20. 영웅의 노추老醜 · 87
21. 후시미성伏城의 밤 · 105
22. 대담한 연극 · 122
23. 꿈은 깨어지다 · 137
24. 사랑을 위하여 · 154
25. 흘러가는 운명 · 170
26. 막을 내릴 때 · 184
27. 결전의 날 · 202
28. 죽음이 다가오다 · 218
29. 역전노장歷戰老將이 남긴 흔적 · 235
30. 하늘 너머 또 하늘 · 254

1권

옮긴이의 글 7

1. 저마다의 야망 · 15
2. 어두운 구름 · 36
3. 결전의 날 · 57
4. 승리자 도요토미 히데요시 · 78
5. 최고 권력자 · 97
6. 숙적 · 116
7. 무더운 여름밤 · 134
8. 면종복배面從腹背 · 155
9. 영광의 땅 · 173
10. 굴욕적인 싸움 · 190
11. 새 색시 이토 · 208
12. 두 갈래 길 · 227
13. 전쟁이 시작되다 · 245
14. 진흙탕 속의 행진 · 263
15. 일구이언一口二言 · 278

16. 절망의 나날

　나고야성의 드넓은 성안에는 각 지역 영주들의 저택도 세워져 있었다. 조선 출병을 명받지 않은 영주들은 히데요시를 수행하여 나고야로 갔다. 거기서 한동안 최고 권력자의 눈치를 살피며 지내야 했는데, 다행히 한양 함락의 길보가 날아들었다. 그러자 히데요시의 지시가 내려졌다.
　"다들 각자의 영지로 돌아가도록 허락한다."
　그제서야 영주들도 가슴을 쓸어내렸다. 다만 귀향에 하나의 커다란 조건이 붙어 있다는 사실을 알게 되자 그들은 또 다시 침통한 표정으로 되돌아갔다.
　조건이란 가까운 시일 내에 다이코 히데요시가 몸소 조선으로 건너가 전선을 시찰할 계획으로 있는 바, 영지로 돌아간 각 무장들은 결코 출전 준비를 게을리 해서는 안 된다는 것이었다.
　"주군, 말씀 들으셨사옵니까?"

도쿠가와 이에야스의 저택으로 사카이 다다쓰구가 이 건에 관하여 의논하기 위해 찾아갔을 때, 이에야스는 벌레라도 씹은 듯한 표정으로 팔걸이에 팔을 걸치고 있었다.

"다이코 님이 바다를 건너가시게 되면 주군께서나 가가 님(마에다 도시이에)도 함께 가셔야 할 것이옵니다."

"음!"

이에야스가 눈을 감고 고개를 주억거렸다.

"이건 보나마나 저 미쓰나리란 자가 짜낸 고약한 꾀에 분명하옵니다."

다다쓰구는 의기양양하게 말했지만 이에야스는 대꾸조차 하지 않았다. 그 정도야 누가 전해주지 않아도 이에야스 역시 잘 알았다.

다이코가 바다 건너 조선으로 간다면, 자신이나 마에다 도시이에와 같은 중신이 한가롭게 국내에 머물러 있을 수야 없는 노릇이었다.

오히려 히데요시 대신 일본군의 지휘를 맡아서 하지 않으면 이시다 미쓰나리 등 히데요시의 측근 참모들이 히데요시에게 엉뚱한 소리를 할지도 몰랐다. 그러므로 히데요시를 수행하기 위해 자신은 영지 경영을 팽개친 채 조선까지 따라가야 한다. 이것이 이에야스가 고심하는 점이었다.

"가가 님은 무어라고 한다든가?"

"마찬가지로 아무 말씀도 하지 않는 모양이옵니다."

"그럴 테지!"

이에야스는 이 무모한 전쟁에 처음부터 반대였다. 그것은 마에다 도시이에도 마찬가지였다. 그렇지만 그들은 그것을 다이코의 면전에서는 입 밖에도 내지 못했다.

특히 이에야스는 언젠가 닥쳐 올 그 날을 위해 병사를 기르고, 영지를 살찌워 둘 필요가 있었다. '그 날'이란 그가 도요토미 가문에 반기를 들 때였지만, 동시에 그것은 히데요시가 병들어 이 세상을 떠나는 날이기도 했다.

나고야로 온 뒤 다이코의 체력이 눈에 띄게 허약해져 간다는 사실을 이에야스는 복잡한 심정으로 지켜보았다. 오랜 세월의 방탕한 생활과 무리 탓으로 그 조그만 체구가 알지 못할 병마의 침입을 받았다는 느낌이 들었다.

(이 승부는 마지막에 가면 섭생을 게을리 한 쪽이 지게 되어 있어!)

이에야스에게는 그런 생각이 절실히 들었다. 제아무리 다이코라 해도 죽음에 맞서 이기지는 못한다. 그렇다면 자신과 히데요시 가운데 오래 살아남는 자가 이기는 게 당연한 일이다.

그래서 이에야스는 유난히 자신의 건강에 신경을 썼다. 매 사냥으로 몸을 단련하고, 스스로 약초를 골라서 갈아 만든 차를 마셨다. 그 모두가 '그 날'이 오면 히데요시 사후의 천하를 차지하기 위해서였다.

"주군, 무슨 수를 써서라도 다이코가 조선으로 건너가는 것은 막으셔야 하옵니다."

이에야스의 속셈을 간파한 다다쓰구가 말했다.

"몸소 조선으로 건너가실 계획이라는 사실을 빠른 배편으로 기요마사와 유키나가에게 알렸사옵니다."

당시 선박 동원을 담당한 미쓰나리가 한양 함락 소식이 들려온 이래 무척 기분이 좋아진 히데요시 앞에서 옛날 근시 시절처럼 찻잔을 가운데 놓고 이야기를 걸었다.

미쓰나리는 이마가 다 벗겨지고, 눈은 동그랬다. 더구나 영리하다는 단어가 곧바로 떠오를 듯한 얼굴이다. 사실 관료적인 재능과 지혜에서는 히데요시의 가신 중에 이 사내를 따를 자가 없었다.

"틀림없이 병사들의 사기가 하늘 높이 솟구칠 것이옵니다."

"내가 직접 나서게 되면 이에야스와 도시이에 등의 병력까지 다 몰고 가서 단숨에 명나라를 쳐부수고 말리라는 이야기도 해두었는가?"

"물론 그렇게 했사옵니다."

미쓰나리는 겉으로는 절대로 주인에게 거역하지 않는다. 마치 버릇없는 장난꾸러기를 어르기라도 하듯이 미소를 머금고 대한다. 하지만 마음속에는 다른 생각이 있다.

그 또한 문관으로서 일본 국내의 피폐와 이번 전쟁의 무의미함을 잘 알고 있었다. 특히 맹우인 고니시 유키나가로부터 조선과 중국이 얼마나 광대한지 이야기를 들었다. 그러니 병참선이 길게 늘어나는 날이면 이 전쟁이 대단히 위험하다는 예상도 했다.

따라서 그는 도요토미 가문을 지속하기 위해서라도 이 전쟁이 하루 빨리 끝나기를 바랐다. 그것은 도요토미 가문을 위한 일임과 동시에, 어린 시절부터 히데요시를 모셔 온 미쓰나리 자신의 존망과도 중대한 연관이 있는 문제였다.

예민한 그에게는 도요토미 가문이 지닌 약점이 잘 보였다. 도요토미 정권을 오늘날까지 지탱해 주는 것은 다이코 히데요시의 거대한 권력이었다. 그러나 그 권력 구조에 겉으로는 바짝 엎드려 있는 자들이 반드시 절대적인 충성심을 지니고 있는 것은 아니었다. 만약 다이코가 쓰러지면, 또 다시 천하를 쥐기 위한 처절한 싸움이 이에야스를 필두로 한 무장들 사이에서 되풀이되고 말 것임을 그는 예상했다.

그리고 자신도 그 싸움의 한복판에 뛰어들어 최고 권력자의 지위에 올랐으면 하는 욕망을 억누를 수 없었다. 그로 인해 미쓰나리는 예전부터 두 가지 방법을 궁리했다. 자기편에 서 줄 사람들을 만드는 것과 도요토미 가문 자체를 자신을 위해 최대한 이용하는 것이었다.

이 두 가지 방법을 실천에 옮기기 위해서도 그는 어서 전쟁을 끝내야 한다는 고니시 유키나가와 손을 잡기로 했다. 두 사람 다 근시 시절부터 왠지 모르게 마음이 통하는 사이였다. 하지만 지금은 각자의 이해타산 때문에 손을 잡았다.

한양을 함락한 뒤 유키나가로부터 끊임없이 다이코의 직접 출전을 요청하는 편지가 미쓰나리에게 보내져 왔다.

"이렇게 된 이상 전하께서 몸소 이 나라를 잘 보시도록 하여 얼마나 이 땅이 넓은지, 이 전쟁을 끝내기가 얼마나 어려운지 아시도록 해야 하오. 그러니 하루라도 빨리 바다를 건너오시도록 계책을 마련해주기를 바라오."

유키나가의 이 편지에는 또한 일본군의 승리를 일방적으로 보고

하는 기요마사에 대한 원망의 글도 적혀 있었다. 사태는 그렇게 낙관적이지 않으며, 도리어 어둡기만 하다고 유키나가는 역설했다. 왜냐하면 조선 측은 그가 바라는 화의 교섭을 묵살한 채 북으로 북으로 달아났고, 더구나 염탐꾼의 보고로는 바로 그 북쪽에 명나라 군대가 계속 모여들고 있다고 했기 때문이다. 뿐만 아니라 조선 측은 머물렀던 지역을 철저하게 초토화시켜 일본군이 현지에서 군량미를 조달하지 못하도록 한다는 것이었다.

유키나가로서는 그 같은 실정을 히데요시가 직접 자신의 눈으로 확인해 주기를 원했다. 미쓰나리도 찬성이었다. 그랬기에 히데요시를 살살 구슬리느라 여념이 없었다.

"그 나라에 손수 출전하시어서 위광을 널리 떨치시옵소서!"

히데요시가 반색을 하고 좋아할 말만 골라 썼고, 히데요시도 차츰 마음이 동했다. 하지만 한양이 함락된 지 보름도 지나지 않았는데 히데요시의 콧대를 여봐란 듯이 꺾어놓는 뜻하지 않은 보고가 꼬리를 물고 들어왔다. 상륙 부대가 파죽지세로 진격하는 데 비해서 와키사카 야스하루와 가토 요시아키, 구키 요시타카 등이 이끄는 일본 수군은 이순신 장군이 지휘하는 조선 수군에 격파당하여 현해탄의 제해권을 거의 잃어버렸다는 소식이었다.

"겁쟁이 같은 녀석……."

기분이 좋았던 다이코 히데요시의 얼굴이 다시 우울해지고 말았다. 그는 세키사카 야스하루에게 조선 수군과 결전을 벌이라고 엄명했다. 게다가 그에게 두 번째 타격을 안겨 줄 소식이 이번에는 오사카로부터 도달했다.

(오만도코로 님, 중태…….)

오만도코로란 두말 할 나위도 없이 히데요시의 어머니로, 당시 이미 여든에 가까운 나이였다. 1592년 봄부터 눈에 띄게 쇠약해졌다. 효심이 지극한 히데요시가 전국의 절과 신사에 쾌유를 비는 기원을 올리도록 했건만 아무 소용이 없었다.

어머니의 중태 소식을 듣자 안색이 바뀐 히데요시는 서둘러 오사카로 돌아가겠다고 했다. 그와 수행원을 태운 전용선은 나고야를 떠나 세토 내해를 향해 북상하여 사흘 만에 시모노세키 근처의 간몬 해협을 통과했다.

당시 히데요시가 탄 배를 지휘한 선두船頭는 요지베에라는 자였다. 그는 원래 아카시의 사공이었는데, 시코쿠 정벌 때 많은 활약을 하여 다이코 전용선의 선두로 임명되었다.

바로 그 요지베에가 간몬 해협의 조류를 건너려다 실패했다. 배가 파도에 떠밀려 좌초하자 낭패한 근시들이 히데요시를 에워싸고 큰 소리로 구조를 요청했다.

마침 그때 주코쿠 지방 모우리 히데모토의 배가 나고야를 향해 그곳을 지나가는 중이었다. 히데모토의 배는 조난 선박을 발견하자 위험을 무릅쓰고 난파선으로 다가와 갈고리를 던졌다. 그리고 파도에 흠뻑 젖은 다이코는 벌거벗은 채 측근인 기노시타 요시타카에게 안겨 히데모토의 배로 옮겨 탈 수 있었다.

그리하여 간신히 해안에 내려서자 궤짝 위에 양탄자를 깔고 거기에 걸터앉은 히데요시가 목숨을 구해 준 히데모토를 칭찬했다. 바로 그때 선두 요지베에가 두 손을 묶인 채 끌려왔다.

요지베에는 그 자리에서 즉결 처분되었다. 히데요시가 잘려 나간 요지베에의 머리를 보더니 "가증스러운 놈, 본보기로 삼기 위해 효시하라!"라고 명했다. 예전의 그 활달했던 히데요시의 모습은 어디에서고 찾을 수 없었다. 일개 선두의 과실조차 용서하지 못하는 그는 추하고 의구심 많은 노인으로 변해 있었다.

오만도코로의 와병과 이에야스의 공작이 주효하여 히데요시의 조선 순시 계획은 중단되었다. 이에야스는 현해탄이 6~7월이면 파도가 너무 거칠다는 점, 그리고 제해권을 조선 수군이 쥐고 있다는 점을 구실로 내세웠다. 대신 그는 특명 사절로 이시다 미쓰나리, 마시타 나가모리, 오오타니 요시쓰구 등 세 측근 참모를 조선으로 파견하도록 건의하였고, 히데요시는 이를 받아들였다.

그리고 6월에는 유키나가의 제 1군과 기요마사의 제 2군이 저마다 다른 생각을 품고 계속 북상했다. 유키나가는 변함없이 심부름꾼을 조선군 쪽에 보내 화의를 추진했다. 그렇지만 그의 말을 믿을 리 없는 조선군은 적당히 공격하면서 북으로, 북으로 후퇴를 거듭했다.

조선은 이 무렵 필사적으로 명나라에 구원을 청했다. 명나라도 여기에 응하여 국경에 있던 부총병 조승훈의 군대를 남하시켰다.

6월 15일 -

유키나가는 구로다 나가마사가 이끄는 제 3군과 더불어 조선 제 2의 도시 평양으로 입성했다. 이곳 역시 텅 비어 있었다. 미처 달아나지 못한 백성들은 국왕 선조와 황태자 광해군이 벌써 오래 전에 북쪽을 향해 떠났노라고 일본군에 고했다. 조선 왕실에는 유키나가의 화의 교섭에 응할 마음이 눈곱만큼도 없었던 것이다.
텅 빈 평양에서 유키나가는 이 전쟁의 무의미함을 뼛속 깊이 느꼈다.
(이 황당무계한 헛수고라니…….)
그는 우토에서 자신이 돌아오기를 고대하는 이토와 딸을 떠올렸다. 그리고 만약 다카야마 우콘이 함께 있었더라면 유키나가 자신의 면종복배하는 삶의 결말을 어떻게 여길까 싶어 굴욕감이 느껴졌다.
"이제 더 이상 움직이지 않는다!"
의미 없는 북진을 계속해 나갈 기력이 유키나가에게는 없었다.
"평양 교외에 성채를 쌓고 군량미를 모으라. 여기서 겨울을 나겠다."
유키나가가 놀란 표정을 짓는 부하 장수들에게 이렇게 명했다.
"괜찮겠습니까?"
소 요시토모가 아직 소년티가 남아 있는 얼굴에 잔뜩 불안감을 드러내며 물었다. 그로서는 히데요시의 명령에 유키나가가 처음으로 노골적인 반항의 자세를 취하자 자신도 모르게 두려웠던 것이다.
"상관없어. 이 유키나가의 재량을 다이코 전하가 파견한 세 측근 참모가 알아 줄 거야. 내가 미쓰나리 님을 만나러 한양으로 가겠어."
그는 당시 이시다 미쓰나리 일행이 히데요시 대신 조선에 상륙했다는 사실을 들어서 알고 있었다. 미쓰나리처럼 명석한 두뇌의 소유자라면 상륙하여 열흘이 지나지 않았어도 이 전쟁의 실상을 간파했으리라 여겼다.
그의 예상대로 미쓰나리는 조선에 와서 자신의 눈으로 일본군의 약점을 인식했다. 파죽의 진격이라는 말을 들었지만, 일본군이 점령한 것은 점뿐이었다. 점과 점을 연결하는 선에는 조선의 의병이 출몰하고 있었던 것이다.

"도저히 명나라를 취하기는 어렵게 여겨지며……."

미쓰나리가 본국에 보고서를 보냈다.

"조선 한 나라만으로도 벅찬 일로 사료됨."

그는 내년 봄까지 명나라로의 진격을 중지할 것, 부산에서 한양까지 8리 혹은 10리 간격으로 성채를 쌓도록 명했다. 그만큼 의병 활동이 활발했기 때문이다.

하지만 이 같은 세 측근 참모의 명령을 무시한 것이 기요마사가 이끄는 제 2군이었다. 기요마사는 함경도를 북상하여 두만강 중류의 국경에 인접한 회령까지 점령했다.

그러나 그동안 조선 국왕의 읍소를 받아들인 명나라의 대군이 비밀리에 국경을 넘어 일본군에 대한 공격 준비를 갖추었다. 그것은 마치 1950년, 한반도에서 북한과 싸운 미군이 중공군의 대반격을 미처 예상하지 못했던 것과 마찬가지 상황이었다.

7월 16일 -

명나라 대군 제 1선 부대가 조선군 기병 4천을 주력으로 하여 의주에서 평양을 향해 진격해 왔다.

그날은 폭풍우로 인해 비가 내리고 바람이 심하게 불어 성채의 일본군은 그 같은 낌새를 전혀 알아차리지 못했다. 일본군이 그 사실을 알게 된 것은 그들이 내지르는 요란한 함성과 징, 날라리 소리를 들은 다음이었다.

　조명朝明 연합군은 평양의 칠성문을 통해 들이닥쳤다. 예상치 못한 적병의 출현에 일본군은 경악했다. 일본군은 즉시 민가를 방패로 삼아 진입하는 적병을 향해 맹렬한 사격을 퍼부었다.

　다행이었던 것은 주력인 조선 기병들이 길이 너무 좁아 말을 달리기가 불가능했다는 점이었다. 그들은 잇달아 총격을 받고 쓰러져 시신의 산을 이루었다.

　아침 무렵, 아직 비가 내리는 가운데 피로 얼룩진 전투가 간신히 멎었다. 연기가 피어오르는 사이를 병사들이 나무판자에 실은 젊은 이의 시체를 옮겨왔다. 유키나가의 동생이었다.

　동생의 이름은 세례명이 루이스라는 것 외에는 알려진 것이 없다. 루이스는 적에게 붙들려 죽임을 당했다. 유키나가는 이 전쟁의 무의미함을 감안해서인지 루이스의 죽음을 두고 개죽음을 당했다며 한탄했다. 더구나 이 기습에는 이미 명나라 부대가 섞여 있었음에도 불구하고 유키나가는 그 사실을 알아차리지 못했다.

　8월, 한양에서 미쓰나리를 위시한 세 측근 참모가 포함된 각 군 지휘 장수들의 전체 회의가 열렸다. 멀리 회령에 있는 기요마사는 일부러 그러는 것인지 길이 멀다는 구실로 이 자리에 참석하지 않았다.

　각 군의 지휘 장수들은 다이코 히데요시의 분노를 두려워하여 이야기를 빙글빙글 돌리면서 이대로 가다가는 전쟁이 길어질 것임을 암시했다. 그러나 그것으로 그뿐이었다.

　"명나라가 조선을 도우려 군대를 파병하지 않겠소?"

미쓰나리의 질문에 구로다 나가마사가 동감을 표했다.

"그럴 염려가 다분히 있어요!"

그에 비해 유키나가는 명나라가 출병할 리 없다고 대답했다. 그것은 명나라와 화의를 진행시키기 위해서도 그들의 출병은 상상하기조차 싫었기 때문이다. 그는 자진하여 이렇게 제안했다.

"어차피 조만간 명나라와 화의를 맺지 않을 수 없다면, 이 유키나가에게 맡겨 주시오."

그로서는 그 자리에 기요마사가 없다는 사실이 천만다행이었다. 만일 기요마사가 그 자리에 참석했더라면 화가 치밀어 안색마저 바꾸면서 이 같은 논의 자체를 못하게 가로막았으리라.

막사로 돌아온 유키나가는 그날 밤, 미쓰나리의 방문을 받았다.

"실로 오랜만에, 근시 시절처럼 서로 마주앉아 술이라도 한 잔 나누고 싶구먼."

미쓰나리가 유키나가의 곁에 선 시종을 힐끗 쳐다보았다. 유키나가가 대번에 그 시선의 뜻을 알아차렸다.

"넌 물러가도 좋다!"

시종을 물리쳤다.

"그런데……"

상대의 술잔에 술을 따르면서 "야쿠로!" 하고 미쓰나리가 유키나가를 옛 이름으로 불렀다. 그러더니 커다란 눈으로 물끄러미 유키나가를 쳐다보았다.

"자네의 생각도 마찬가지겠지만, 다이코 전하에게는 더 이상 천하를 꿰뚫어 보는 기력이 남아 있지 않아. 몸도 아주 쇠약해졌고……"

"몸까지도……?"

"그렇다니까. 그런 사실을 누구보다 먼저 알아차린 사람이 미카와의 도쿠가와 이에야스야!"

"역시!"

"다이코 전하에게 만에 하나 무슨 일이 생기면 이에야스는 즉시 천하를 움켜쥐기 위해 움직일 거야."

미쓰나리는 자신도 그런 야망을 품고 있다는 사실은 입도 벙긋 하지 않았다.

"그러니까 우리가 손을 잡고 이에야스에게 뒤지지 않을 힘을 가져야해! 야쿠로, 그 문제에 대해 의논하고 싶어. 내가 무슨 생각을 하는지 들어줄 텐가?"

미쓰나리의 어마어마한 구상은 이랬다. 이에야스가 만에 하나라도 반기를 쳐들 때를 대비하여 이쪽도 거기에 대항하는 연합체를 사전에 준비해 두지 않으면 안 된다.

그 연합체는 미쓰나리 외에 마시타 나가모리, 오오타니 요시쓰구, 우키타 히데이에, 모우리 데루모토에다 여러 기리시탄 영주들을 포함시킨다. 주로 일본 서부와 규슈의 영주들이 주축을 이룬다.

"그래서……"

너무나 대담무쌍한 제안에 유키나가가 자신도 모르게 꿀꺽 마른 침을 삼키며 물었다.

"나에게는 무엇을 하라는 것인가?"

미쓰나리가 한바탕 웃더니 딱 잘라 말했다.

"명나라와 화의를 맺는다고 해보았자 명나라의 속국이 되겠다고 하지 않는 한 저쪽이 응할 리 없어, 야쿠로!"
 유키나가가 낭패한 기색을 보이자 한마디 덧붙였다.
 "그걸로 됐어. 단지 그 대신 명나라가 나와 나가모리, 요시쓰구, 그리고 자네에게는 이에야스를 훨씬 뛰어넘는 힘 있는 지위를 주도록 만들기만 하면 돼!"
 유키나가는 침묵했다. 확실히 명나라와 화의를 맺기 위해서는 일본이 명나라의 속국이 된다는 것이 첫째 조건이 되리라. 그렇게만 하면 명나라 역시 유키나가의 화의 교섭에 응해 올 것임이 분명했다.
 그러나 유키나가조차 그 말을 입에 올리기 꺼려했다. 그렇게 기피해온 말을 미쓰나리는 웃음마저 머금고 서슴없이 털어놓는 게 아닌가.
 (이 사내의 지혜와 배짱은 도무지 가늠하기가 어렵군…….)
 젊은 시절부터 아는 상대였으나 유키나가는 침묵 속에서 혀를 내둘렀다.
 (이 사내와 손을 잡으면…….)
 다이코 히데요시와 자신의 암투에서도 미쓰나리의 도움이 필요함을 느꼈다. 그래서 상대를 은근히 떠보기로 했다.
 "미쓰나리, 하나만 가르쳐 줘!"
 "뭔가?"
 "이번 조선 출전에서 나에게 선봉을 맡기신 전하의 의도가 어디에 있는 것일까?"
 "그거야 자네가 다른 사람보다 조선의 사정에 밝기 때문이잖아?"

"아니, 단순히 그것 뿐만은 아닐 거야!"

유키나가가 미쓰나리의 커다란 눈을 똑바로 응시하며 재촉했다.

"유키나가를 위시한 기리시탄 가신들을 이 이국땅에서 개죽음을 당하도록 만드실 심산이 아니었을까? 실컷 부려먹은 다음, 남의 나라로 쫓아버리겠다는 속셈이시지 않을까?"

미쓰나리의 눈도 유키나가를 물끄러미 바라보았다. 이윽고 탄식인지 한숨인지 모를 소리가 입에서 흘러나왔다.

"유키나가, 다스린다는 건 원래 그래!"

미쓰나리가 혼잣말처럼 중얼거렸다.

(역시, 그랬었구먼!)

유키나가는 이때 자신의 마음이 굳어지는 것을 느꼈다.

"알았어. 그렇다면 미쓰나리, 자네와 손을 잡겠다. 다만 나도 한 가지 부탁이 있어."

"그래, 뭐야?"

"명나라와의 교섭은 이 유키나가에게 맡겨 줘. 또한 일이 잘 풀렸을 경우에는 명나라와의 무역 거래를 우리 고니시 집안에 넘겨 주었으면 좋겠어."

미쓰나리의 얼굴에 밝은 웃음이 떠올랐다.

"잘 알았다!"

주거니 받거니 술을 마시던 미쓰나리는 밤중에 돌아갔다. 하지만 유키나가는 좀체 잠이 오지 않았다.

무엇보다 먼저 그는 미쓰나리의 예리한 통찰력에 압도당했다. 다음으로 히데요시의 건강이 눈에 띄게 약해진다는 이야기가 유키나가에게 희망을 던져 주었다.

그리고 그는 이 전쟁을 끝내기 위해 노쇠한 히데요시의 죽음이 하루라도 빨리 오기를 진심으로 빌었다. 그렇지만 그것을 입에 담기에는 아직도 두려움이 앞섰다. 그런데도 미쓰나리는 무언가를 암시하듯이 중얼거렸다.

"야쿠로의 사카이 본가에서는 중국이나 조선으로부터 온갖 약재가 다 들어오잖아……."

느닷없이 화제가 옆길로 새는 듯한, 그러면서도 어떤 의미가 담긴 것 같은 이야기를 불쑥 했던 것이다.

미쓰나리가 돌아간 지금에 와서 그 말이 유키나가의 마음에 자꾸 걸렸다. 어둠 속에서 그는 곰곰이 생각에 잠겼다. 그러다가 불현듯 뇌리를 스치는 게 있었다.

(그래, 그런 뜻이었군!)

미쓰나리가 하고 싶었던 이야기가 무엇이었는지를 간신히 깨닫는 순간, 그는 온몸이 부르르 떨렸다.

여름이 왔다. 조선 상륙군이 고향을 떠나 처음으로 맞는 여름이었다. 평양에 주둔하고 있는 일본군 병사들은 고향에서 하던 여름 축제를 떠올렸다.

그런데 이 여름에 열세였던 일본 수군과 조선 수군이 한산도라고 불리는, 거제도와 조선 본토 사이에 있는 조그만 섬 가까이에서 일대 결전을 벌였다.

조선 수군은 이순신 장군이 이끌었다. 그는 지금까지 조선군 가운데 출세가 늦었고, 더구나 수군 장수로서는 신출내기나 다름없는 군인이었다. 그러나 일본 수군과의 접전이 벌어지기만 하면 그는 종횡무진의 전략을 동원하여 압도적인 승리를 거두곤 했다.

연이은 패전에 초조해진 일본 수군 가운데 와키자카 야스하루가 이끄는 73척의 함선이 견내량에 정박하고 있을 때, 조선 수군의 배 몇 척이 앞바다에 모습을 드러냈다.

상대의 숫자가 적은 것을 얕잡아 본 와키자카 수군은 즉각 총력을 펼치며 이를 추적하여 철포를 퍼부었다. 조선 수군의 배는 순식간에 한산도 방향으로 도망쳐 갔다.

기세가 오른 와키자카 수군이 한산도에 접근했을 때, 갑자기 섬 주변에 숨어 있던 조선 수군의 함대가 나타났다. 함대는 거북선을 중심으로 크고 작은 배들로 구성되어 있었다.

거북선은 배를 강판과 뾰족한 침으로 뒤덮었으며, 길이가 약 20미터에 너비가 4.4미터인 조그만 배였다. 하지만 당시로서는 일본에서야 구경조차 할 수 없는 최신형 전함으로, 일본군의 철포는 아예 상대가 되지 않았다. 뿐만 아니라 거북선에 장착된 천자포, 지자포는 너무나 위력적이었다.

전혀 예상조차 못했던 적의 대함대가 나타나자 와키자카 수군은 꼼짝달싹도 하지 못하고 그들에게 포위되었다. 조선 수군의 공격으로 모두 59척의 와키자카 함선이 불타올랐다.

멀리서 이 광경을 바라본 다른 일본 수군이 구원을 위해 황급히 달려가는 바람에 간신히 위기에서 벗어나긴 했다. 그러나 이 결전으로 일본 수군은 거의 괴멸했다고 할 만큼 큰 타격을 입었으며, 제해권을 완전히 상실하고 말았다.

평양에 이 보고가 올라갔을 때, 유키나가를 비롯한 여러 장수들은 참담한 표정으로 서로를 바라볼 뿐 할 말을 잊었다. 그들로서는 닥쳐올 겨울에 대비하여 식량과 탄약, 무기의 조달이 급선무였건만, 제해권을 조선 수군에 빼앗긴 마당이고 보니 예상했던 대로 보급이 제대로 이루어질 리가 없을 것이기 때문이었다.

"대관절 이를 어떻게 해야 하나?"

유키나가가 장수들을 향해 신음하듯이 내뱉었다. 이렇게 된 이상 현지에서 식량을 조달할 수밖에 없다는 사실을 모르는 사람은 아무도 없었다.

17. 여우와 너구리

 이 무렵 평양의 막사 내에서 유키나가는 걸핏하면 온몸이 땀투성이가 되어 잠에서 깨어나곤 했다. 8월의 더위 탓이 아니었다. 그는 계속해서 악몽에 시달리고 있었다.
 꿈에서 그는 자주 이시다 미쓰나리의 모습을 보았다. 미쓰나리가 유키나가에게 슬쩍 몸을 기대면서 낮은 목소리로 윽박질렀다.
 "그거, 아직 멀었어?"
 혹은 이렇게 표현하기도 했다.
 "그거, 입수했어?"
 그런 이야기를 할 때 미쓰나리의 목소리는 낮게 속삭이듯 했다.
 어둠속에서 눈을 부릅뜬 유키나가는 미쓰나리가 요구하는 '그것'이 무엇인지를 떠올려 보았다.
 그것은 약이었다. 몸을 보하는 약이 아니라 조선에서 구할 수 있는 독약이었다. 더구나 그것은 서서히 인간의 목숨을 빼앗는 독약이었다.

유키나가가 한양에서 미쓰나리와 이야기를 나눈 그날, 미쓰나리는 무슨 수수께끼라도 내는 듯한 말투로 다이코의 죽음 외에 이 무익한 전쟁을 끝낼 방법이 없다는 암시를 했다. 그리고 그때, 느닷없이 '야쿠로의 집은 약종상이었지!' 하고 이미 아는 사실을 새삼스럽게 되뇌었다. 그 순간 미쓰나리가 무엇을 생각하는지 유키나가로서도 짐작하고 남았다.

"물을……."

유키나가가 큰소리로 옆방에서 자지 않고 대기하는 시종을 불러 물을 가져오게 했다. 전염병을 막기 위해 끓였다가 식힌 물을 시종이 가져오자, 그것을 단숨에 들이켠 다음 땀으로 범벅이 된 등을 닦도록 했다.

당시 유키나가는 우토에 있는 아내에게 편지를 썼다.

"이렇게 된 이상 신부님을 명나라에 사절로 보내어 화의를 강구했으면 좋겠다."

일본에 있는 기리시탄 선교사라면 명나라와 연락을 취할 수 있을지 모른다. 그렇게라도 하여 화평 교섭을 벌이고 싶은 그의 절박한 심정이 편지에 담겨 있었다. 그 같은 초조한 마음이 걸핏하면 평양의 여름밤 잠자리를 온통 악몽에 시달리도록 만드는 것이리라.

유키나가는 매일 저녁 휘하 기리시탄 병사들을 광장에 모아놓고 함께 하느님에게 기도를 올렸다. 그는 기도를 올리면서 이런 말을 잊지 않고 덧붙였다.

"저의 이 바람을 부디 이루게 하여 주오소서!"

하지만 그토록 믿어 온 하느님이 도대체 이 무익한 살육에 언제 종지부를 찍어 주실지 도통 짐작할 길이 없었다.

유키나가는 숙적인 기요마사가 7월에 함경도로 들어가 회령을 점령했을 뿐만 아니라, 조선 국왕의 두 왕자인 임해군과 순화군을 포로로 붙잡았다는 소식을 들었다. 또한 그 걸음으로 두만강을 건너가 오란카이라고 불리는 지방에 병력을 진군시켰다는 사실도 알았다. 유키나가로서는 그와 같은 기요마사의 거침없는 진격도 오로지 조선을 위협하는 행위로밖에 비치지 않았다. 날마다 거의 절망적인 기분과 일루의 희망이 교차되는 가운데 이국에서 8월을 보낸 유키나가가 아내 이토에게 이런 편지를 보냈다.

"이 나라의 더위는 견디기 힘들고, 견디기 힘든 것은 비단 더위뿐만이 아니며, 우토로 돌아갈 희망도 없는 이 신세여!"

그러나 바로 그 8월 하순에 그가 받드는 하느님이 유키나가에게 기적과도 같은 선물을 안겨 주었다.

기적과도 같은 선물, 그것은 한 명의 조선인이었다. 그는 홀로 평양의 목단대에 있는 유키나가 진영을 찾아와 서툰 일본어로 경비병에게 말을 걸었다.

"대장님을 만나고 싶다. 나는 명나라의 심부름으로 찾아왔다."

보고를 받은 유키나가가 서둘러 그를 막사 안으로 불러들여 일본어를 잘 구사하는 조선인 통역에게 찾아온 이유를 물어보게 했다. 사내는 자신의 이름을 심가왕이라고 했으며, 한 시절 왜구와 한 패가 되어 일한 적도 있다면서 웃었다.

"왜군이 진심으로 화의를 바란다면 우리 주인인 심유경이 중개 역할을 맡고자 한다."

사내는 대뜸 이렇게 말했다.

유키나가는 경악을 간신히 억누르며 그 심유경이 누구인지 물었다. 그리고 그 인물이 명나라 병부상서인 석성 장군으로부터 이 교섭을 위임받은 유일한 사람이라는 것을 알게 되었다.

"그건 그렇고…… 심유경 님은 어디에 계시는가?"

유키나가의 질문에 조선인이 즉시 대답했다.

"지금은 순안에서 일본 측의 답장을 기다리고 계신다. 왜군만 이의가 없다면 이달 말에라도 평양으로 오실 것이다."

물론 유키나가에게 이의가 있을 리 만무했다. 오늘 이 시간까지 허망하게 내밀고 있던 손길에 이제야 희미한 반응이 나타난 셈이었다. 어쩌면 이것이 적의 양동 작전일지 몰랐다. 제 1군 무장 중에는 그런 의심을 품는 자도 있었다. 그러나 주어진 기회를 놓치고, 달리 화의의 길을 모색할 방도도 없다는 점에서 그들의 의견은 일치되었다.

"여하튼 이야기가 진실인지 거짓인지 확인해 본다고 해서 손해 볼 건 없다!"

유키나가는 부하들에게 이렇게 설명했다.

심유경과의 회견 날짜는 8월 30일, 장소는 평양 교외의 강복산 기슭으로 정했다. 이런 답변을 자신의 주인에게 보고하기 위해 심가왕은 평양을 떠나 순안으로 되돌아갔다.

유키나가로서는 가슴 두근거리는 하루하루가 흘렀다. 그는 이 교섭을 성공시키기 위해 이쪽이 먼저 조선군에 전투를 걸지 못하도록 엄명을 내려 두었다.
 8월 30일이 왔다.
 "적의 움직임은 어떤가?"
 "조선군 병사로 여겨지는 자들이 어젯밤부터 대흥산으로 모이고 있사옵니다."
 유키나가는 제 1군에도 전투 준비를 하도록 명한 다음 측근을 데리고 회담 장소로 향했다.
 이윽고 약속한 강복산에서 구레나룻을 기르고 지팡이를 짚은 야윈 노인이 네 사람의 수행원을 데리고 천천히 걸어 내려왔다.
 노인은 일본군 기마 부대를 보고도 전혀 겁을 먹는 기색이 아니었다. 곧장 약간 떨어진 곳에 서 있는 유키나가와 측근을 향해 다가왔다. 태도로 보건 풍모로 보건 오만하고 자신감이 넘쳐흘렀다.
 "어서 오시오!"
 만감이 교차하는 가운데 유키나가가 고개를 숙였다. 이 노인만이 앞으로 이 나라에서 자신이 유일하게 기댈 수 있는 인물일지 모른다는 생각에 그 모습과 얼굴을 핥듯이 훑어보았다.
 마침내 목단대의 성에서 교섭이 벌어졌다.
 "이야기를 시작하기 전에 미리 다짐해 두고자 한다."
 심유경이 선수를 쳤다.
 "명나라가 왜국에 화의를 읍소하는 게 아니다. 명나라의 여러 장수들은 오히려 왜와 싸우기를 주장하여 이미 조선과의 국경에 1백만의 대군을 대기시켜 두었다. 그럼에도 나는 석성 장군을 설득하여 어쨌거나 왜군의 진의를 들어보고 오겠노라고 건의했다. 화의가 이루어질지 깨어질지는 전부 그쪽의 태도 여하에 달려 있다."

유키나가는 잠자코 앉았고, 노회한 쓰시마의 가로 시게노부가 대신 나섰다.

"잘 알았다."

시게노부가 동의를 표하면서도 할 말은 다 했다.

"우리의 바람은 어디까지나 화의를 맺고 명나라에 통상을 요구하는 것이다. 하지만 이런 요구에 귀를 기울이지 않고 대군을 동원하여 위협한다면 우리도 싸움을 피하지 않을 것이다. 우리 쪽 역시 화전和戰 양쪽에 대한 대비가 다 갖추어져 있다."

시게노부는 자신의 이야기를 듣는 심유경의 얼굴에 불쾌한 표정이 떠오르자 즉시 웃으면서 한 마디 덧붙였다.

"그렇지만 화의를 맺는 것에 견주자면 싸우는 것이 그 얼마나 어리석은 일인지 모른다."

마지못해 심유경도 거기에 동의했다.

"그렇다면 현명한 길을 택하여 화의 쪽으로 이야기를 나누도록 하자. 우선 이 회담을 일본과 명나라 양국 간에서 행할 것인지, 아니면 조선도 함께 불러들일 것인지, 그 점을 어떻게 생각하는가?"

이번에는 심유경이 먼저 상대의 의견을 구했다.

이렇게 하여 쌍방의 줄다리기가 이틀에 걸쳐 이어졌다.

첫째 날은, 어디까지나 항전을 주장하는 조선을 이 강화 교섭에서 제외하기로 정했다. 심유경도 평양으로 오기 전에 의주에서 조선 측 대표와 만났으나, 그들의 항전 의식이 너무나 강하여 질렸다고 털어놓았다.

　둘째 날, 명나라에 통상을 요구하는 것은 일본이 명나라에 조공을 바치겠다는 뜻인지, 즉 명나라의 속국이 된다는 뜻인데, 그럴 작정인가 하고 심유경이 미묘하면서도 중대한 질문을 던졌다.

　유키나가는 이미 이 문제에 관해 마음을 정해 두었다.

　명나라가 통상을 허락하는 것은 오직 그 속국에 한해서이다. 그러므로 일본을 그들이 속국의 하나로 보겠지만, 그것은 형식에 지나지 않는다. 일본 측은 실질적인 이익을 손에 쥐기만 하면 그뿐이지 않은가. 유키나가는 교섭이 성사시키기 위해서 스스로 그렇게 자문자답했다. 따라서 그는 "그래도 상관없다"고 대답한 뒤 단서를 달았다.

　"그렇지만 그 대신 대동강을 경계로 하여 그 북쪽은 명나라의 영지, 남쪽은 일본의 영지로 인정하기 바란다."

　할 말을 마치고 유키나가는 가만히 심유경의 반응을 살폈다. 그로서는 이 대목이 처음으로 이루어진 이번 교섭에서 최대 고비로 여겨졌다.

　대동강을 경계로 하여 북쪽은 명나라, 남쪽은 일본이 차지한다. 그렇게 되면 조선이라는 나라는 완전히 사라지고 만다. 조선이 이 제안을 알게 되는 날이면 온 나라가 들고 일어나 반대할 게 분명하지만, 과연 명나라 역시 이 제안에 고개를 저을까?

　어쩌면 명나라도 회가 동할지 모른다. 싸우지도 않고 영지를 넓힐 수 있기 때문이다. 분명히 짚어 두자면 이번 전쟁으로 어부지리를 차지하는 쪽은 명나라가 된다.

유키나가는 우선 그걸 노렸다. 명나라에 슬쩍 남는 장사임을 알아차리게 해주어 명과 조선을 떼어 놓는 것이 그의 노림수였다. 게다가 명나라의 속국임을 승낙하는 이상, 이 정도의 영토 할양을 요구하지 않는다면 나중에 히데요시를 구워삶을 방법이 없어진다.

심유경의 안색이 불현듯 바뀌었다. 그는 예상하지 못했던 유키나가의 제안에 놀랐고, 그와 동시에 그 진의를 간파한 모양이었다.

숨을 한 번 크게 들이쉬더니 중얼거렸다.

"호랑이 입으로 들어가는 것이나 다를 바 없군!"

위험한 도박과 같은 조건이라는 뜻인 듯 했다. 그리고 한참 궁리를 하는 눈치더니 불쑥 물었다.

"바꿀 수 없는가?"

유키나가가 고개를 저었다.

"이것이 일본 측의 마지막 바람이다."

그러자 심유경이 의외로 부드럽게 대답했다.

"나 혼자서는 답변할 수 없는 문제다. 50일의 유예가 필요하다. 나는 명나라의 병부상서 석성 장군을 위시하여 고관들에게 이 건을 전달한 다음 결심을 얻어오고자 한다."

유키나가는 교섭에서 이겼다고 여겼다. 그가 제시한 어부지리라는 미끼에 심유경이 걸려들었다고 믿었다.

마음이 들뜬 나머지 유키나가는 이때 심유경에게 일본의 투구와 갑옷 외에 이제까지 조선과의 전투에서 가장 큰 성과를 올렸던 철포까지 선물했다. 심유경은 전날과는 180도 태도가 바뀌어 홀쭉하게 야윈 뺨에 웃음이 넘쳐흘렀다.

"우리는 좋은 친구이다."

그는 유키나가의 어깨를 두드리기까지 했다.

심유경은 올 때와 마찬가지로 네 사람의 수행원을 데리고 강복산에서 자취를 감추었다.

"심유경이 내 올가미에 걸려들었어!"

유키나가는 득의만면했다. 그리고 전군에 약속한 50일 동안 적에게 싸움을 걸거나 병사들이 식량 조달을 위해 평양 바깥으로 나가는 것을 금지했다. 척후나 정찰병도 내보내지 않았다. 그만큼 유키나가는 마른침을 삼키는 기분으로 50일을 기다렸다. 그로서는 모든 것을 거기에 건 꼴이었다.

당시 유키나가의 휘하에 있었던 요시노 진고자에몬이라는 이름의 무사가 늘 일기를 적었다. 그에 따르면 성 밖으로 식량을 구하러 가는 것이 금지되었던지라 겨울이 닥치고 있었음에도 일본군 병사들은 조와 수수로 배를 채웠다고 한다. 병자들 중에는 죽은 자도 생겨난 모양이었다.

심유경은 유키나가가 의외로 여길 만큼 고분고분하게 일본 측의 조건을 명나라 조정과 상의하고 오겠다고 말했다. 그렇다면 그의 속셈은 어디에 있었던 것일까?

심유경이라는 인물은 절강성에서 태어났다. 입심이 보통이 아니었고, 자신을 일본통이라고 떠벌리고 다님으로써 병부상서에게 접근한 사내였다. 바꾸어 말하자면 유키나가가 생각한 것처럼 호락호락한 자가 아니었으며, 함부로 다루기 힘든 인물이었으리라.

심유경은 자신에게 갑옷과 투구, 그리고 총까지 선물한 유키나가의 일본인적인 느슨함을 속으로 실컷 비웃었다. 그는 이 50일 사이에 용만관에서 조선 국왕을 알현하고 이렇게 설명했다.

"50일의 휴전은 일본군을 위해서 하는 게 아니라 명나라 군대의 평양 공격 시간을 벌기 위한 것이옵니다."

이와 같은 심유경의 움직임과 그것을 뒷받침하는 국경 부근 명나라 대군의 움직임, 그러나 상대를 자극하지 않는다면서 척후와 정찰조차 내보내지 않았던 유키나가는 그것을 알아차릴 리 없었다.

벌써 겨울 분위기를 풍기기 시작한 10월, 유키나가는 오로지 심유경이 다시 모습을 나타낼 날만을 손꼽아 기다렸다.

"10월 20일도 지나가건만, 아직 나타나지 않는다."

요시노 진고자에몬의 일기에는 이렇게 적혀 있다. 그런데 약속한 기한이 끝난 다음 평양에 나타난 것은 심유경이 아니었다. 그의 심부름꾼으로 맨 처음 일본군 진영을 찾아와 화의 교섭을 타진했던 바로 그 심가왕이었다.

오랫동안 눈이 빠지게 기다렸던 유키나가의 기쁨은 이루 말로 표현할 길이 없었다. 하지만 심유경이 나이가 든 탓으로 도착이 늦어진다는 설명에 의심을 품고 일단 심가왕을 붙잡아두고 인질로 삼았다.

11월 하순, 이제 조선의 북부 지방은 완연한 겨울에 들어섰다. 평양을 에워싼 산들에는 벌써부터 하얀 눈이 내리기 시작했다. 그 무렵에야 심유경이 모습을 드러냈다.

추위 속에서 새로운 교섭이 시작되었다. 대동강 이북과 이남을 명나라와 일본이 각각 분할하는 문제에 관해 심유경이 언급했다.
"명나라는 그것을 검토 중이다."
이런 식으로 확답을 주지 않았다. 거절도 아니었고, 그렇다고 해서 확증도 주지 않는 것이 이번에 보여준 심유경의 태도였다. 애매한 대답을 들을 때마다 유키나가를 위시한 일본인들은 희망을 가졌다가 비관에 빠지곤 했다.
두 번째 교섭은 시간이 더 많이 걸렸으나 첫 번째 교섭에 비해 아무런 진척도 없었다. 더군다나 그것이 심유경의 목적이라는 사실을 유키나가는 멍청하게도 전혀 알아차리지 못했다.
그러는 사이에 국경인 압록강을 건넌 4만3천의 조명 연합군이 몰래 남하해 오고 있었다. 그들은 활과 화살, 그리고 말을 타고 싸워온 지금까지의 조선군과는 완전히 달랐다. 불화살과 투석포投石砲에다 대포까지 갖추었으며, 조선인의 핏줄을 이어받은 이여송 장군이 지휘관이었다.
그런데도 정찰 활동을 중지한 유키나가 부대는 그 같은 어마어마한 기세를 조금도 눈치 채지 못했다. 그들은 흡사 동면하는 동물처럼 평양성 안에서 굶주림과 추위에 시달리면서 심유경이 보내올 연락만을 학수고대했다. 따뜻한 지방인 규슈 출신자가 많은 제 1군의 병사들로서는 북한의 겨울은 상상할 수 없을 만큼 고통스러웠다.
섣달그믐이 다가왔다. 고향이었다면 가난한 집에서라도 설날 준비를 시작할 무렵이었다. 그렇지만 여기는 일본의 명절을 떠올릴 쌀도 된장도 없었다. 쌓이는 피로와 망향의 정을 가슴에 새기면서 병사들은 완전히 하얀 눈으로 뒤덮인 주변의 산을 둘러보았다. 그리고는 저마다 고향과 처자식을 떠올렸다.
 바로 그럴 즈음 반가운 소식이 전해져 왔다. 심유경이 보낸 심부름꾼을 자처하는 조선인이 찾아와 심유경이 이미 명나라 조정의 답변을 지니고 순안에서 유키나가를 기다리는 중이라고 했다.
 병사들 사이에서 환성이 터졌다. 이제 드디어 일본으로 돌아갈 희망이 생긴 것이다. 나머지는 저쪽의 대답을 듣고 그것을 조정하면 그뿐이다.
 "좋아, 내가 순안으로 가지!"
 유키나가가 군말 없이 나섰다. 그로서는 자신의 손으로 이 화의 교섭을 마무리할 필요가 있었다. 그렇게 함으로써 다른 무장보다 먼저 앞으로의 주도권을 쥘 심산이었다.
 "주군, 잠깐만……."
 이때 유키나가의 호위 기마병인 다케우치 기치베에라는 사내가 끼어들었다.
 "주군, 주군께서 몸소 순안까지 가시면 적은 이쪽을 깔보아 교섭에서 고압적인 자세로 나올 게 분명하옵니다. 어떻게 해서든 심유경을 이곳 평양까지 오게 만들어야 하옵니다."
 유키나가도 다케우치 기치베에의 이야기가 이치에 옳다고 여겼다. 그는 기치베에에게 기마병 30기를 내주어 심유경을 맞으러 보내기로 했다.
 겨울 산을 몇 개나 넘어 기치베에는 국경과 가까운 북쪽의 순안으로 향했다. 순안에는 명나라와 조선군 병사들이 깔려 있었다. 깜짝 놀란 기치베에가 외쳤다.

"심유경 님은 어디에 계시는가? 좋은 소식이란 게 이것이었나?"
그러자 명나라 병사들이 순식간에 그를 포위했다.
한편, 아무리 목을 빼고 기다려도 기치베가 돌아오지 않는 것을 이상하게 여긴 유키나가는 매일 아침 목단대의 성벽에 올라가 삭풍이 몰아치는 북방의 산들을 바라보았다.
"아직 기치베에는 돌아오지 않았는가?"
유키나가가 경비병에게 똑같은 질문을 되풀이했다.
설날이 되었다. 추위가 너무 심하여 춥다기보다 차라리 아프다고 하는 게 옳을 지경이었다. 식량도 벌써 바닥을 드러내고 있었다.
정월 닷새의 이른 아침, 언제나처럼 유키나가가 성벽으로 올라가려고 하자 경비병이 황급히 계단을 뛰어올라오면서 외쳤다.
"주군, 저기를……."
성벽에 오른 유키나가는 자신도 모르게 숨이 멎었다. 어제까지 눈으로 인해 새하얗던 들과 산에 무수한 깃발이 나부꼈다. 막사가 줄지어 섰고, 적의 기마 부대가 이쪽을 위협하기라도 하듯이 원을 그리며 질주했다. 더구나 그 숫자를 미처 다 헤아리기 어려웠다.
"속았는가!"
유키나가가 절규했다. 너무 당황한 나머지 어떻게 해야 할 지 갈피를 잡지 못한 채 온몸을 벌벌 떨면서 그 자리에 서 있었다.
"주군, 어떻게 할까요? 어서 명을 내려 주시옵소서!"
겁에 질린 경비병이 고함을 지르자 비로소 제정신을 차리고 간신히 명령을 내렸다.
"즉시 평양성 안으로 철수하라!"

평양성 내에 있는 소 요시토모의 병력과 합류하는 것 외에는 이 대군을 상대할 엄두조차 나지 않았다.

유키나가 휘하의 제1군은 모두 1만5천이었다. 그에 비해 이여송이 이끄는 조명 연합군은 세 배나 되는 4만3천, 병력에서도 크게 차이가 났다. 하지만 당시 일본군은 적이 활로만 무장하여 덤벼 오리라 여겼던지라 자신들이 지닌 철포를 굳게 믿고 의지했다.

그날 밤, 요시토모가 적 진영에 야간 기습을 감행했다. 그러나 밤의 추위에 얼어붙은 몸으로는 일본군의 장기인 야습도 효과를 거두지 못했다.

이튿날인 6일에는 간헐적으로 소규모 전투를 주고받았다.

7일, 이른 아침부터 적의 움직임이 이상하리만치 활발해지기 시작했음을 성문에서도 손바닥을 들여다보듯 확연히 알아차릴 수 있었다. 그들은 일본군이 지켜보거나 말거나 당당하게 대열을 짜기 시작했다.

오전 8시가 되자 해가 떠올랐다. 하얀 눈이 햇살에 번쩍거리자 적의 대군이 오색 깃발을 휘날리며 큰북과 악기 소리에 맞춰 진군하기 시작했다. 그것은 마치 개미떼가 한꺼번에 몰려오는 것 같았다. 급기야 본격적인 싸움이 벌어질 참이었다.

"오고 있어!"

경비병들의 외침에 성문을 단단히 걸고 성벽에는 철포병을 배치했다. 민가에 숨은 일본군은 마른침을 삼키고, 숨을 죽인 채 가만히 기다렸다. 멀리서 뚜렷하게 적의 북소리와 발자국 소리가 땅을 울리며 들려왔다. 숨 막히는 시간이 이어졌다.

갑자기 지금까지 들어본 적이 없는 소리가 들렸다. 그와 동시에 요란한 굉음을 내면서 성벽의 한 모퉁이가 무너졌다. 그리고 불화살이 바늘처럼 수비 중인 일본군에게 쏟아졌다. 조선 측의 자료는 이 전투의 모습을 '요란함이 만뢰(萬雷 : 만 개의 벼락)와 같고, 산악이 진동하다. 불화살이 쏟아져 타오르는 불길 수십 리에 넘치고, 지척조차 분간할 수 없다. 오직 함성만 파항破響에 뒤섞였다고 들었노라.'라고 적고 있는데, 결코 과장된 표현은 아닐 것이리라.

성벽을 기어오르려는 적군에게 일본군은 뜨거운 물을 붓고 큰 돌멩이를 떨어뜨렸다. 철포를 가진 자는 총을 쏘면서 필사적으로 방어하려 했다.

오후가 되자 성문 가운데 함구문과 보통문이 또 부서졌다. 노도처럼 난입하는 적병을 향해 유키나가의 병사들은 장창과 대도를 휘두르며 맞섰다. 그러나 강철로 만든 갑옷으로 무장한 명나라 병사들에게 창과 칼은 그다지 효과를 내지 못했다.

이렇게 해서 마침내 외곽성이 함락되었다. 기세가 오른 적이 내성으로 밀어닥쳤다. 그들을 겨냥하여 흙주머니를 쌓아 벌집과 같이 만든 방어 진지에서 일본군의 철포가 우박처럼 쏟아지는 바람에 시체가 산을 이루었다.

그렇지만 쓰러지고 쓰러진 다음에도 메뚜기 떼처럼 시체를 타고 넘으며 상대가 몰려들었다. 한국 전쟁에서 미군이 패한 바로 그 인해 전술이 당시에도 벌어졌던 것이다.

앞서 소개한 요시노 진고자에몬의 일기에 의하면 그는 처음으로 맞은 상대를 '항상 그랬듯이 별 볼일 없는' 것으로 얕보는 기분을 가졌다. 그런데 거듭되는 맹공에 '기진맥진했다.'라고 썼다.

적장인 이여송은 역시 달랐다. 그는 일본군의 약점을 꿰뚫고 있었다. 이여송은 부하에게 명하여 일본군의 군량미 창고와 막사에 불을 지르게 했다. 설령 오늘은 후퇴하게 되더라도 군량미 창고만 불태워 버리면 일본군은 성안에서 굶주릴 수밖에 어쩔 도리가 없다. 이여송은 이 점을 간파했다.

소년 요시토모를 비롯하여 마쓰라 시게노부, 아리마 하루노부, 오무라 요시사키 등 각 장수들이 유키나가 주변에 둘러서서 협의를 했다. 다들 얼굴이 연기에 그을렸으며, 핏기가 가신 모습이었다.

"이대로 가다가는 남김없이 몰살할 것 같습니다."

아리마 하루노부가 입을 열었다.

"물러설 것인가, 싸울 것인가는 주군의 결심 여하에 달렸습니다. 어찌 하시렵니까?"

유키나가의 마음은 이미 정해져 있었다. 더 이상 쓸데없이 피를 흘리고 싶지 않았다.

"여기서 14리 앞에 오토모 요시무네가 지키는 봉산성이 있다. 여하튼 그곳으로 후퇴하여 다시 진용을 갖추기로 한다."

아무도 이론을 제기하는 자는 없었다.

불행 중 다행으로 겨울밤은 살을 에는 추위와 더불어 빨리 찾아왔다. 해질 무렵까지 간신히 내성을 지켜낸 일본군은 어둠을 틈타 슬며시 철군을 개시했다.

부상당한 자와 병든 자를 등에 업고 눈길을 도망치기란 여간 어려운 일이 아니었다. 퇴각을 발견한 적군 기마대가 쳐들어오자 이제까지 어떻게 해서든 전우를 구하려고 애쓰던 병사들이 눈물을 쏟았다.
"미안해!"
"용서해 줘!"
그들은 업고 있던 부상병과 환자를 차례로 내던져버리고 도망쳤다.

식량은 하루 분밖에 없었다. 그 바람에 '먹을 만한 풀조차 찾을 수 없어 눈뭉치를 입에 넣고 굶주림을 견뎠다.'라고 선교사 플로이스가 이 전투의 상황을 보고했다. 아마 그가 말한 그대로였으리라. 요시노 진고자에몬 역시 패주하는 병사들이 동상으로 손발이 부어올랐고, 무장들도 논밭의 허수아비처럼 바싹 말라갔다고 적었다.

기댈 곳이라고는 14리 전방에 있는 오토모 부대가 지키는 봉산이었다. 그동안 집요하게 적의 추적 부대가 달아나는 일본군을 공격해 왔다.

일본군의 시체는 하얀 눈밭 여기저기에 아무렇게나 버려졌다.
"이제 얼마 남지 않았다!"
유키나가가 눈 위에 쓰러지려는 병사의 몸을 흔들며 질타했다.
"잠들면 안 된다. 잠이 들면 규슈로 돌아가지 못한다. 어머니와 가족의 얼굴을 다시는 못 보게 될 것이다!"

그는 기리시탄이었으므로 그 순간 똑같은 기리시탄 병사들에게 성가를 부르도록 명했다.

한 명이 갈라진 목청으로 마지막 남은 힘을 짜내어 노래를 부르기 시작했다.

라우다, 시온, 사우다트라렘

라우다, 도치엠, 파스트렘

이 라틴어 성가를 다른 기리시탄 병사들이 따라 불렀다. 그것은 불가사의한 대합창이 되어 울려 퍼졌다.

(하느님이시여!)

유키나가가 필사적으로 기도했다.

(이 자들을 구해 주소서!)

그러나 기대했던 봉산이 가까워졌을 때, 동네에서 검은 연기가 솟구치는 것을 보고 유키나가 병사들은 기가 막혔다. 그곳을 지키고 있어야 할 오토모와 그의 부하들은 단 한 명도 남아 있지 않았던 것이다. 그들은 지레 겁을 먹고 달아나버렸다.

"해도 해도 너무 한다!"

망연자실한 유키나가와 그의 병사들은 거기서 다시 7리 떨어진 용천성까지 명나라 군대의 추격을 받아가며 불면불휴로 강행군했다.

그들은 '조선인이 사용하는 두꺼운 신발을 몰라 추위와 수분에 약한 짚신을 신고 있었던지라 그 고통은 이루 말로 다할 수 없었으며, 대다수 병사들의 발가락이 떨어졌다'(플로이스 〈일본사〉)라고 기록될 정도로 비참한 패주였다.

유키나가조차 간신히 자신의 몸만 간수하여 마침내 용산성과 백천성을 수비하는 구로다 나가미시를 만날 수 있었다. 1만5천의 병력이 8천으로 줄었고, 살아난 자들 가운데에도 부상하거나 오래 눈 속을 걸어오는 바람에 야맹증에 걸린 자가 숱했다.

18. 은밀한 반역

1592년 7월 -

다이코 히데요시의 극진한 효심과 노력에도 불구하고 어머니 오만도코로는 오사카성에서 숨을 거두었다. 병이 악화되었다는 사실을 알고 규슈에서 급히 배를 몰아 오사카로 달려갔건만, 히데요시는 어머니의 임종을 하지 못했다. 가는 도중에 무로쓰에서 비보를 들었던 것이다.

소식을 들은 히데요시는 정신을 잃었다고 한다.

일본에 남아 있던 여러 영주들은 장례식에 참석하기 위해 속속 오사카로 모여들었다. 도쿠가와 이에야스도 물론 그 중의 한 명이었다.

장례를 치르는 동안 이에야스는 비탄에 잠긴 나머지 까칠해진 다이코를 위해 자질구레한 곳까지 신경을 썼다.

"역시 미카와 님은 달라!"

그런 이에야스의 모습을 본 사람들이 한결같이 칭찬을 아끼지 않았다. 그러나 마에다 도시이에만은 당시 다른 각도로 이에야스의 행동을 지켜보았다.

"저 사나이는 내심 득의의 웃음을 짓고 있을 거야."

도시이에는 바로 곁에 있는 사람에게조차 들리지 않을 만큼 조그만 소리로 중얼거렸다. 그는 살이 쑥 빠진 히데요시의 모습을 보고 젊은 시절부터 함께 노부나가를 모셔 온 이 사내의 육체가 심하게 망가져 버렸다는 사실을 절감했기 때문이다. 어쩌면 히데요시의 권력도 이제 그리 오래 가지 않으리라는 짐작마저 들었다.

그에 비해 히데요시의 짚신까지 정성껏 챙기려 드는 이에야스의 혈색은 반질반질 빛이 날 정도였다. 점점 쪼그라드는 자와 이제부터 힘이 솟구치려는 자의 대비가 마에다 도시이에의 눈에는 확실하게 드러났던 것이다.

그와 똑같은 생각을 그날 밤 이에야스에게 중신인 사카이 다다쓰구가 톡 까놓고 입에 올렸다.

"주군도 눈치 채셨습니까? 다이코 전하의 건강이 심상치 않다는 사실을……"

"흠!"

이에야스는 과묵한 사나이였다. 가신들이 논의를 할 경우에도 입을 꾹 다문 채 남들이 하는 이야기를 듣기만 했다. 따라서 이때도 그냥 '흠' 하는 한마디와 함께 고개를 주억거렸을 따름이었다.

"주군, 이건 경사이옵니다."

다다쓰구는 이렇게 말하면서 미소를 지었다. 그러나 정작 이에야스는 왠지 불쾌한 표정을 지으며 잠자코 있었다.
"우리도 이제 슬슬 손을 써야 할 시기가 온 것 같사옵니다."
다다쓰구가 목소리를 잔뜩 낮추며 말을 이었다.
"다행히 여러 제후들과 영주들 중에는 조선에서의 전쟁 탓으로 불평불만이 점점 쌓여 가기 시작하는 모양이옵니다. 그 같은 불평불만을 여하히 잘 조정하여 우리 편으로 끌어들일 수 있는지 여부가 도쿠가와 가문의 앞날을 결정지을 것이옵니다."
"흠!"
이에야스는 변함없이 전혀 표정조차 바꾸지 않고 고개만 끄덕였다. 다다쓰구가 일일이 이야기하지 않아도 그런 사실을 이에야스가 모를 리 없었다.
직접 조선으로의 출전을 명받은 영주들은 두말할 나위가 없다. 일본 내에서 대기하고 있는 영주들도 전쟁 비용 조달과 군수품이나 군량미를 염출해 내느라 백성들을 쥐어짜야 했다. 그 통에 일본 전국가는 곳마다 전쟁 자체에 치를 떠는 분위기가 팽배해 있었다.
그것을 역이용하여 다이코 측근에 대한 원한의 감정을 불러일으킨다. 그리하여 거꾸로 새로운 시대를 갈망하는 분위기를 만드는 것이야말로 도쿠가와 가문을 위한 포석이 되리라는 사실을 이에야스도 잘 알고 있었다.
바로 그 새로운 시대를 기필코 내가 맡아야 한다. 이에야스는 마음을 굳게 먹었다.
그러기 위해서는 히데요시가 하루라도 빨리 죽지 않으면 안 된다. 그렇지만 어제 오늘, 오랜만에 장례식에서 본 다이코 히데요시의 모습은 저 옛날 고마키와 나가쿠데에서 자신과 싸우던 그 사나이와 동일 인물이라고는 도저히 여겨지지 않았다.

히데요시는 뺨이 홀쭉하게 여위었고, 어깨도 축 처졌다. 그가 시종들의 부축을 받아 제단까지 비틀거리듯이 간신히 걸어가던 모습은, 아무리 어머니를 잃은 마음의 고통이 컸다고 하더라도 그것만으로는 이해되지 않는 구석이 많았다.

(대관절 어떻게 된 것일까?)

이에야스는 사카이 다다쓰구에게 명하여 히데요시의 전의典醫에게 살짝 그 원인을 알아보도록 했다.

평양을 빼앗긴 후, 히데요시가 파견한 이시다 미쓰나리, 마시타 나가모리, 오오타니 요시쓰구 등 세 측근 참모들은 즉각 앞으로의 대책을 논의하기 위해 장수들을 한양으로 불러 모았다. 이 지령은 안변에 주둔하고 있던 가토 기요마사에게도 전해졌다.

"뭐라고? 평양을 빼앗겼어?"

지령을 들고 안변으로 온 것은 시마즈의 가신들이었다. 기요마사는 그들로부터 유키나가의 부대가 패배한 사실을 처음으로 들었다.

"야쿠로 녀석 같으니……!"

기요마사는 기가 막혔다. 그는 이보다 더 정나미 떨어지는 일이 있겠느냐는 듯한 표정을 지었다.

"전하께 무어라고 말씀을 올려야 하나? 야쿠로는 전쟁을 몰라도 너무 몰라!"

내뱉듯이 기요마사가 말했다. 그리고는 시마즈의 가신들을 향해 이렇게 언성을 높였다.

"내가 곧 한양으로 갈 것이라고 세 측근 참모들에게 전하라!"

기요마사는 더 이상 일본군의 지휘를 고니시 유키나가에게 맡겨 둘 수 없다고 결심했다. 예전에 아마쿠사라는 조그만 섬 하나 제대로 제압하지 못했던 사내가 이런 대작전의 선봉을 맡는다는 것 자체가 애당초 잘못이었다는 불만이 그에게는 있었다. 그러나 이번에야말로 여러 장수들 앞에서 분명하게 그 이야기를 해 줄 참이었다.

안변에서 한양까지는 상당한 거리가 있다. 더군다나 가는 도중에 곳곳에서 조선의 의병들로부터 공격을 받을 수 있다. 게다가 충분한 방한 장비를 갖추지 못한 일본 병사들이 얼어붙은 눈길을 걸어 한양을 향해 가기란 문자 그대로 난행고행難行苦行이 아닐 수 없었다.

그런데 기요마사가 한양으로 출발하기 직전, 북방의 길주를 수비하는 부대로부터 구원 요청이 들어왔다. 그들이 2만이 넘는 의병 부대에게 포위를 당하고 있었던 것이다.

한양으로 남하하는 대신 기요마사는 부하 병사들을 구하느라 눈보라가 몰아치는 북쪽으로 말머리를 돌렸다.

"한양으로 가서 논의를 하기 전에 먼저 적을 멋지게 물리쳐 일본군이 어떻게 싸워야 하는지를 보여주고 말겠다!"

기요마사는 휘하 병사들을 이렇게 독려했다. 그로서는 여기서 무공을 세워 한양에서의 논의에서는 자신이 발언권을 꽉 틀어쥐고 싶었다.

길주까지의 행군은 추위와의 싸움이라고 해도 좋았다. 게다가 식량 부족마저 겹쳤다. 동상으로 발을 질질 끄는 병사에다가, 눈이 머는 병사들마저 속출했다.

　그리하여 13일 후에야 그들은 간신히 길주성을 포위한 조선의 의병 부대와 조우했다. 철포를 지닌 일본군이 성 안팎에서 동시에 의병 부대에 총격을 가해 그들을 물리쳤다. 일단 전투가 벌어지기만 하면 기요마사는 과감 그 자체였다. 팔에 화살을 맞았음에도 불구하고, 화살이 퍼붓는 속에서 고함을 지르면서 지휘했다고 한다.

　사카이 다다쓰구가 몰래 히데요시의 전의 가운데 한 명인 다카하시 겐파쿠를 만나 은근히 물어보았다. 겐파쿠의 대답은 이랬다.
　"맥을 짚어 본 결과 전하께서는 정기가 급속도로 빠져버리셨습니다. 손발이 차갑고, 식사도 제대로 드시지 못하시는 모양입니다. 요즈음은 이따금 토하시기도 한다는 이야기를 곁에서 모시는 시녀들로부터 들었습니다."
　"토하신다?"
　"그렇사옵니다."
　"그렇다면, 그게 무슨 병인가?"
　겐파쿠가 당황한 표정을 지으면서 입을 꼭 다물었다.
　"잘 모르는가?"
　다다쓰구가 계속 따져 묻자 겐파쿠가 체념한 듯이 대답했다.
　"어쩌면 신허腎虛일지도……."
　신허란 두말할 나위도 없이 과도한 방사(房事 : 섹스)에 의해 일어난다. 히데요시가 여자를 좋아한다는 사실은 다다쓰구와 같은 도쿠가와 이에야스 가신들도 이미 들어서 잘 알고 있었다. 그러니 겐파쿠가 하는 말이 정말일지 몰랐다.

(몸에 녹이 스는 거야.)

다다쓰구는 이로써 만족했다. 히데요시의 쇠약은 문자 그대로 오랜 세월 불섭생不攝生, 즉 자신의 건강을 돌보지 않음으로써 비롯되었다.

(주군께도 이 점에 관해 분명히 말씀 드리지 않으면 안 된다.)

다다쓰구는 이에야스의 지나치게 고지식한 얼굴을 떠올리며 쓴웃음을 지었다.

히데요시에 비하자면 이에야스는 자신의 건강에 세심하게 신경을 기울이는 사나이였다. 스스로 약초를 고른 다음, 그걸 갈아서 차로 만들어 마셨다. 또한 틈만 나면 매사냥을 나가 약해지는 몸을 단련하곤 했다.

하지만 이에야스 역시 여자에 관해서는, 비록 히데요시만큼은 아니라 해도 비교적 절제하지 못하는 편이었다. 그 점에서는 큰아들인 히데타다 쪽이 오히려 고지식했다.

다만 이에야스는 신분이 낮은 여자에게 손길을 뻗치는 이상한 버릇이 있었다. 다다쓰구는 이에야스가 무슨 생각을 하는지 도통 감잡을 수 없는 그 요령부득의 얼굴로, 어떻게 여자를 다루는지 궁금하기 짝이 없었다.

"그러하오니······."

다다쓰구가 겐파쿠의 진단 내용을 보고한 다음, 일부러 황송한 표정을 지으며 한 마디 덧붙였다.

"주군께서도 부디 조심하시옵기를······."

"흠……!"

이에야스는 이때도 그저 '흠' 하는 한마디 밖에 말하지 않았다. 그러나 그의 얼굴에 무어라고 형용하기 어려운, 하지만 분명 부끄러워하는듯한 표정이 얼핏 스치고 지나갔다.

한양에 모인 각 군 장수들의 의견은 크게 둘로 나뉘었다. 정월 23일에 벽제관에서 명나라 군사 2만을 격퇴한 가토 기요마사는 고바야카와 다카카게, 다치바나 무네시게와 더불어 어디까지나 적극적으로 명나라 군사와 싸우기를 주장했다. 그러나 우키타 히데이에는 병참선이 너무 늘어난다는 사실을 지적하면서, 이참에 일단 한양에서 철수하여 부산을 중심으로 새로운 방어선을 펴자고 제안했다.

적극론과 신중론이 서로 엇갈리는 가운데 기요마사만이 유난히 강경하게 주전론을 폈다. 그는 논의가 시작된 이래 계속 침묵만 지키고 있는 고니시 유키나가를 힐끗 쳐다보았다.

"평양에서 패한 것은 날씨 탓도 아니고, 군량미가 모자라서도 아니었다. 야쿠로가 작전을 잘못 폈기 때문이 아닌가?"

기요마사가 주저 없이 유키나가를 몰아세웠다.

"작전만 잘 짠다면 적은 전혀 무서운 상대가 아니다. 그것을 추위와 굶주림 탓으로 돌린다면…… 내 병사들도 똑같이 추위와 배고픔을 견디며 길주에서 2만이나 되는 적을 무너뜨렸다!"

그는 미쓰나리를 비롯하여 히데요시가 파견한 세 측근 참모들에게 압박을 가했다.

"도라노스케, 이야기가 너무 지나쳐!"

유키나가가 참지 못하고 언성을 높이며 반박했다.

"자네가 상대한 것은 철포도 없이 활을 쏠 줄밖에 모르는 조선의 의병들이 아닌가? 평양을 포위했던 것은 대포와 불화살까지 준비한 명나라 대군이었다. 그런 것은 따지지 않고 자신만 공을 세웠답시고 함부로 떠드는 게 아니야!"

"이 기요마사는 공 따위는 단 한 번도 자랑한 적이 없어!"

기요마사 역시 화가 치미는지 만면이 벌겋게 달아오르면서 이렇게 비꼬았다.

"예전에 아마쿠사에서 반란이 일어나 야쿠로가 쩔쩔 매면서 어쩔 줄 몰라 할 때, 내가 대신 나서서 난을 평정해 준 적이 있다. 당시에도 나는 공 따위는 뽐내지 않았다. 야쿠로도 잘 기억하고 있을 텐데……"

"둘 다 그만두지 못할까!"

이시다 미쓰나리가 서둘러 두 사람의 언쟁을 말렸다.

"중대한 논의를 하는 마당에 같은 편끼리 말다툼이나 해서야 다이코 전하에게 송구스럽기 짝이 없다. 자, 자! 그냥 명군을 치고 나가느냐, 그렇지 않으면 겨울이 가기까지 일단 물러나서 군량을 비축하여 봄을 기다리느냐, 이 두 가지 안이 나왔다. 그에 관해 다이코 전하의 명을 받고 온 우리 세 명이 심사숙고해볼까 하는데 어떤가?"

주전론자들은 크게 불만스러운 표정을 지었다. 그러나 미쓰나리는 세 측근 참모가 히데요시로부터 부여받은 권한을 방패로 내세웠다. 그는 논의가 진행되는 동안 거의 입을 열지 않았으나, 식량 부족과 추위를 고려하여 부산으로 철수하는 것이 현명하다고 생각하는 사람 중의 한 명이었다.

　논의가 끝나고 각 무장들은 한양 내에 마련된 각자의 숙소로 돌아갔다. 차가운 진눈깨비가 내리고 있었다.

　"기요마사 님."

　주전론자의 한 사람이었던 다치바나 무네시게가 기요마사의 소매를 끌면서 말했다.

　"괜찮다면 내가 아껴둔 술이 있는데, 한 잔 나누고 싶군."

　"좋고말고. 조선으로 건너온 이래 오랫동안 술 따위는 입에 대지도 못했군."

　기요마사가 감사하게 받아들이자 무네시게가 또 다시 앞서의 불만을 노골적으로 드러냈다.

　"이봐, 이런 식으로 나가다가는 적이 우리를 깔보고 말아. 평양을 되찾은 적은 여세를 몰아 반드시 이곳 한양으로까지 들이닥칠 거야. 그때 본때를 보여주지 못하면 의병이 점점 더 늘어날 우려가 있단 말이야. 우물쭈물하다가는 더 손해만 본다니까!"

　기요마사도 동감을 표했다.

　"이야기한 그대로다. 나는 이대로 북쪽으로 돌아가지 않으면 안 되지만, 적이 몰려올 때의 대비책이 있긴 하다. 무네시게 님도 한 번 귀를 기울여 주겠나?"

　당연히 무네시게가 거절할 까닭이 없었다. 도리어 전투에 능한 기요마사의 작전을 자기 쪽에서 먼저 요청하여 듣고 싶을 지경이었다.

　"여부가 있나!"

　주거니 받거니 술잔을 나누며 두 사람은 마침내 명군의 공격을 격파할 작전을 정리했다. 그런 다음 기요마사가 침통한 표정을 지었다.

"그런데 그것보다 말이지, 세 측근 참모들이 머뭇거리는 데도 정도가 있지 이건 너무 심해! 미쓰나리조차 야쿠로와 짜고 우리 편에 아무 이익도 없는 괴상한 화의를 강구한다고 들었어. 그것을 조심해야 할 거야."

기요마사는 무네시게의 주의를 환기시켰다.

그 시간, 미쓰나리도 유키나가를 찾아갔다.

"너무 낙담하지 마!"

미쓰나리가 잔뜩 얼굴을 찌푸린 유키나가를 달랬다. 유키나가의 표정이 어두운 것도 무리는 아니었다. 평양을 빼앗긴 것은 물론이거니와 바로 저 심유경에게 속은 데 대한 분함과 굴욕감이 여전히 가슴에 응어리져 있었다. 그는 자신의 허술함과 어리석음을 새삼스럽게 톡톡히 맛보았다. 자신의 화의 교섭이 얼마나 졸렬한지를 다른 무장들에게 완전히 들킨 기분이었다.

"아니, 아니야. 설령 나였더라도 그 심유경인지 뭔지 하는 자에게 속고 말았을 거야!"

미쓰나리는 유키나가의 기분에 동정을 표했다.

"그건 그렇다 치고, 이 전쟁은 이제 이러지도 저러지도 못하게 되었어. 진흙탕에 발이 빠져 움쩍달싹하지도 못하는 것처럼……."

유키나가의 판단도 똑같았다. 그는 누구보다 이 전쟁을 더 이상 계속하는 것이 무의미하다는 사실을 잘 알았다.

"다이코 전하는 도통 그런 사실을 알아차리지 못하시니……."
"오사카는 어떻게 돌아가고 있어?"
비로소 말문을 연 유키나가의 질문에 미쓰나리가 대답했다.
"오만도코로 님의 타계로 전하는 더욱 의기소침해지셨어. 그것이 거꾸로 우리에게는 화로 돌아올 것 같아. 이 전쟁을 오만도코로 님을 추모하는 전쟁으로 만들겠노라고 고집을 피우시는 모양이야. 그래서 봄이 오면 몸소 조선으로 건너와서 지휘하시겠다는구먼."
"옹고집하고는……."
"야쿠로, 도요토미 가문의 운도 여기까지야."
느닷없이 미쓰나리가 대담한 이야기를 불쑥 입에 담았다.
"그걸 누구보다 먼저 간파한 사람이 누구라고 봐? 미카와의 도쿠가와 이에야스야. 그 자가 다이코 전하의 뒤를 노리고 있어!"
"역시 그렇군!"
"하지만 이에야스가 그리 하도록 내버려 두어서는 안 돼! 내버려 둘 수는 없지만, 안타깝게도 지금 우리에게는 이에야스를 물리칠 힘이 없어!"
미쓰나리가 침묵하고 있는 유키나가에게 일본의 정세와 그가 추측하는 앞날의 예상을 들려주었다.
전쟁을 이 이상 질질 끌다가는 여러 영주는 물론이거니와 일본 내에 원성은 더욱 높아진다. 그들은 히데요시를 대신할 새로운 힘을 찾아 나설 게 뻔하다. 이에야스는 그것을 이용하여 자기편을 늘려 나갈 것이다. 이것이 미쓰나리의 설명이었다.
"그래서 말이야, 이 전쟁을 하루라도 빨리 끝내야 해. 전하를 대신

하여 우키타 님을 내세워서 여러 영주들의 인심을 얻어야 한다고. 그 외에는 이에야스의 야망을 막을 수단이 달리 없어 보이는데……."

미쓰나리가 유키나가의 반응을 유심히 살폈다.

유키나가는 미쓰나리가 털어놓은 이야기에 깜짝 놀라 새삼스레 미쓰나리의 얼굴을 쳐다보았다. 그러나 그 얼굴에는 여전히 미소가 가시지 않았다.

"하지만 그것만으로는 아직 한참 멀었어."

미쓰나리가 이야기를 계속했다.

"이 미쓰나리나 자네에게 지위와 힘을 인정받을 만한 것이 없어서는 곤란해. 그렇지 않으면 도저히 이에야스를 제압하기 힘들어. 그렇다면 우리의 지위와 힘을 누구로부터 인정받느냐……. 그것은 바로 명나라야!"

"뭐?"

"잘 들어, 야쿠로. 자네가 앞으로 명나라와 화의를 꾀할 때, 지금 이 미쓰나리가 하는 이야기를 절대로 잊어서는 안 돼! 명나라로 하여금 우리의 지위와 힘을 이에야스보다 높이는 책봉 청원서를 내리도록 해!"

"음!"

유키나가는 자신도 모르게 한숨인지 한탄인지 모를 숨을 내쉬었다. 그는 미쓰나리의 머리가 좋다는 사실을 이전부터 느끼고는 있었지만, 이토록 예리하리라고는 상상조차 하지 못했다.

"그 대신 앞으로 일본을 명의 속국으로 여겨도 상관없다고 말해 줘. 명名을 버리고 실實을 취하는 거야."

미쓰나리가 품에서 한 장의 종이를 꺼내 유키나가 앞에 펼쳤다.

"이것은 명나라에 요구할 우리의 청원서 시안인데, 야쿠로가 보기에는 어때?"

용의주도한 미쓰나리는 유키나가를 위해 자신의 복안을 정리한 문건을 벌써 작성했던 것이다. 그것은 지금의 표현으로 하자면 보증서와 마찬가지였다.

1. 간파쿠 도요토미 히데요시를 일본 국왕으로 봉할 것을 청한다.
2. 이시다 미쓰나리, 고니시 유키나가, 마스다 나가모리, 오타니 요시쓰구, 우키타 히데이에, 이상 5명은 대도독大都督으로 봉할 것을 청한다. 또한 유키나가에게는 서해도를 더하여 줄 것.
3. 도쿠가와 이에야스, 마에다 도시이에, 하시바 히데모쓰, 하시바 히데도시, 가모 우지사토, 모우리 데루모토, 고바야카와 다카카게, 아리마 하루노부, 소 요시토모, 이상 9명은 아亞도독으로 봉할 것을 청한다.
4. 마에다 겐이, 모리 요시나리, 나쓰카 마사이에, 데라사와 마사나리, 세야쿠인 젠소, 야나가와 시게노부, 기노시타 요시타카, 이시다 마사즈미, 미나모토노 이에쓰구, 다이라노 유키오야, 고니시 스에고 이상 11명은 도독 지휘로 봉할 것을 청한다.

지금도 이 문건은 남아 있다. 유키나가의 손에 의해 약간 수정된 것이지만, 거기에는 분명히 히데요시가 죽은 다음 미쓰나리와 유키나가 및 그 동료가 권력을 쥐도록 되어 있다. 도쿠가와 이에야스나 마에다 도시이에는 한 계급 낮은 지위에 오르도록 한다는 구상이 그대로 적혀 있는 것이다.

유키나가는 미쓰나리가 작성한 초안을 보면서 단 한마디도 하지 않았다. 너무나 놀라 그 충격으로 인하여 말문이 열리지 않았기 때문이다.

"다른 의견은 없겠지?"

미쓰나리가 다시 한 번 물었다.

"없어!"

나지막한 목소리로 유키나가가 간신히 대답했다.

미쓰나리로부터 격려를 받긴 했으나 유키나가로서는 무슨 수로 명나라와 화의 교섭의 계기를 마련할 수 있을지 전혀 짚이는 바가 없었다. 답답한 심정에 그는 화의를 청하는 편지를 화살에 매달아 적의 진영으로 날려보기도 했다. 그 편지가 과연 적장의 손에 쥐어 질지 어떨지 짐작할 길조차 없었다.

더구나 세 측근 참모가 결론을 내린 일본군의 부산포까지의 철수를 다이코 히데요시가 허락할지도 알 수 없었다. 그런 생각을 하자면 유키나가는 한편으로는 미쓰나리라는 친구가 있어서 든든한 힘이 된다고 느끼면서, 다른 한편으로는 절망에 가까운 기분을 맛보기도 했다.

3월이 왔다. 일본에서는 이미 봄의 빛깔이 드러날 무렵임에도 한양은 아직 눈이 녹지 않았고, 추위도 여전히 매서웠다. 식량은 진작 바닥을 드러냈으므로, 이때 명나라 군이 쳐들어오면 일본군이 어떻게 될지 모를 상태였다.

　유키나가는 하느님이 어째서, 그리고 무슨 목적으로 자신에게 이같은 시련을 주시는지 아무래도 알 수 없었다. 만약 다카야마 우콘이 곁에 있었다면, 그가 납득할만한 대답을 해주었을지도 모른다. 혹은 '그저 기도하라' 고만 말할지도 몰랐다.

　그래서인지 유키나가는 이 기간에 열심히 기도했다. 이 어리석은 전쟁이 하루 빨리 끝나기를 기도했다.

　그 기도가 통했던 것일까…….

　어느 날 진영이 떠들썩해졌다. 경비하던 병사가 숨을 헐떡이며 달려왔다.

　"심유경이옵니다. 심유경이 나타났사옵니다."

　병사가 부르짖듯이 되풀이했다. 유키나가 역시 자신의 귀를 의심하며 숙소 밖으로 달려 나갔다. 거기에는 일본 병사들에게 둘러싸인 채 예전의 바로 그 노인이 짐짓 미소를 머금고 서 있었다.

　"심유경 님, 이번에는 무슨 일로 오셨나?"

　유키나가가 일부러 싸늘한 표정을 지으며 물었다. 그로서는 이 노인에게 배신당했다는 원한을 결코 잊을 수 없었다.

　"또 다시 우리를 함정에 빠트릴 심산이신가? 만약 그렇다면 지금 즉시 돌아가는 게 이로울 거요!"

　그러나 유키나가는 이 노인 이외에 자신이 화의를 꾀할 상대가 없다는 사실도 잘 알고 있었다. 그런 약점을 꿰뚫고 있기라도 하듯 심유경은 여전히 웃음 띤 얼굴이었다.

　"함정에 빠트릴 생각이라면 죽음을 각오하고 여기까지 올 리가 없지. 내가 여기에 온 까닭은 두 가지를 위해서다. 하나는 내가 결백하다는 사실을 해명하기 위함이고, 다른 하나는 이 전쟁을 하루 빨리 끝내기 위해서다."

심유경이 큰소리로 답했다. 그리고 자신의 이야기를 데리고 온 통역에게 일본어로 옮기도록 했다.

병사들의 눈동자가 기쁨과 기대로 반짝거리기 시작했다. 통역에 의하면 명나라 군대는 벌써 평양에서 철수했으며, 화의가 이루어질 때까지는 일본군을 공격하지 않겠다고 하는 소리를 들었기 때문이다.

유키나가로서도 병사들이 눈동자를 빛내는 것까지 억지로 막을 도리는 없었다. 그 역시 물에 빠진 자가 지푸라기라도 붙잡는 심경이었다.

용산에 교섭의 자리를 마련했다. 심유경은 자리에 앉자마자 먼저 이렇게 이야기했다.

"명군이 평양을 공격한 것은 명나라 장군들의 독단이었지 내 본의가 아니었다."

"그렇다면 어째서 우리 쪽에서 보낸 다케노우치 기치베에를 붙잡았는가?"

유키나가가 따져 묻자 심유경이 별안간 콧방귀를 뀌었다.

"만일 그와 같은 불상사를 내가 떠올렸다면, 무얼 하러 다시 여기에 모습을 보였겠는가? 나는 전쟁을 계속하기 위해 여기를 찾아온 게 아니다."

심유경의 어투가 거칠어지더니 자리에서 벌떡 일어났다.

"말해 두겠지만, 이 논의를 오늘 할 마음이 없다면 당신이나 나나 두 번 다시 만날 일도 없으리라. 그리고 평양에서 철수한 명나라 대군도 즉시 한양을 공격해 올 것이다."

협박이었다.

유키나가는 미쓰나리가 제시했던 그 초안을 떠올리면서 치솟는 분노를 억제했다. 그로서는 어떻게 해서든 명나라와 화의를 맺지 않으면 안 되었다.

"좋아, 알았다!"

그가 굽히는 모습을 보자 심유경도 손바닥을 뒤집듯이 태도를 돌변하여 얼굴에 미소를 머금고 말했다.

"나를 신뢰해 준다면 이야기도 순조롭게 나아갈 것이다."

서로 상대의 꿍꿍이속을 엿보고, 말꼬리를 잡고 늘어지는 식의 교섭이 매일 되풀이되었다. 유키나가는 미쓰나리를 비롯한 세 측근 참모에게 교섭의 진행 상황을 설명해 주면서 한양 철수를 거듭 재촉했다. 미쓰나리는 물론이고, 나머지 두 참모도 그렇게 하는 수밖에 없다는 판단을 내렸다. 그들은 즉시 히데요시에게 사람을 보내 인가를 요청했다.

4월 18일, 일본군이 한양을 떠났다. 텅 빈 한양에는 굶어 죽은 남녀의 시신이 여기저기 나뒹굴었고, 대부분의 민가가 잿더미로 변했다. 철수한 일본군은 부산, 울산, 서생포, 김해, 웅천 등 한반도 남부 지역의 바닷가에 방어선을 치고 봄이 올 때까지 기다리기로 했다.

19. 암살 계획

 나고야에 있던 다이코 히데요시도 자신이 파견한 세 측근 참모들의 끈질긴 설득에 마지못해 일본군의 한양 철수를 허락했다. 이 최고 권력자 역시 겨울의 매서운 추위와 길게 늘어진 병참선으로 인해 일본군이 아사 직전에 몰려 있다는 사실을 인정하지 않을 수 없었다.
 그렇지만 그 대신, 다이코는 세 측근 참모가 기겁을 할 만큼 고압적인 강화 조건을 지시했다. 유키나가가 한양에서 철수한지 2주일 뒤인 1593년 봄의 일이었다.
 그것은 부산에서 서쪽으로 10리쯤 떨어진 웅천을 거점으로 삼기로 결정한 유키나가가 해변과 이어진 산에 성채를 쌓기 시작했을 때였다.
 "즉시 부산으로 오라."
 이시다 미쓰나리가 파견한 무사가 미쓰나리의 친필 편지를 들고 말을 달려 왔다.

유키나가는 이때 웅천의 바다 쪽 산 중턱에서 돌을 운반하거나 산등성이를 파내며 축성 작업에 한창인 병사들을 지휘하는 중이었다. 편지를 읽자마자 유키나가는 즉시 부산을 향해 출발했다.

봄이 절정이었다. 바다는 조용했고, 마을마다 기나긴 겨울을 보낸 온갖 꽃들이 분수를 뿜어 올리듯이 현란하게 피어 있었다. 망망대해와 꽃에 파묻힌 그 마을들을 바라보자니 평양에서 눈길을 뚫고 도망치던 기억조차 모조리 꿈처럼 여겨졌다. 그와 동시에 유키나가는 자신의 영지 우토의 봄이 그립게 떠올랐다. 아내인 이토를 떠나온 지 어언 1년 4개월의 세월이 흘렀다. 그로서는 그 1년 4개월이 10년처럼 느껴졌다.

(아아, 돌아가고 싶다!)

말을 타고 가면서 떠오르는 절절한 심정에 유키나가는 깊은 한숨을 내쉬었다. 그러나 그 같은 감상感傷도 부산에 도착하여 이시다 미쓰나리로부터 이야기를 듣는 순간 깨끗이 날아가 버렸다.

"야쿠로, 이걸 봐!"

미쓰나리는 다이코 히데요시가 적은 강화 조약 문서를 눈앞에 펼쳐 보였다. 거기에는 문서 담당 시종이 쓴 문장에 다이코의 서명이 적혀 있었다.

1. 명나라 공주를 우리 황비皇妃로 삼을 것.
2. 명나라와의 정식 무역선 운항을 재개할 것.
3. 명나라 대신과 일본 영주의 서사誓詞를 교환할 것.

4. 조선 4도를 일본에 할양하고, 한양과 다른 4도는 조선에 반환할 것.
5. 조선 왕자 한 명, 대신 한 명을 인질로 일본으로 보낼 것.
6. 앞서 기요마사가 포로로 잡은 조선 왕자는 심유경에게 딸려서 돌려보낼 것.
7. 조선은 영원히 일본에 서사를 제출할 것.

다 읽고 난 유키나가가 무표정하게 침묵을 지켰다.
"어떻게 생각하나?"
미쓰나리가 곁에서 물었다.
"이래서야 지금까지의 노력이 몽땅 물거품이 되고 만다."
유키나가가 한숨을 쉬며 대답했다.
"음."
미쓰나리도 고개를 끄덕였다.
"알고 있겠지만…… 전하는 이 명령과 더불어 기요마사로 하여금 진주를 공격하라는 명까지 내렸다."
미쓰나리가 나지막이 말했다.
역시 그랬구나 하는 마음에 유키나가는 새삼 놀라지도 않았다. 고압적인 강화 조건을 내림과 동시에 적에게 무력으로 타격을 가하여 위협하는 것은 히데요시가 곧잘 써먹던 수법이었다.
"무슨 수를 쓰더라도 기요마사가 진주를 공격하도록 내버려 두어서는 안 된다!"
그는 고개를 설레설레 저었다.

"그랬다가는 심유경조차 우리에게서 떠나버리고 만다. 지금으로서는 그 사내 외에는 우리가 기댈 데가 없다."

"그렇다면 심유경에게 모든 일을 털어놓는 게 어떨까?"

미쓰나리가 안색 하나 변하지 않고 대꾸했다.

"털어놓아도 괜찮을까?"

"상관없어!"

"심유경에게 일러주게 되면 일본의 진주 공격이 적에게 알려진다."

"알아! 그래도 상관없어."

미쓰나리는 자리에 똑바로 앉은 채 눈을 감고 말했다. 그 순간 유키나가는 이 사내가 마침내 막다른 골목에서 각오를 굳혔다는 사실을 알아차렸다. 그리고 자신의 미래도 이 사내와 굳게 맺어지는 순간, 누구에게도 알리지 못할 운명적 연대連帶를 이루게 되리라고 여겼다.

"그런가! 그렇게까지 각오를 해준다면야……."

유키나가가 미쓰나리에게 말했다.

"며칠 간 나고야로 돌아가고 싶다."

"나고야로?"

"그래서 아버지와 형을 만나고 오겠다."

"무엇을 하려고 그러는가?"

유키나가가 천천히 뜸을 들이며 대답했다.

"언젠가 자네가 나에게 이야기한 그 일을 의논해 보겠다."

미쓰나리가 슬며시 웃었다. 그 일이란 무엇인가? 물론 이 예리한 사나이가 모를 리 없었다. 분명히 그는 유키나가에게 그렇게 말했었다. 전하의 죽음 외에는 이 전쟁을 끝낼 수단이 달리 없다고…….

부산포로부터 사흘, 바다가 다소 거칠었지만 1년 4개월 만에 일본 땅을 밟는 기쁨이 샘물처럼 유키나가의 가슴에서 치솟아 넘쳐흘렀다.

조선은 봄이 한창인데도 일본의 규슈는 신록이 반짝거리는 초여름이었다. 나고야 곁의 요부코만으로 배가 들어가자 양쪽 곶의 신록이 파릇파릇했고, 벌써 매미 우는 소리까지 들려왔다. 그리고 부두에는 다이코가 내보낸 사람들이 죽 늘어서서 그를 맞았다. 마치 개선하는 무장을 환영하는 것 같았다.

"오늘은 푹 쉬면서 휴식을 취하라는 다이코 전하의 말씀이 계셨사옵니다."

환영 나온 시오미 유사에몬이 그렇게 인사하면서 상륙한 유키나가 일행을 안내했다. 그들은 언덕을 하나 넘어 나고야성으로 들어갔다.

눈앞에 여러 영주들의 본성을 훌쩍 뛰어넘는 거대한 성채가 나타났다. 다이코의 위광을 과시하기라도 하듯 장대한 천수각을 중심으로 본성과 외곽성이 겹겹이 서 있었다. 그리고 이들 건물을 둘러싸고 무수히 많은 망루가 주위에 세워져 있었다. 성 근처에는 상점들이 늘어섰고, 떠들썩한 읍내 고을의 번화함과 활기를 드러냈다. 그 광경을 본 순간, 유키나가는 분노라고도 슬픔이라고도 하지 못할 복잡한 감정이 불쑥 치밀어 올랐다.

(조선에서는 병사들이 굶주림에 시달리는데……. 게다가 조선인들이 마을을 불태워버려 잠잘 곳조차 마땅치 않은데…….)

그는 가슴 속에 감춘 미쓰나리와의 밀약이 이제는 단순히 개인적인 원한이 아니라 공분公憤으로 치닫는 기분에 사로잡히지 않을 도리가 없었다.

(하느님도 그렇게 되기를 바라시리라.)

이튿날, 풍류가 넘치는 성안의 다실 야마자토마루에서 히데요시가 차를 끓여 내면서 엎드려 있는 유키나가에게 위로의 말을 건넸다.

"이제 조금만 더 고생하면 될 거야. 6월에는 말이지, 내 손수 바다를 건너가 오랜만에 어떻게 싸우는지를 가르쳐 주지!"

"너무나 황송하옵니다. 하지만 전하께서 일부러 거친 바다를 건너지 않아도 되리라 사료되옵니다."

유키나가가 엎드린 채 대답했다.

"명나라로부터 머지않아 속죄 사절이 이 일본으로 찾아와 전하께 죄의 용서를 빌도록 되어 있사옵기에……."

"사죄사?"

다이코 히데요시는 처음 듣는 이 말에 놀란 표정을 지었다.

"바로 지금 이시다 미쓰나리가 그런 식으로 일을 진행하고 있사옵니다. 따라서 곧 보고가 올라오리라 여기옵니다."

그것은 나고야로 떠나오기 전에 미쓰나리와 유키나가가 짜낸 책략의 하나였다. 더 이상 다이코가 고압적인 명령을 내리지 못하도록 하기 위해 가짜 사죄 사절을 일본으로 파견한다. 그래서 이 최고 권력자의 분노를 달랜다. 한편 심유경에게는 화의 예비 교섭 사절을 일본으로 보내주도록 급히 부탁한다. 이것이 두 사람이 머리를 맞댄 끝에 나온 궁여지책이었다.

오랜만에 만난 히데요시는 소문으로 들은 이상 안색이 나빴고, 뺨의 살도 쏙 빠져 있었다. 유키나가는 필경 오만도코로의 죽음이 이 효자 아들의 육신에도 타격을 안긴 것이라고 추측했다.

그래도 앞으로 4~5년은 충분히 더 살 수 있으리라. 그리고 이 사내는 죽을 때까지 자신이 일으킨 전쟁을 멈추려 들지 않으리라.

그날 밤, 유키나가의 숙소에 아버지 고니시 류사와 형 고니시 조세이가 모습을 드러냈다.

"오랜만이구나. 몸은 괜찮으냐?"

육친의 정을 가득 담아 조세이가 동생의 손을 꼭 쥐었다.

"우리 이야기가 끝나면 널 만나고 싶어 하는 자가 있다."

"그게 누굽니까?"

"그건 이야기가 끝난 다음에 일러주마."

이윽고 다른 이들을 물리친 유키나가가 두 사람에게 조선의 전황을 설명했다. 그리고 자신과 미쓰나리의 고뇌를 털어놓았다.

"이 전쟁을 그치게 하려면 방법은 하나 밖에 없습니다."

"그게 무엇인가?"

영문을 알 리 없는 아버지 류사가 궁금해 했다.

촛대의 불꽃이 모기가 파닥이듯이 움직이는 것을 유키나가는 물끄러미 응시했다. 잠시 뒤 마침내 뜻을 굳힌 듯 불쑥 내뱉었다.

"전하께서 돌아가시는 길밖에 없습니다."

그 순간 류사와 조세이의 안색이 문자 그대로 백지장처럼 새하얗게 변했다. 그들을 안심시키려는 듯이 유키나가가 말을 이었다.

"이 사실은 이시다 미쓰나리도 잘 압니다. 아니 오히려 그것을 먼저 입 밖에 낸 사람이 미쓰나리인데…… 나도 거기에 동감했습니다."

하지만 그래도 아버지와 형은 아무 대꾸를 하지 않았다.

"이 마음, 절대로 변하지 않을 겁니다."

유키나가가 강력하게 선언하는 것처럼 딱 부러지게 말했다.

조세이의 손이 부들부들 떨리고 있었다. 그런 아들을 대신하여 류사가 쉰 목소리로 물었다.

"만에 하나, 일이 잘못되면 고니시 일족은 한 명도 남김없이 모조리 죽음을 당한다는 사실도 알고 있겠지?"

"당연히 각오하고 있습니다. 원래 다이코 전하는 우리들 기리시탄 영주를 일본에서 쫓아내어 저 먼 변방의 땅에서 개죽음을 하도록 전쟁에 내몬 것입니다."

"……."

"당하기 전에 이쪽이 먼저 손을 써야 합니다."

"그래서, 어떻게 하자는 뜻이냐?"

류사가 이마에 땀을 흘리면서 괴로운 투로 유키나가에게 다시 물었다.

"짐독(鴆毒 : 맹독)보다 훨씬 느리고, 그러나 확실한 독이 없습니까?"

"독?"

조세이가 아직 꿈에서 깨어나지 않은 사람처럼 멍한 표정을 지었다. 그는 여전히 동생이 무슨 소리를 하고 있는지 믿어지지 않는 눈치였다.

"중국인들이 '샴'이라고 부르는 나라에 그와 같은 독이 있다는 이야기를 분명히 듣긴 했습니다. 무슨 수를 쓰던 그 독을 입수할 수 없겠습니까?"

유키나가는 미쓰나리로부터 의뢰받은 대로 아버지와 형에게 말했다. 그 독을 조금씩 다이코가 마시도록 한다. 그것은 급격한 죽음을 불러오지 않고, 서서히 육체를 갉아먹는 독일수록 더욱 좋다.

이야기를 듣고 난 류사가 한숨을 푹 내쉬며 중얼거렸다.

"알아보기로 하지……."

방안에 무거운 공기가 흘렀다. 그 같은 답답한 분위기를 떨쳐내려는 듯이 유키나가가 일부러 웃음을 지으며 이야기했다.

"그럼 이제 아까 말한 사람을 만나보기로 할까요?"

"응, 그러지."

조세이가 비로소 정신이 든 사람처럼 벌떡 일어났다.

"내가 가서 데려 오지."

그가 도망치듯이 방을 나섰다.

잠시 뒤 돌아온 조세이가 장지를 열면서 물었다.

"눈치 챘어?"

이토가 딸과 함께 미소를 지으며 앉아 있었다. 두 모녀가 반듯하게 방바닥에 양손을 짚으면서 머리를 숙였다.

"돌아오셨습니까?"

나란히 인사를 했다.

이토는 1년 4개월 만에 나란히 침상에 누웠음에도 남편의 안색이 굳어 있다는 사실을 깨달았다.

(그동안 고생이 많으셨습니다.)

그녀는 가슴이 메여 오는 느낌이 들었다. 하지만 그것만이 아니다. 유키나가는 이토에게 상냥하게 이야기를 걸려고 애를 썼지만, 그 눈동자 깊숙한 곳에는 우울한 그림자가 드리워져 있었다. 무언가를 고뇌하는 중이다.

"무슨 일이라도 있사옵니까?"

이토가 유키나가의 귀에 입을 대고 소곤거렸다.

"무엇이 그토록 괴로우신지요?"

이토가 다시 속삭이듯 물었다.

"아무 일도 아니야. 걱정하지 마!"

유키나가가 검고 긴 이토의 머리카락을 가만히 쓰다듬었다. 그러자 이토가 고개를 세차게 흔들었다.

"아닙니다, 전 알 수 있답니다. 아내로서 고통스러워하는 서방님의 아픔을 함께 나눌 수 없다면…… 슬퍼서 견디기 어렵사옵니다."

그렇게 말하는 이토의 두 눈에 눈물이 그렁그렁했다.

유키나가는 이 순간 문득 이토에게 모든 것을 털어놓을까 하는 기분이 들었다. 예전에 다카야마 우콘을 우토로 부르고자 했을 때, 이토가 오사카로 가서 기지를 발휘해 주었던 기억이 되살아났기 때문이다. 그녀라면 좋은 방법을 찾아 줄 것 같았다.

"이토는 서방님의 아내이옵니다. 아내가 남편을 도울 수 없다는 말씀이옵니까?"

"그럴 리가 있나!"

"신부님도 말씀하셨습니다. 기리시탄 부부는 어떤 일이 있어도 일심동체라고요. 어떤 일이 있더라도……."

"신부님이 그런 말씀을 하셨는가?"

"예."

한 손으로 이토의 몸을 부드럽게 끌어안으면서 유키나가는 묵묵히 궁리했다. 그의 이 같은 망설임에는 두 가지 이유가 있었다. 하나는 이 무섭기 짝이 없는 배신 행위에 처자를 끌어들여서는 안 된다는 감정이었다. 또 하나는 아낙네에게 대사를 일일이 알릴 수 있겠느냐는 남정네로서의 체면이었다.

그렇지만 만약 이 배신이 폭로된다면 다이코가 유키나가만을 처형할 리가 없었다. 천하에 본보기를 보인답시고 처자는 말할 나위도 없고, 일족 전체를 화형에 처하거나 참수하고 말리라.

유키나가는 저 옛날, 노부나가가 모반을 꾀한 아라키 무라시게를 가차 없이 처벌한 사실이 기억났다. 노부나가는 무라시게의 처첩은 물론이거니와 어린 자식들과 그들을 모시던 시녀와 몸종에 이르기까지, 혹은 능지처참을 하고, 혹은 강가로 끌고 가 목을 베었으며, 집안에 가둔 채 불을 지르기도 했다. 문자 그대로 아비지옥阿鼻地獄의 학살을 감행했던 것이다.

그런 처형이 행해질 당시, 유키나가는 아직 히데요시의 근시였다. 먼 옛날의 일이었건만 기억을 되살리자니 지금도 몸이 부르르 떨렸다.

(부부는 일심동체!)

신부님이 들려주었다는 그 말이 유키나가의 가슴을 파고들었다.

"이토! 누구에게도 이야기해서는 안 돼!"

"염려 마시옵소서."

이토가 벌벌 떨면서 겁을 내리라 여겼는데, 전혀 그런 기색이 없었다. 이토는 유키나가의 이야기가 끝나자 침상에서 일어나 유키나가를 향해 똑바로 앉았다.

"고맙사옵니다. 정말 잘 결심하셨사옵니다."

"놀라지 않았나?"

"어째서 놀라야 합니까? 그보다도 이토는 서방님을 자랑스럽게 생각하고 있사옵니다. 서방님이 하시려는 일은 만인이 바라는 바, 만인을 도탄의 고통에서 구해내는 일이옵니다. 그렇사옵기에 서방님을 진정한 사나이 대장부로 여기옵니다."

이토는 얼굴에 미소까지 머금고 이야기했다.

예전부터 자신의 아내가 다부진 성격의 소유자라고 감탄해 왔지만, 유키나와는 새삼스럽게 이토의 강인함에 저절로 고개가 숙여짐을 어쩔 수 없었다.

"날보고 사나이 대장부라고 했겠다?"

"예."

"얼마 전에 다이코 전하가 규슈를 정벌할 때, 나를 따르겠느냐, 아니면 하느님을 따르겠느냐 하고 몰아세운 적이 있었다. 지금도 생생하게 기억한다. 규슈의 하코자키에서 비가 내리는 6월의 밤이었다.

우콘 님은 남자답게 고개를 저으며 절대로 하느님을 버리지 못한다. 그리고 아카시의 영지와 백성을 다 반납하겠노라고 대답했다······. 그런데 나는 차마 그럴 용기가 나지 않았다. 그 이래 내가 계집아이처럼 여겨져 계속 고민해 왔는데, 이토가 그런 나를 사나이 대장부라고 칭찬해 주었단 말인가?"

"그렇사옵니다."

"그게 사실이라면, 아마도 이토가 나를 남자답게 바꿔 준 모양이로군!"

"아닙니다. 그렇지 않사옵니다."

이토가 웃음을 머금은 채 고개를 저었다.

"서방님의 남자다움은 우콘 님의 남자다움과 형태가 다르옵니다. 서방님의 남자다움은 겉으로 본심을 드러내지 않사옵니다. 몸을 낮추면서도 마음으로는 결코 머리를 숙이지 않는다는 점이옵니다."

"그것이 이날까지 나의 면종복배의 생존법이었다."

"면종복배 또한 훌륭한 생존법이라고 이토는 믿사옵니다. 그렇게 믿지 않았더라면 서방님께 시집오지도 않았을 것이옵니다."

그런 다음 그녀가 무릎 위에 두 손을 가지런히 올리면서 말했다.

"서방님, 부탁이 있사옵니다."

"무엇인가?"

"그 큰일을 저에게 맡겨 주시옵소서."

너무나 뜻밖의 부탁인지라 유키나가가 기겁을 하면서 아내의 얼굴을 뚫어져라 쳐다보았다. 그러나 이토는 안색 하나 변하지 않았다.

"그와 같은 일은 상대가 방심하도록 만드는 것이 무엇보다 중요하옵니다. 그러기 위해서는 이토와 같은 여자가 도리어 나으리라고 판단되옵니다."

"그런가……. 하지만 만에 하나 비밀이 외부로 새는 날이면 우리 부부로 끝나지 않는다. 아버님, 형님, 그리고 고니시 일족은 물론이거니와 어린 아이들도 몽땅 죽음을 면치 못할 것이다. 확실한 방책이 서지 않는 한, 몸을 가볍게 움직여서는 절대로 안 된다."

유키나가는 아라키 일족의 멸망을 이토에게 들려주었다. 그래도 이토의 얼굴에서는 미소가 사라지지 않았다.

"잘 아옵니다."

"그렇다면 무슨 방책이라도 있는가?"

"이제부터 천천히 궁리해 보겠사옵니다. 저는 여자니까 서방님이나 아버님, 형님과 달리 생각할 여유가 충분히 있사옵니다."

이토는 유키나가의 승낙을 받는 순간, 무어라 형언하기 어려운 부부로서의 행복을 느꼈다. 지금까지는 남편만을 전쟁터에서 좌충우돌하게 하고, 남의 나라에서 고통을 당하게 해왔다. 그러나 앞으로는 문자 그대로 일심동체가 되어 함께 싸울 수 있게 되었기 때문이다. 그리고 이들 부부의 적은 이제 조선이 아니었다. 나고야에 있는 권력자 히데요시였다…….

(우리들 부부의 적은 조선이 아니라 다이코이다.)

이토와 똑같은 기분에 잠겨 이토의 격려를 받으며, 유키나가는 부산포로 돌아왔다. 그리고 이때부터 그의 행동은 예전과는 달리 대담무쌍해졌다. 각오를 단단히 했기 때문이다.

우선 그는 심유경에게 편지를 보내 일본군의 진주 공격이 머지않았음을 일러주었다. 조선 측의 자료인 〈선조실록〉을 읽어보면, 그는 진주의 백성들을 즉시 피난시키도록 권했다. 그렇게 한다면 일본군도 '성이 비어 있고 사람 그림자도 보이지 않으니 즉시 병력을 동쪽으로 이동시킬 것'이라고 알려 주었다.

이 같은 적과의 내통을 미쓰나리 이외에는 일본군의 어느 누구도 몰랐다. 그리고 6월 22일, 우키타 히데이에를 사령관으로 하는 일본군이 진주성을 공격하기 시작했다.

조선 측은 유키나가의 비밀스러운 통보를 믿지 않아 성안의 주민들을 피난시키지 않았다. 전투는 격렬하기 이를 데 없었다. 구로다 나가마사의 편지에는 성이 함락된 다음에야 유키나가 부대가 마지못해 모습을 드러냈다고 적혀 있다. 유키나가는 비난받을 줄 알면서도 이 무의미한 싸움에 가담하기를 거절했던 것이다.

뿐만이 아니었다. 이 전투가 끝난 뒤 그는 심유경을 웅천으로 불러 훨씬 대담한 행동을 둘이서 감행했다. 그것은 명나라에 대한 다이코의 사죄문을 조작하여 그것을 같은 기리시탄 무장인 나이토 히다노카미로 하여금 베이징으로 가져가게 했던 것이다.

히다노카미는 세례명을 조안이라고 했다. 옛날 단파야기의 영주였으며, 쇼군將軍 아시카가 요시아키의 가신이었다. 그런데 노부나가와 요시아키가 서로 다투는 바람에 영지를 빼앗기고 만 사람이었다. 그러나 유키나가는 이 조안이 기리시탄이었기 때문에 다카야마 우콘이나 마찬가지로 자신이 보호해 왔다. 바로 그 조안에게 유키나가가 어려운 부탁을 했다.

"잘 부탁한다. 목숨을 걸고 대임을 맡아주기 바란다. 명나라 도읍까지 다녀와 주었으면 한다."

"명나라의 도읍?"

조안도 깜짝 놀랐는지 아무 대꾸도 하지 못했다. 그러나 이제 유키나가는 필사적이었다. 그 필사적인 얼굴 표정이 조안을 움직였다.

"잘 알았소."

마침내 승낙하고 말았다.

'만력萬曆 23년 12월 21일. 일본 간파쿠 히데요시, 성황성공誠惶誠恐, 계수돈수稽首頓首, 상언청고上言請告' 라는 문장으로 시작하는 이 사죄문은 "간절히 바라옵건대 천조天朝의 용장龍章을 얻어 은석銀錫으로 일본 진국鎭國의 총영寵榮을 이루소서. 엎드려 비오니 폐하 일월조림日月照臨의 빛을 드넓게 하시고……. 책봉 번주藩主의 명호名號를 내려 주시옵기를"이라는 표현으로 명나라 황제에게 아부하면서 책봉을 요청했다. 문장의 행간에서는 유키나가의 죽음을 각오한 필사적 심정이 번져 나온다.

그는 심유경과 이 가짜 편지를 작성하면서 이토가 하던 이야기를 절절하게 떠올렸다.

"면종복배 또한 훌륭한 생존법이라고 이토는 믿사옵니다."

이토의 그 미소만 떠올리면 유키나가는 더 이상 고독하지 않았다.

심야, 유키나가의 형 조세이가 이토의 숙소를 찾아가 몰래 독약을 건네주었다. 그것은 회갈색의 가루로, 샴국에서 자라는 바곳과 닮은 풀에서 추출한 것이었다.

"복용하면 그 자리에서 죽습니까?"

이토의 질문에 조세이가 고개를 저었다.

"금방 죽지는 않는 모양이더군. 차츰 차츰, 오장육부를 망가뜨려 급기야는 쇠약하여 일어나지도 못하게 돼."

"그렇습니까?"

"하지만, 이토!"

조세이가 괴로운 표정을 지었다.

"우리가 지금부터 하려는 짓은 기리시탄이 가야할 길에서 어긋나는 게 아닐까?"

조세이는 아무리 동생의 부탁이라고는 해도 그것이 계속 마음에 걸려 견디기 어려운 모양이었다. 동생과 달리 그는 소심하고 충실한 가톨릭 신자였다.

"아닙니다."

그 같은 조세이의 기분을 단호하게 붙잡으려는 듯이 이토가 대답했다.

"저는 그렇게 여기지 않습니다. 이 전쟁으로 인해 일본의 모든 무사들은 물론이거니와 백성들까지 얼마나 고통을 당하는지 모르는 사람은 단 한 명도 없습니다. 우토에서도 아마쿠사에서도, 남자가 사라지는 바람에 여자들이 밭을 일구고, 먹을 것이 떨어져 울부짖는 아이들을 대할 때마다 내 가슴도 찢어지는 것 같습니다. 그럼에도 불구하고 그런 말을 입에 담는 것조차 안 되니 이 얼마나 만정이 떨어지는 일입니까? 예수님이 지금 이 자리에 계셨더라면, 누구 편을 들어주실지 불을 보듯 분명하지 않습니까?"

"음!"

조세이는 이토의 논리 정연한 이야기에 무어라고 할 말이 없었다.

"사정이 이러하니 수많은 사람들을 위해 목숨을 거는 것이 어째서 기리시탄으로서 나쁘다고 하겠습니까?"

"음……!"

조세이는 내심 여자의 잔소리에 당할 재간이 어디 있느냐며 슬그머니 물러서고 말았다.

"그런데 진짜로 해낼 자신이 있어?"

"해보지 않으면 모를 일이긴 합니다만……. 내 나름대로 계획이 있습니다."

20. 영웅의 노추 老醜

 이토는 25만 석 영주의 안방마님인지라 그리 가볍게 돌아다니지 못한다. 지금의 그녀는 자신이 도모하는 일을 실행에 옮겨 줄 동지가 필요했다.
 그 동지로 누구를 고를까 하다가 짚이는 바가 있었다. 그래서 남편에게 이 일을 자신에게 맡겨 달라고 부탁했던 것이다.
 동지는 바로 히데요시에게 죽음을 당한 아케치 미쓰히데를 모시던 남녀였다. 그들은 주인을 죽이고 최고 권력자가 된 히데요시에게 지금도 복수의 원한을 품고 있다. 그런 사실은 그녀가 예전에 호소카와 집안에서 일하던 시절부터 잘 알고 있었다.
 이토가 모시던 호소카와 집안의 안방마님 다마는 두말할 나위도 없이 미쓰히데의 딸이다. 그리고 그녀가 호소카와 다다오키에게 시집오면서 몇 명의 시녀를 자신의 집으로 데리고 왔다. 그 시녀들 가운데 아직도 히데요시를 미워하며 원망의 눈초리를 던지는 사람이 있었다.

옛 가신들 중에도 이 시녀들을 통해 아케치 가문의 부활을 기도한 자가 없지는 않았다. 그렇지만 다마가 그것을 막은 적이 있다.

"나는 이제 호소카와 집안의 여자입니다. 호소카와 집안의 사람이 간파쿠 히데요시 님의 뜻에 반하여 아케치 가문의 부흥을 꾀할 수는 없는 노릇입니다."

그녀는 시녀들에게도 엄하게 지시를 해놓았다. 이후 옛 가신이나 시녀들도 이 건에 관해서는 침묵을 지켜 왔다.

그러나 이토에게는 이들 남녀의 원한이 완전히 사라진 것으로 여겨지지 않았다. 잿더미 속의 불씨처럼 그것은 몸을 감춘 채 화염으로 피어날 날을 기다리며 도사린 잉걸불과도 같았다.

"어떻게 해서든 저를 교토로 보내 줄 방도가 없겠사옵니까?"

그녀가 시아버지 류사에게 은근히 청을 넣었다.

"그래?"

류사는 며느리가 뜻하는 바를 알아차렸는지 이유는 묻지도 않고 한참 궁리한 끝에 이렇게 말했다.

"8월의 오봉(본래는 백중날이지만 중추절이나 다름없음. 옮긴이)이 되면 고니시 가문의 조상님께 성대한 제사를 지낼까 했다. 하지만 유키나가는 전선에 나가고 없으니 그대가 대신 나서는 게 어떨까?"

시아버지답지 않은 정중한 표현으로 류사가 제안했다.

"제발 그렇게 해주시옵소서."

"그럼 내가 다이코 전하에게 허락을 청해 보겠다."

다행스럽게도 이 무렵 히데요시의 기분이 다소 나아져 있었다. 그것은 오사카에 있는 요도기미가 임신하여 순조롭게 출산을 기다린다는 길보가 5월에 날아들었기 때문이다.

"잘 됐어! 기왕이면 아들을 낳아주면 더 좋으련만 말이야!"

마침 이렇게 히데요시가 춤이라도 덩실 출 듯이 들떠 있던 시기였다.

"그래? 유키나가의 안사람도 거기까지 간 김에 오사카성으로 가서 와카와 만나보면 좋겠지!"

히데요시는 류사의 청을 듣자마자 이내 허락을 내렸다. 그러면서 아직 태어나지도 않은 아이를 벌써부터 '와카'라고 부르며 만면에 희색이 가득했다.

그 8월이 오기 전에 이토는 류사와 조세이 등과 함께 우토를 떠나는 배에 올랐다. 일행은 해안을 따라 북상하여 세토 내해로 들어섰다.

다음은 순풍, 돛을 올리고 무로쓰로 향했다. 무로쓰는 예전에 유키나가가 행정관으로 관리하던 곳이었다. 바로 그 무로쓰 항구에서 그는 면종복배의 생존법을 작심했었다.

이토 역시 아는 사실이었다. 그랬던지라 배가 저녁노을이 지는 고요한 바다를 지나 울창한 나무들이 빽빽이 들어찬 곳 안으로 들어서자 감개가 무량했다.

(저도 지금 막 똑같은 결심을 하고 있사옵니다!)

이토는 먼 이국에 있는 남편을 향하여 이렇게 크게 고함치고 싶은 충동에 휩싸였다.

오사카에 도착하자 그녀는 류사와 조세이를 따라 사카이의 고니시 저택에서 묵었다. 난쇼지라는 절에서 가까운 그 저택은 과연 사카이 거상의 집답게 상당히 으리으리했다.

8월 3일, 오사카성에서는 시녀와 시중드는 자들이 분주하게 들락날락했다. 요도기미가 사내아이를 출산했던 것이다. 나중의 도요토미 히데요리였다.

낭보는 즉시 빠른 배편으로 규슈의 나고야에 있는 히데요시에게도 전해졌다.

촛대의 불길이 모기 날개처럼 흔들리는 방에서 이토는 호소카와 집안 안방마님인 다마의 노老 시녀 오쿠라와 마주 앉아 있었다.

이토는 오랜만에 자신이 예전에 모시던 다마에게 인사하기 위해 오사카에 있는 호소카와 집안의 저택을 찾아왔다. 거기에는 다이코 히데요시의 득남 소식을 들은 다마가 단바에서 와 있었기 때문이다. 지금은 자신이 모시던 여성과 동격인 영주의 정실이 되었다고 하지만, 이토는 다마나 그녀의 시녀들에게조차 눈곱만큼도 으스대는 태도를 취하지 않았다. 그렇지만 돌아갈 때 가마 옆에까지 배웅 나온 늙은 시녀 오쿠라에게 살짝 속삭였다.

"아무에게도 알리지 말고 의논하고 싶은 일이 있어요. 아케치 가문에 관한 일입니다."

오쿠라의 얼굴이 핏기가 가시면서 하얗게 변했다. 그녀는 잠자코 고개를 주억거렸다.

"제 말은 누구에게도 알려서는 안 됩니다."

오쿠라가 또 다시 고개를 끄덕였다.

이렇게 해서 두 사람은 사카이에 있는 고니시 저택의 별채에서 마주 앉았다. 오쿠라는 다마를 대신하여 전날 이토가 호소카와 저택을 찾아준 데 대한 답례로 사카이에 온 것이었다.

이토는 오쿠라에게 모든 내용을 털어놓았다. 오쿠라는 미쓰히데의 옛 가신인 구사오리 요시하루의 딸이었다. 오랜 세월 호소카와 집안에서 일하면서 말수는 적었지만 지혜와 근성에서는 다른 시녀들마저 감탄해 마지않을 지경이었다. 그래서 이토도 오쿠라만큼은 신뢰할 수 있다고 믿었다.

이야기가 끝나자 이토가 조용히 덧붙였다.

"이런 큰일을 털어놓을 때는 나로서도 죽을 각오가 되어 있습니다. 그러니 만일 당신이 싫다면 싫다고 솔직히 이야기해 주기 바랍니다."

오쿠라가 한동안 침묵을 지키면서 이토의 얼굴을 뚫어져라 바라보았다. 그러더니 분명히 대답했다.

"싫다고…… 말하지 않았사옵니다."

"그럼 같은 편이 되어 주겠습니까?"

"예. 단지 너무나도 큰일이온지라 부디 조심, 또 조심하지 않으면 안 될 줄 아옵니다."

무릎 위에 단정하게 두 손을 올려놓은 채 오쿠라가 또박또박 단호한 어투로 대답했다.

"우선 오사카성 내에 누군가 우리를 도와 줄 사람을 찾아야 하옵니다. 그것도 단 한 명이면 될 것이옵니다."

"단 한 명?"

"이 일은 무엇보다 비밀이 중요합니다. 비밀은 사람 숫자가 많아지면 많아질수록 새어나가기 쉽사옵니다."

과연 오쿠라는 노시녀답게 일처리에 빈틈이 없었다.

"그래서…… 마음에 짚이는 사람이라도?"

"생각해 보겠습니다."

이때 이토는 잔등으로 진땀이 흐르는 것을 느꼈다. 만약 오쿠라가 거절했더라면 그녀를 죽일 각오까지 하고 있었던 것이다.

이토는 예전부터 오쿠라가 꼭 필요한 말 외에는 잘 하지 않는다는 사실을 알고 있었다.

"생각해 보겠습니다."

그녀가 그렇게 대답한 이상, 반드시 무슨 방법을 강구하리라고 이토는 믿었다.

이토는 류사와 조세이를 따라다니면서 사카이와 오사카를 구경했다. 한편으로는 오사카 인근에 사는 선교사들을 찾아가기도 하며 길보를 기다렸다.

그런 다음 오사카성으로 들어가 요도기미에게 출산 축하 인사를 올렸다.

"유키나가도 없는데 일부러 오사카까지 와주어 너무 고맙구려."

요도기미가 예의를 갖추는 인사만큼은 틀에 박힌 대로 입에 담았다. 그러나 이토가 보기에 그녀는 너무나 버릇이 없어 보였다.

"천천히 묵으면서 교토도 구경하시구려."

"고마운 말씀이옵니다."

고개를 숙여 인사했다. 그러나 마음속으로 이 여성은 전쟁터에 나가 있는 유키나가를 비롯한 수많은 병사들의 고생에 대해서는 단 한 번도 걱정한 적이 없으리라 여겼다.

　요도기미와 만난 이튿날, 오쿠라로부터 이토에게 보내는 편지를 가진 심부름꾼이 찾아왔다. 편지는 남이 훔쳐보지 못하도록 약품을 발라 쓰기로 미리 약속해 두었다. 이토는 그 두루마리 편지를 촛불 가까이로 가져갔다.

　편지에는 오쿠라가 신뢰할 수 있는 한 명의 여성을 히데요시의 측실인 마쓰노마루의 시녀로 일하도록 하는 데 성공했다는 내용이 적혀 있었다.

　마쓰노마루에 관해서는 이토도 알고 있었다. 마쓰노마루는 교우고쿠 다카요시의 딸로, 시바타 집안의 가신인 다케다 겐메이의 아내가 되었다. 그런데 시바타 집안이 멸망하고 남편인 겐메이가 처형을 당하고 나자 히데요시의 첩이 되었다. 오사카성 내에서는 요도기미에 이어 두 번째 측실이었다.

　여하튼 마쓰노마루에게 교두보를 만들었다는 것은 역시 오쿠라의 수완이 예사롭지 않다고 해야 옳았다. 이토로서는 그걸 발판으로 삼아 다음 행동을 취할 준비에 들어가야 했다.

　유키나가 쪽은 그동안 나이토 조안이 돌아오기를 기다리고 있었다. 조안은 앞에서도 말했듯이 기리시탄 무장으로, 유키나가의 지시를 받아 가짜 항복서를 지니고 베이징으로 떠났었다.

　조안은 평양까지 간 다음 거기서 발이 묶여 이러지도 저러지도 못하고 있었다.

　조선 측이 일본과 명나라의 화의에 계속 이의를 제기했고, 명나라 조정 내에도 일본군에 대한 의심이 완전히 풀리지 않았기 때문이다.

그것을 조정하는 데 1년이 걸렸다. 심유경을 발탁하여 강화 교섭을 맡겼던 대사마大司馬 석성이 백방으로 손을 써주었다. 그래서 조안은 부산을 떠난 지 16개월 만에 간신히 요양遼陽에 닿았고, 거기서 명나라 조정의 마중을 받았다.

유키나가는 그 긴 세월 동안 숙적인 가토 기요마사가 화의 교섭을 방해할까봐 끊임없이 가슴을 졸였다. 그는 조선 측의 대표자인 김응서에게 다음과 같은 편지를 보냈다.

"내가 어렴풋이 들었다. 기요마사가 귀국에 이런 이야기를 한 것으로 안다. 천조(天朝 : 명나라를 일컬음)와 연분을 맺어 귀국을 나눈 다음 물러가리라고. 이것은 원래 간파쿠가 의도한 바와 다르다. 더구나 몰래 자신의 말을 퍼트려 우리의 화의 교섭을 방해하고 있다."

유키나가는 적을 속였다. 같은 편도 속였다. 주인인 히데요시도 속였다. 그가 믿을 수 있는 것은 극소수의 동지와 육친, 그리고 아내인 이토뿐이었다.

그렇지만 이 인내의 시기에 일본으로부터 바다를 건너 전해져 오는 소식이 때로는 유키나가를 고통스럽게 만드는가 하면, 때로는 들뜨게 만들기도 했다.

그를 고통스럽게 만든 소식은 히데요시의 전의戰意와 고집이 조금도 줄어들지 않는다는 사실이었다. 이시다 미쓰나리가 알려 온 바에 의하면, 히데요시는 안달을 내고 초조해 하며, 자기 대신 양자인 간파쿠 히데쓰구를 조선으로 파견하여 전군의 지휘를 맡기겠노라고 떠벌이기도 한다고 했다.

하지만 한편으로는 그 히데요시의 몸이 조금씩 허물어져 간다는 보고도 유키나가의 귀에 들어왔다.

다이코는 요즈음 들어 기침이 심해지고, 걸핏하면 배가 아파 아리마에서 온천 치료를 받는다는 것이었다.

(필시……)

유키나가는 홀로 짐작해 보았다.

(이토의 솜씨가 발휘된 게 아닐까?)

히데요시의 죽음. 그것을 앞당기느라 아내도 애를 쓴다. 유키나가는 그 순간, 싸우고 있는 사람이 자기 혼자가 아니라는 사실을 떠올렸다. 자신은 이토록 멀리 떨어져 있어도, 두 사람은 똑같은 적을 상대로 똑같은 운명을 짊어지고 있다는 연대감이 가슴을 벅차게 했다.

유키나가의 제1군이 주둔하고 있는 웅천의 성채는 바다를 바라보는 위치에 세워졌다. 그 바다가 밤이 되면 거친 파도 소리를 내어 고뇌하는 유키나가를 더욱 더 잠 못 이루게 하는 날이 많았다.

(이것은 내 생애 최대의 도박이다.)

그럴 때마다 유키나가는 이렇게 혼잣말을 했다.

(모 아니면 도의 단판 승부다.)

그리고 1594년이 저물어 가던 12월, 나이토 조안이 간신히 북경에 도착하여 조사를 받은 다음 명나라 황제를 알현했다. 황제는 유키나가와 심유경이 작성한 강화와 책봉 청원서를 허락한다는 교시를 내렸다. 명나라 조정은 즉시 이 사실을 유키나가에게 전해 주기 위해 사절을 파견했다.

사절이 갑자기 웅천에 나타났을 때, 유키나가는 다리가 벌벌 떨렸다. 드디어 기다리고 기다리던 날이 찾아오려고 했기 때문이다.

그렇지만 조안이 보낸 편지를 읽어 보니 명나라 조정이 일본에 대해 세 가지 서약을 요구한다고 했다. 하나는 일본이 두 번 다시 조선을 침략하지 않을 것, 두 번째는 명나라로부터 책봉을 받아도 통상을 요구하지 말 것, 그리고 마지막으로 일본군이 완전히 철수해야 한다고 적혀 있었다.

다른 두 조건이야 어쨌든, 마지막의 일본군 철수 요구는 유키나가로서는 불가능한 일이었다. 왜냐하면 이 비밀 교섭을 아직 눈치 채지 못하고 있는 주전파의 가토 기요마사가 의심을 품을 가능성이 있었기 때문이다.

"철군을 당장 하기는 곤란하오. 무엇보다 가토 기요마사와 같은 강경파를 먼저 달래지 않으면 안 되기 때문이오."

유키나가가 사절인 진운홍에게 사정을 설명했다. 그런 다음 물어보았다.

"그런데 그 전에 책봉 사절이 언제쯤이나 일본으로 가게 되는지 궁금하오."

"그렇지요, 빠르면 빠를수록 좋지 않겠습니까?"

진운홍이 간단하게 대답했다.

"내년 초에는 북경을 떠날 예정인 것으로 압니다."

"아니, 내년 초라고? 그건 불과 한 달 뒤가 아니오?"

내년 초라는 말을 듣는 순간 유키나가는 얼마나 곤혹스러웠는지 얼굴이 딱딱하게 굳어졌다.

유키나가가 곤혹스러워하는 것도 무리가 아니었다. 그는 명나라와 교섭하느라 고심을 거듭해 왔지만, 일본 국내에서 그것을 받아들일 준비는 이시다 미쓰나리에게 맡겨 두었다. 불과 한 달로는 제아무리 기민하고 교활한 미쓰나리라도 다이코와 그 주위의 여러 측근들을 속이기에는 시간이 턱없이 모자랐다. 아무리 용을 써도 이 책봉 사절을 명나라의 항복 사절로 둔갑시킬 준비를 하기에는 너무 여유가 없었다. 적어도 서너 달의 시간은 필요하리라.

(우물쭈물하고 있을 때가 아니다.)

유키나가는 사절인 진운홍에게 짐짓 웃음을 지어보이며 재빨리 자신이 취할 조치를 궁리했다. 취할 수 있는 조치는 두 가지밖에 없었다.

첫째는 이 사실을 이시다 미쓰나리에게 신속하게 전하여 그의 지시를 기다리는 것이다. 특히 책봉 사절의 일본 방문을 얼마나 연기하면 다이코를 위시한 모든 사람들을 속이고, 국내 체제를 정비할 수 있는지 알고 싶었다.

그리고 다른 하나는 이토에게 다이코의 죽음을 앞당기도록 재촉할 필요가 있었다. 만약 전혀 발각되지 않고 다이코가 병으로 죽는 형태를 취해 주기만 한다면, 문제는 일거에 해결될 수 있었다.

"그럼 이렇게 하십시다!"

유키나가의 뇌리로 어떤 영감靈感이 번쩍 스쳤다. 그걸 놓치지 않고 진운홍에게 제안했다.

"만일 책봉 사절이 한양까지 도착하게 되면, 일본군이 조선에서 철수하기로 합시다."

진운홍은 유키나가의 이 교활한 제안에 걸려들었다. 그는 유키나가가 마음속으로 꾸미는 계획을 짐작할 리 없었다.

유키나가는 책봉 사절이 조선으로 단 한 걸음이라도 발을 디디면, 그 순간 어려운 문제는 다 풀리리라 믿었다. 명나라 조정은 어지간한 사정이 생기지 않는 한 문서를 중요시한다. 한번 내린 명령을 거두어들일 리가 없다. 그러니 그 다음은 일본군 철수를 가능한 한 늦추어 시간을 벌면 되는 것이다.

그러는 사이에 다이코는 이토가 주는 독을 조금씩 먹고 쇠약해져 정무를 보는 것조차 불가능해지리라.

그렇게 된다면 이시다 미쓰나리를 중심으로 한 세 측근 참모가 정치를 대행할 테니까 아무 것도 발각되지 않은 채 강화가 성립되리라.

유키나가가 긴급히 보낸 편지를 받아든 미쓰나리는 다 읽은 다음 즉시 편지를 촛대로 가져갔다. 불길이 편지를 핥으며 재가 되어 접시에 떨어졌다. 이로써 증거는 깨끗이 사라졌다.

(석 달로도 힘들어!)

미쓰나리 역시 한숨을 내쉬었다. 그는 유키나가 이상으로 히데요시의 고집스러운 신념을 매일 대해야 했다. 날이 갈수록 몸의 기력이 떨어져 가는 데도 불구하고 입버릇처럼 이렇게 중얼거렸다.

"조선과 명나라를 평정하지 않는 한, 내 일생도 끝나지 않아!"

최근에 와서는 수시로 조선으로 건너가겠다고 성화를 부렸다. 미쓰나리가 그것을 만류하면 또 이렇게 떼를 썼다.

"그렇다면 내 대신에 간파쿠 히데쓰구를 대장으로 임명하여 조선으로 보내자!"

 미쓰나리를 불안하게 만드는 것은 히데요시의 잠꼬대나 다름없는 그 말을 간파쿠 히데쓰구가 진심으로 받아들이기 시작했다는 사실이었다. 히데쓰구는 히데요시의 친아들이 아니라 조카이자 양자였다. 그런데 8월에 요도기미가 친아들을 낳자 기뻐 어쩔 줄 몰라 하는 히데요시를 보면서 히데쓰구는 자신의 지위에 그림자가 드리우는 것을 느꼈다. 그래서 일본에 앉아 있는 것보다 차라리 조선으로 건너가 거기서 자신의 미래를 찾아보고 싶다는 심정을 측근들에게 털어놓는다고 했다.

 (만일 그 사내가 진짜 그럴 마음을 먹는다면…….)
 미쓰나리는 눈을 감았다. 간파쿠 히데쓰구는 말하자면 순진하기 짝이 없는 사내였다. 융통성이 없는 우직한 인간이라고도 할 수 있었다.

 그와 같은 사내가 진짜로 마음을 먹으면, 스스로 나서서 조선으로 보내달라고 다이코 히데요시에게 청할지 모른다. 그것은 예삿일이 아니다.

 (손을 쓰지 않으면 낭패다.)
 미쓰나리가 시종에게 자신의 심복인 시마 사콘을 불러오라고 명했다. 사콘은 미쓰나리로서는 무슨 일이건 털어놓고 의논할 수 있는 필두 가신이었다. 원래는 쓰쓰이 준케이의 가신이었는데, 준케이가 멸망한 뒤 미쓰나리가 히데요시로부터 받는 녹봉의 절반을 주기로 약속하고 가신으로 삼은 인물이었다. 이것은 전국 시대의 유명한 에피소드로 전해 내려온다.

바로 그 사콘은 미쓰나리의 이야기를 듣고 고개를 푹 숙인 채 생각에 잠겼다.

"비상 수단을 강구하지 않을 수 없사옵니다."

잠시 시간이 흐르고 나서 사콘이 대답했다.

"비상 수단이라니?"

"간파쿠 히데쓰구가 모반을 일으키려 한다는 소문을 퍼트리는 것이옵니다."

"모반을 일으키려 한다고……?"

실은 미쓰나리 역시 그런 생각을 하고 있었지만 일부러 놀란 표정을 지었다.

"그렇사옵니다. 화근은 일찌감치 뿌리를 뽑아버리는 것이 좋으리라 여겨지옵니다."

뺨에 미소를 지으며 미쓰나리가 고개를 끄덕였다. 내심 역시 시마 사콘은 자신과 뜻이 통한다고 감탄했다.

다행히 히데요시는 지금 한창 요도기미가 낳은 아들에게 푹 빠져 있었다. 눈에 넣어도 아프지 않다는 속담대로 귀여워 어쩔 줄을 몰라 했다. 거기에는 인지상정으로 양자인 히데쓰구가 자신의 친아들 대신 도요토미 가문의 후계자가 되는 게 점점 껄끄러워지기 시작하는 측면도 있으리라. 하물며 친아들을 낳은 요도기미로서야 그런 감정이 한층 강할 게 분명했다.

"알았어!"

미쓰나리는 그날 밤 늦게까지 사콘과 히데쓰구는 모반 소문을 퍼트릴 방법에 관해 머리를 맞대고 숙의했다. 무엇보다 요도기미의 시녀들을 부추겨서 요도기미의 마음을 자극하는 것이 가장 좋은 방법이었다. 게다가 용의주도한 미쓰나리는 벌써부터 그들 시녀 가운데 자신의 심복들을 심어 놓았다.

이토는 남편이 보내온 밀서를 읽고 곤혹스러웠다. 남편이 히데요시의 죽음을 앞당기라고 재촉하는 전후 사정은 이토도 잘 알고 있었다. 그러나 사카이의 시아버지로부터 건네받은 독약을 한꺼번에 많이 쓸 수가 없었다.

왜냐하면 다이코의 식사는 물론이거니와 측실의 방으로 가서 마시는 차에도 반드시 사전 점검이 행해졌다. 히데요시의 입으로 들어가기 전에 담당자가 먼저 맛을 보아 독이 있는지 없는지를 살피도록 되어 있었던 것이다. 그러니까 독을 너무 많이 타면 즉시 들통 나고 만다. 더구나 오쿠라가 심어 놓은 독살자가 마쓰노마루의 시녀 가운데 있다는 사실마저 드러나지 말라는 보장이 없었다.

남편의 성공을 위해서는 히데요시의 죽음을 하루라도 앞당기는 게 좋다. 하지만 그걸 위해 서두르다 공들여 온 모든 일을 그르치고 만다면 어떻게 될 것인가? 고니시 집안은 류사와 조세이를 포함하여 모조리 죽음을 당하리라.

게다가 그녀는 시아버지 류사가 최근에 와서 건강이 나빠지는 바람에 병상에 누워 있는 것도 께름칙했다. 원래 아주 건강한 노인이었다. 자신의 몸에는 항상 주의를 기울이는 사람이었는데도 요즈음은 눈에 띄게 쇠약해졌다.

우토로 돌아간 이토는 문득 시아버지 류사의 상태가 다이코 히데요시의 최근의 쇠약함과 무척 닮았다는 사실을 깨달았다. 히데요시 쪽은 먼저 볼의 살이 빠진 뒤 몸이 야위었다. 기침이 심해지고, 더구나 이따금 용변을 가리지 못하는 경우마저 생겼다. 그와 마찬가지 증상이 류사에게도 나타났다.

(어쩌면 이건…….)

먹구름과 같은 의혹이 이토의 가슴 속에 번졌다. 류사는 그 독약을 조금씩 먹으면서 자신도 죽음의 길을 택하고 있는 게 아닐까?

그것은 사카이의 일개 장사꾼인 자신을 특별히 배려하고, 아들 유키나가를 어엿한 한 지역의 영주로 삼아 준 다이코에 대한 최소한의 속죄를 위해서가 아닐까?

아들 유키나가와 이 나라의 장래를 위해 류사는 약을 입수했다. 그리하여 집안 모두가 히데요시 독살 계획에 나섰다. 그렇지만 이 의리가 넘치는 노인이 거기에 대한 속죄 의식에서 스스로 그 약을 매일 조금씩 먹고 있지나 않을까?

이토는 그런 의혹이 점점 진하게 뇌리에 퍼져가는 것을 느꼈다. 그러나 어쩔 도리가 없다. 모든 것은 이미 움직이기 시작했다.

"조금만 더 참아 주시옵소서."

그녀는 남편에게 설령 다른 사람이 훔쳐 읽어도 알아차릴 수 없도록, 하지만 유키나가만은 알아볼 수 있는 편지를 적었다.

"그때까지 명나라 사절의 발을 묶어 두시옵소서."

이것이 1595년 초봄, 유키나가 부부에게 일어난 일이었다.

그리고 그해 6월, 이토마저 기겁을 하고 놀랄만한 대사건이 일어났다. 다이코 히데요시가 기습적으로 미쓰나리 외 세 명의 측근 참모에게 명하여 간파쿠 히데쓰구를 힐문하게 했다. 그에게 모반의 의도가 있는지 없는지를 조사시켰던 것이다.

히데쓰구는 청원서를 제출하여 의혹을 부인하려고 했다.

그러나 7월, 다이코는 히데쓰구를 후시미로 불러들여 측근인 기노시타 요시타카의 저택에 감금했다가 다시 고야산으로 압송했다. 그리고 7월 15일, 끝내 할복 자결을 강요했다. 히데쓰구 혼자만이 아니라 그의 처첩과 권속들이 죄다 산조 강변에서 극형에 처해졌다.

간파쿠 히데쓰구의 자결 소식은 규슈의 여러 제후들에게도 즉각 전해졌다. 이토가 있는 우토성에도 전갈이 왔다. 그렇지만 누구에게도 납득이 가지 않는 사건이었다. 아무도 히데쓰구의 모반 따위는 믿으려 들지 않았다.

(이 얼마나 가슴 아픈 일인가!)

다들 소매로 눈물을 닦았다고 한다. 그리고 한 사람, 이토는 그 배후에 눈에 보이지 않는 정치의 흑막이 있음을 간파했다. 그 같은 정치적 흑막에 남편인 유키나가도 가담했으리라는 기분이 들었다.

히데쓰구를 처형한 뒤 아무래도 잠자리가 뒤숭숭한 모양이었다. 히데요시는 요도기미의 거처로 가서 친아들 스테마루를 얼러 준 다음에는 측실을 찾아가는 날이 잦아졌다. 오사카성 서쪽 별채에 있는 마쓰노마루는 히데요시가 요도기미 다음으로 총애하는 측실이었다. 그는 성정이 과격한 요도기미에 견주어 소극적인 이 여성의 곁에 있는 편이 오히려 마음이 차분히 가라앉는 것 같았다.

"스테마루 님의 기분은 어떻사옵니까?"

그녀는 히데요시가 찾아오면 흡사 자신이 배를 아파하며 낳은 자식에 관해서 묻듯이 스테마루의 상태를 이것저것 꼬치꼬치 물었다.

"응, 여간 영리하지 않아. 벌써부터 말을 알아듣는 기특한 녀석이야!"

다이코 히데요시도 눈을 가늘게 뜨며 아들 자랑을 늘어놓았다.

시녀가 남만의 유리잔에 붉은 색깔이 도는 술을 따라서 공손하게 들고 왔다. 히데요시는 노부나가와 마찬가지로 포도주를 즐겼는데, 주량은 그다지 많지 않았다.

몸이 약해진 뒤로는 오히려 원기를 돋우느라 소량의 포도주를 천천히, 핥아먹듯이 마셨다. 그러면 한동안 몸에 열기가 돌아 맑은 정신이 되살아나는 것 같은 기분이 들었다.

히데요시는 유리잔을 받쳐 들고 방으로 들어온 시녀에게 그다지 주의를 기울이지 않았다. 특별한 관심이 없었던 것이다.

시녀는 마쓰노마루를 모시기에 안성맞춤으로 여겨질 만큼 부드럽고, 약간 시골티가 나는 처녀였다. 천하의 권력자 앞에서 잔뜩 긴장하고 있다는 사실이 그 얼굴에 여실히 드러났다.

히데요시는 기분 좋게 포도주를 맛보고, 그리고 한동안 이야기를 나눈 뒤 돌아갔다.

사흘 가량 지나서 히데요시는 갑자기 다리가 후들거려 쓰러질 뻔했다. 그러나 그것을 나이 탓으로 벌어진 일시적인 현상으로 여겼다. 시의侍醫가 그렇게 진단했기 때문이다.

21. 후시미성城의 밤

"어떻게 된 일이야?"

기요마사가 손에 쥔 두루마리를 펼치면서 고함을 질렀다. 구마모토의 어머니가 보낸 편지였다. 여든을 넘긴 어머니는 이제 직접 글을 적지 못한다. 구술을 하여 시녀가 대신 쓴 편지에 의하면 '오사카의 다이코 전하가 머지않아 명나라의 사절을 맞게 되고, 후계자를 얻어 얼마나 기분이 좋은지 모른다는 소문'이라고 적혀 있었다.

"나는 유키나가로부터 아무런 이야기도 듣지 못했어!"

그는 깜짝 놀라 가신인 모리모토 기다유와 이이다 가쿠베에를 불렀다.

"나 역시 분명히 화의를 맺기 위해 미쓰나리와 유키나가가 나서는 것을 알고 있으며 승낙도 해주었다. 하지만 그 결과를 여러 무장들에게 반드시 알려 주기로 하지 않았던가?"

"확실히 그랬지요."

모리모토 기다유가 불쾌한 듯 네모진 얼굴을 찌푸리면서 고개를 끄덕였다.

"그런데도 우리는 무엇 하나 제대로 아는 게 없지 않은가!"

"그것은……."

머리가 잘 돌아가는 이이다 가쿠베에가 자신의 턱을 만지작거리며 중얼거렸다.

"우리에게 알렸다가는 곤란한 무슨 사정이 있기 때문일 것이옵니다."

"틀림없어!"

기요마사도 동감을 표했다.

"저 요물에게는 잠시라도 눈을 떼어서는 안 돼. 그냥 내버려두면 큰일이 벌어질 거야. 어서 손을 써야겠어."

기요마사는 가쿠베에에게 명하여 심부름꾼을 보내기로 했다. 심부름꾼은 순안 전투에서 포로로 잡은 명나라 병사였다.

그 포로는 기요마사의 편지를 품에 넣고 순안 전투에서 진 다음 안원 부근에서 전열을 재정비하면서 이쪽의 동향을 살피고 있는 조명 연합군 진영으로 돌아갔다.

편지에서 기요마사는 자신도 화의를 맺는 데 반대할 생각이 없으므로 우선 예비 회담을 열기로 하자고 제안했다.

명나라 진영에서는 일본군 가운데에서도 주전론자인 가토 기요마사가 난데없이 화의 교섭을 제안하고 나오자 기괴하게 여겼다. 고니시 유키나가와 심유경을 통해 이미 강화에 관한 이야기가 마무리되었고, 일본군의 철수까지 약속해 놓고 이제 와서 새삼스레 무슨 뚱

딴지같은 소리냐고 의아해 했던 것이다.

명나라 장군 유정은 급히 유키나가에게 사람을 보내 이런 사실을 알려 줌과 동시에 기요마사에게는 오대산의 승려인 송운을 보내어 여하튼 교섭에 나서 보기로 했다.

유키나가 쪽에서는 전광석화처럼 답장이 왔다. 답장의 내용은 이번 화의 교섭을 일본의 최고 권력자 다이코 히데요시로부터 위임받은 사람은 자신이며, 기요마사 따위의 일개 무장이 그 같은 제안을 하는 것은 월권 행위에 다름 아니고, 정신이 돌았다고 밖에 여길 수 없으니 부디 상대하지 말아 달라는 것이었다.

"아무래도 왜군들 사이에 알력이 있는 모양이야."

유정이 측근에게 이렇게 말했다.

오대산 월정사의 주지인 송운이 기요마사 진영을 찾아갔다.

"벌써 강화에 관한 모든 사항이 결정되었다고 들었다. 더군다나 일본군은 철수까지 약속하지 않았는가?"

송운은 입을 열자마자 아무 것도 모르는 기요마사로서는 경악하지 않을 수 없는 이야기를 했다.

"나는 그런 말을 들은 적이 없다."

송운은 유정으로부터 이미 유키나가가 보내온 답장에 관해 들은 바가 있었기에 이렇게 대꾸했다.

"그것은 귀하가 꼭 알아야 할 필요가 없는 사안이다. 화의에 대한 교섭을 위임받은 사람은 고니시 유키나가이고, 명나라도 그 사실을 인정하고 있다."

기요마사는 자존심에 엄청난 상처를 입고 말았다. 하지만 기요마사는 송운을 정중하게 대접했다. 송운이 돌아갈 때는 명나라 진지까지 휘하의 병력을 딸려서 호위하도록 했다. 송운을 떠나보내자마자 기요마사는 서둘렀다.

"다이코 전하에게 이런 사실을 어서 알리지 않으면 안 된다!"

송운에게서 들은 뜻밖의 이야기를 낱낱이 편지에 적었다.

"유키나가에게는 절대로 흉금을 터놓지 마시옵기를……."

기요마사가 쓴 편지는 구구절절하기 이를 데 없었다.

"일본으로 돌아간다. 빨리 준비를 갖추라!"

명나라 측으로부터 기요마사와 송운이 회담을 추진한다는 연락을 받은 유키나가는 순식간에 결의를 굳히고 측근에게 고했다.

손을 쓰지 않을 수 없다. 기요마사는 송운에게 이야기를 듣고 깜짝 놀라 모든 것을 다이코에게 보고할 것임에 틀림없다. 그렇게 되면 모든 일이 물거품이 되고 만다. 물거품 정도가 아니다. 고니시 일족은 모조리 처절한 죽음을 맞게 되리라.

그의 휘하 제1군이 집결해 있는 웅천은 바다에 면한 곳이다. 그 해안에서는 맑은 날이면 쓰시마가 보였다. 배를 타기만 하면 금방 일본으로 돌아갈 수 있다. 그 바람에 이곳으로 온 이래 병사들은 염전厭戰 기분과 더불어 망향의 정이 더욱 깊어져 갔다.

그런지라 아무리 긴급 사안이라고는 해도 일본으로 유키나가를 수행하여 돌아가는 자들을 보며 남아 있을 수밖에 없는 자들은 선망의 눈길을 던졌다. 기요마사에게 들키지 않으려고 유키나가는 밤을 이용하여 배에 올랐다.

1년 만에 다시 돌아가는 일본이다. 그는 규슈에 닿자마자 빠른 배로 갈아타고 오사카로 향했다. 그는 후시미성에서 히데요시를 알현했다. 유키나가를 돕느라 이시다 미쓰나리를 비롯한 히데요시의 세 측근 참모들도 함께 자리해 주었다.

"명나라는 투항할 생각이 뚜렷하여 벌써 사절이 베이징을 떠나 조선을 향해 오고 있사옵니다. 그러나 다른 무엇보다 일본의 무위武威에 벌벌 떠는 조선이 하루라도 빨리 일본군 병력이 철수해 주기를 전하께 간청하고 있사옵니다."

유키나가가 철군의 필요성을 입이 닳도록 설명했다. 미쓰나리도 곁에서 교묘한 말솜씨로 거들었다.

"그렇다고 해서 모든 병력을 철수시키는 것은 아니옵니다. 화전和戰 양면을 고려하여 절반은 규슈로 철수시키고, 나머지는 조선에 남겨 두어 앞으로 돌아가는 형편을 잘 지켜본 다음, 그들의 투항 의지가 변함없음을 확인하고 나서야 남은 병력을 조금씩 차례차례 철수시킬까 하옵니다."

"흠!"

히데요시는 예전과 달리 깊이 대책을 숙의하는 것조차 귀찮고 싫은 눈치였다. 1년 만에 보는 히데요시는 병색이 완연했으며, 훨씬 늙어 있었다.

(이토가 이야기한 대로다. 독이 서서히 저 몸 속으로 스며드는 모양이다…….)

유키나가는 내심 그렇게 짐작했다. 이대로 가면 앞으로 석 달 가량이면 죽음이 이 권력자를 덮치리라.

"검토해 보기로 하지. 그뿐인가?"

"황송하옵니다만, 이 유키나가가 전하께 또 한 가지 청해 올릴 사항이 있사옵니다."

몸종의 부축을 받으면서 일어서려는 히데요시에게 유키나가가 고개를 들고 부탁했다.

"이야기해 보라."

히데요시가 의아한 표정을 지었다.

"가토 기요마사에 관해서이옵니다."

"도라노스케에게 무슨 일이라도 생겼는가?"

"기요마사는 걸핏하면 자신이 세운 무공을 뽐내며, 까닭 없이 저와 명나라와의 교섭에 재를 뿌리려 하고 있사옵니다."

히데요시의 얼굴에 희미하게 미소가 떠올랐다. 옛날부터 도라노스케와 이치마쓰, 그리고 이 고니시 야쿠로와 이시다 사스케의 사이가 나빴다는 사실이 문득 떠올랐기 때문이다.

"늘 그 모양이로군!"

히데요시가 웃으며 덧붙였다.

"옛날 일이 생각나!"

"단순하게 저희들 사이가 나쁜 것이라면 오늘 이렇게 전하께 심려를 끼치는 말씀을 올리지 않았을 것이옵니다."

유키나가가 계속 물고 늘어지는 것을 이번에는 미쓰나리가 이어받았다.

"유키나가가 말씀드리는 대로 기요마사에게는 분수에 넘치는 행동이 요즈음 거듭되고 있사옵니다. 유키나가를 너무 괴롭힌다는 사실은 저 역시 들은 바가 있사옵니다."

"그래? 그게 어떤 일이야?"

"유키나가는 일본의 장사꾼 출신에 불과하고, 전하로부터 어떤 권한도 부여받은 바가 없는 자라고 비웃고 다니옵니다. 또한 일본군 가운데 화의를 논의할 자격이 있는 무장은 도요토미라는 성씨를 쓸 수 있는 자신밖에 없다고 떠든다고 하옵니다."

"도라노스케가 도요토미라는 성을 썼는가?"

"그러하옵니다."

히데요시의 뺨에서 미소가 사라졌다.

"틀림없나, 그게?"

"그렇사옵니다."

히데요시가 무언가를 곰곰 헤아려 보는 눈치였다. 유키나가와 기요마사와의 갈등이 조선에서도 계속된다는 사실은 히데요시도 느껴 오던 일이었다. 그리고 그는 오늘까지 어릴 적부터 키워 온 부하들의 대립을 교묘하게 역이용하여 서로가 경쟁하도록 만들었다.

그렇지만 그 대립이 지나치면 이번과 같은 결과를 초래한다. 모처럼 이끌어 낸 적의 항복 승낙을 기요마사가 훼방 놓고, 도요토미 성마저 썼다는 것은 어쩌면 증오로 인한 유키나가의 과장일지 모른다.

(하지만 이 자리에서는 미쓰나리와 유키나가의 체면을 세워줄 수밖에 없다.)

이런 판단을 내린 히데요시가 다시 미소를 띠면서 물었다.

"도라노스케를 크게 야단치겠다. 그럼 됐나?"

말을 마친 뒤 자리에서 일어나려던 히데요시는 심한 현기증을 느꼈다. 비틀거리며 쓰러지려는 히데요시의 몸을 두 명의 몸종이 황급히 부축했다. 미쓰나리가 나서서 히데요시를 자리에 눕히고 즉각 전의를 불렀다.

연락을 받은 시녀들이 달려왔다. 사람들이 허둥대는 모습을 유키나가는 물끄러미 지켜보았다. 그는 일본으로 돌아와서도 아직 만나지 못한 이토가 떠올랐다. 이토가 남편과의 약속을 비밀스럽고 주도면밀하게, 그리고 시간이야 걸리지만 확실하게 실행에 옮기고 있음이 지금의 광경으로 충분히 입증되었다.

〈오즈키 다카스케 일기〉에 의하면 이해에 '다이코 어불례御不例'라는 단어가 자주 눈길을 끈다. 다이코의 건강 상태가 나쁘다는 뜻이다. 다이코의 전의典醫인 마나세 도산이 먼저 이것을 이상하게 여겼다.

도산은 교토 출신의 의원이었다. 중국의 이주李朱 의학을 공부하여 의학 전문기관인 계적원啓迪院을 세운 당대 최고의 명의로 일컬어지던 인물이었다.

처음에 도산은 히데요시의 쇠약이 여자를 지나치게 밝혀서 일어나는 신허腎虛로 진단하여 약을 투여해 왔다. 그러나 아무리 신허라고 해도 근자의 쇠약함에는 수상한 구석이 많았다.

(아무래도 이상해!)

히데요시는 이날 역시 유키나가를 알현하면서 빈혈을 일으켰다. 토하고 난 다이코의 맥을 짚으면서 도산이 고개를 갸웃거렸다. 맥이 정상이 아니었고, 더구나 토한 음식에서 심한 냄새가 풍겼다. 도산은 살그머니 그 자리를 빠져나와 근시 한 명에게 물었다.

"오늘 전하께서는 무엇을 드셨는가?"

"아침식사는 늘 드시는 그대로이옵니다."

근시가 도리어 벌컥 화를 내며 대답했다.

"음식은 항상 제가 먼저 맛을 봅니다. 이상한 점은 전혀 발견되지 않았습니다."

"그대를 의심하는 게 아니야. 단지 전하께서 토하신 음식에서 이상한 냄새가 나서 그런 거야."

"술 냄새입니까?"

"아니, 그렇지 않아."

"아침식사 외에 전하께서 드신 것은……."

근시가 기억을 더듬었다.

"그래요, 마쓰노마루 님을 찾아가셨습니다만, 거기서 무엇을 드셨을지도 모르겠습니다."

그가 자신이 없다는 듯이 중얼거렸다.

"마쓰노마루 님을 찾아가셨다?"

전의는 급히 다이코가 마쓰노마루의 거처로 발걸음을 했을 때 수행한 시동을 불러 물었다.

"분명히 유리잔에 담긴 남만의 술을 한두 모금 드셨사옵니다."

"그래? 그때 먼저 맛을 보았는가?"

"마쓰노마루 님의 거처에서는 제가 먼저 맛을 볼 수 없습니다."

"그렇다면 그 유리잔을 누가 가져왔는가?"

"마쓰노마루 님의 시녀였습니다."

도산은 이 사실을 당직 가신의 한 명인 무라이 우콘에게 보고하여 아무도 모르게 그 시녀를 감시하기로 했다. 무라이 우콘은 오사카성 내에서는 마쓰노마루와도 잘 통하는가 하면, 요도기미로부터도 신뢰를 받는 중신이었다.

우콘이 문제의 시녀를 불러 철저하게 조사했다. 그녀의 소지품까지 기습적으로 뒤져 보았다. 그러자 한 통의 편지가 소지품 속에서 발견되었다.

"약은 쌀알만큼만 타서 마시도록 하고, 절대로 많이 써서는 안 되며, 이걸 철저히 지켜주기를……."

편지에는 달필의 가나(일본어. 일본에서도 옛날에는 여성들이 주로 가나를 썼음. 옮긴이)로 이런 내용이 적혀 있었다.

"이 편지는 누가 보낸 것이냐?"

우콘이 닦달했으나 다부진 그 젊은 시녀는 입을 꼭 다문 채 아무 대꾸가 없었다. 사안이 사안인지라 무라이 우콘은 이 사실을 이시다 미쓰나리에게 보고했다.

"여자가 입을 열지 않습니다."

"입을 열지 않는다?"

어찌 된 영문인지 이때 미쓰나리의 얼굴에 안도의 빛이 감돌았다.

"그 여자는 내가 자백을 받아내도록 하겠소."

미쓰나리가 자신만만하게 장담했다.

우콘으로서야 미쓰나리가 그렇게 나서는 이상 말릴 수가 없었다. 그리고 이튿날, 미쓰나리는 마쓰노마루를 찾아가 그 시녀가 갇혀 있는 곳으로 갔다.

역시 호소카와 다마의 시녀인 오쿠라가 점찍은 여자였던지라 온갖 고문을 다 가했으나 결코 입을 열지 않았다. 시녀가 지쳐 쓰러지는 바람에 수갑을 채워 놓았다. 미쓰나리가 그녀를 물끄러미 바라보다 살짝 물어보았다.

"각오는 되어 있겠지?"

"예."

시녀가 감았던 눈을 치뜨고 미쓰나리를 올려보다가 핼쑥한 얼굴에 희미한 미소마저 띠면서 나지막하게 대답했다.

"그래? 그렇다면 이 미쓰나리에게도 생각이 있지. 용서는 하지 못해!"

그는 등 뒤의 경리警吏가 들으라는 듯이 일부러 목청을 돋우었다.

그리고 그날 밤, 시녀 앞에 저녁식사로 변변찮은 음식이 놓여 졌다. 그녀는 수갑 찬 손을 간신히 움직이며 식사를 했다. 그 직후 고통으로 온몸을 뒹굴다가 숨이 끊어졌다.

미쓰나리가 무라이 우콘에게 통고했다.

"그 여자를 조종한 자가 누구인지 알아냈소."

"누구이옵니까?"

"밝혀내기 여간 어렵지 않았으나, 알고 보니 역시 간파쿠 히데쓰구 님의 수하였소."

히데쓰구는 물론이고 그 일족이 이미 다이코 히데요시의 명령으로 단죄된 다음이다. 모반의 혐의가 있다는 것이 그 이유였지만, 오사카성 내에서 그 말을 믿는 사람은 얼마 되지 않았다. 무라이 우콘 또한 그런 사람 중의 한 명이었다.

"그래요?"

우콘은 놀란 표정으로 미쓰나리의 얼굴을 쳐다보았다.

"간파쿠 히데쓰구 님이 자결하시고, 그 일족들도 다 목숨을 버리셨으니 이제 더 이상 무엇을 꾀한다는 게 무슨 소용이 있으랴 싶은 심정이오만……. 무라이 님!"

미쓰나리가 다짐이라도 받는 투로 이야기했다.

한편 우토에 있는 이토에게 오쿠라가 부친 편지가 도착했다. 이토가 편지를 촛대 가까이 가져갔다.

"허망하게도 그 일이 들통 났고, 여자에게는 독을 먹였사옵니다."

초의 열기에 녹아서 드러나는 갈색 글자는 담담한 투로 그렇게 적혀 있었다.

"전혀 염려하시지 않아도 되옵니다. 단지 가여운 여자에게 공양이나 올려 주시길 바라옵니다."

이튿날, 이토는 두 손을 모아 한 번도 만난 적이 없는 그 여자의 영면을 위해 정성껏 기도했다.

그리고 그날, 남편은 아내를 만날 틈도 없이 후시미를 나와 오사카, 세토 내해를 차례로 거쳐 다시 제 1군이 기다리는 조선으로 돌아갔다. 6월 하순, 우토는 푹푹 찌는 듯한 더위에 비까지 내렸다.

기요마사에게 히데요시로부터의 소환 명령이 떨어진 것은 이듬해 1596년 5월의 일이었다. 유키나가가 히데요시를 알현한지 거의 1년이 지난 다음이었다. 기요마사는 그 무렵 죽도의 성채를 수리하는 중이었다.

"그런가?"

망연자실하게 히데요시가 보낸 사자로부터 통보를 받으며 기요마사가 중얼거렸다. 자신이 정성을 다해 써서 보낸 보고서는 완전히 무시되었다. 그 대신 이와 같이 부당한 귀국 명령이 내려지리라고는 상상조차 하지 못했던지라 그는 한동안 멍하니 얼이 빠져 있었다.

"그런가?"

간신히 자조自嘲라고 밖에 할 수 없는 이런 중얼거림이 기요마사의 입에서 새어나왔을 따름이었다.

이이다 가쿠베에와 모리모토 기다유도 참담한 표정으로 주인을 바라보기만 했다. 겨우 제정신을 차린 기요마사가 혼잣말처럼 이렇게 띄엄띄엄 이야기했다.

"뒷일은…… 그래, 나베시마 나오시게에게 맡겨야겠군. 나오시게라면 충분히 맡길 만하지."

기요마사가 배에 오를 때 비가 내리고 있었다. 빗속에서 부하 병사들이 묵묵히 그를 전송했다. 다들 망연자실한 기요마사의 심중을 헤아려 배가 수평선에서 사라질 때까지 제 자리에 선 채 움직이지 않았다.

세토 내해를 건너 무로쓰를 거쳐 오사카로, 그러나 히데요시라고 하기보다 미쓰나리 등 세 측근 참모들의 의도였는지 기요마사를 마중 나온 자의 숫자가 얼마 되지 않았다. 또한 그들의 태도에서도 마지못해 불려나온 것 같은 어정쩡한 분위기가 역력했다. 기요마사가 다이코의 심사를 건드려 소환령이 떨어졌다는 소문이 벌써 널리 퍼져 있었기 때문이다.

흡사 쫓겨 가는 사람처럼 기요마사와 그의 일행은 후시미로 들어가 미리 지시받은 숙소로 갔다. 그렇지만 다이코로부터는 아무런 연락이 없어 해명할 기회조차 주어지지 않았다.

더군다나 기요마사를 찾아오는 자도 없었거니와 중간에 나서서 돕겠다는 자도 없었다.

문자 그대로 완전히 고립되었다는 사실을 기요마사도 분명히 깨달았다. 그는 새삼스럽게 유키나가의 배후에 도사린 이시다 미쓰나리의 힘이 얼마나 강한지를 절실히 느꼈다.

(이 한을 영원히 잊지 않겠다!)

분노의 감정과 더불어 자신의 성의를 알아주지 않고 간신들에게 둘러싸여 그들이 시키는 대로 놀아나는 다이코가 원망스러워 견딜 수 없었다.

격앙되는 감정과 솟구치는 서글픔을 억누르기 위해 그는 하루 종일 방안에 틀어박혀 법화경을 읊었다. 그것은 어머니로부터 배운 수양의 한 방편이었다.

히데요시로부터는 여전히 아무 연락도 오지 않았다. 어떤 조치가 내려질지 단 한마디의 언질도 없었던 것이다.

(필경 간파쿠 히데쓰구 님과 마찬가지로…… 칩거를 명한 다음에 자결하도록 하는 게 아닐까?)

후시미는 물론, 오사카에서도 기요마사의 처단에 관한 온갖 소문이 무성했다. 그 중에서도 할복 자결설이 가장 강하여 구마모토성의 가토 기요마사 일족들은 우울한 나날을 보내야만 했다.

장마가 끝나고 더워졌다. 하지만 아직 폐문 중인 기요마사에게는 다이코로부터 아무런 명령이 내려지지 않았다. 그 대신 숙적인 고니시 유키나가가 명나라와 조선의 사절을 데리고 규슈에서 이곳 후시미로 오는 중이라는 소식이 그의 귀에까지 들려왔다.
"그게 정말인가?"
기요마사는 이 말을 듣는 순간 안색이 돌변하여 소식을 가져온 모리모토 기다유에게 다그치듯이 물었다.
"분명하옵니다. 정사의 이름은 양만형, 부사는 심유경이라고 하옵니다."
"전하께서는 이 후시미에서 사절들과 대면하시는가?"
"그렇사옵니다."
기요마사는 아무 말도 하지 않았다. 무슨 말을 하건 이제는 아무 소용이 없다는 기분이 들었다. 이 두 명의 사절이 어떤 자이든, 그 배후에는 고니시 유키나가와 이시다 미쓰나리의 무언지 모를 모략이 숨겨져 있을 것임이 분명했다. 그 모략의 한 꺼풀을 벗겨낸 기요마사의 진언을 다이코는 들어주지 않았던 것이다.
7월 1일, 사절이 4백 명의 수행원을 데리고 후시미에 도착했다. 무수한 구경꾼들이 이 아름다운 행렬을 구경하느라 거리로 몰려나왔다. 그러나 기요마사는 그날도 방안에 정좌한 채 법화경을 읊었다.
열흘이 지났다. 7월 13일 밤이 되었다. 오전 0시경 침소에 들려고 하는데 멀리서 대군이 밀려드는 것 같은 소리가 들려왔다.
(땅울림이잖아?)
그렇게 여긴 순간 침소가 극심하게 흔들렸다. 시동이 비틀거리며 외쳤다.

"주군, 주군!"

시동이 침소로 뛰어들었다.

"웬 소란이냐?"

기요마사가 한손으로 기둥을 짚고 최초의 지진이 진정되기를 기다렸다가 지시했다.

"갑옷을 가져와라. 빨리 움직이지 않으면 다음 지진이 몰려올 거야! 모두들 즉시 갑옷을 입고 지렛대를 가져오라고 일러라!"

기요마사는 시동이 가져온 갑옷을 재빨리 입었다. 그리고 크게 외쳤다.

"후시미성을 지키러 간다."

지진의 제 2파가 닥쳤다. 거리는 온통 비명으로 아비규환이었다. 집에서 뛰쳐나오는 자, 무너진 집에서 기어 나오는 자, 개가 짖고, 어린아이들이 울고, 거기에 비명이 뒤섞이면서 가는 곳마다 혼란이 극에 달했다. 그런 참에 다시 지진의 제 3파가 밀려들었다.

당시 후시미성에서는 반파된 성의 본채에서 잠옷 차림의 다이코가 경비 사무라이와 시종들에게 에워싸여 기타노만도코로의 거처가 있는 내원內苑 대피소로 피하여 간신히 한숨을 돌렸다.

"아니, 저 소리는……?"

몹시 기분이 상한 히데요시가 시종들을 야단치다가 문득 대문 쪽에서 들려오는 소리에 귀를 쫑긋 세웠다.

"저 소리는…… 도라노스케의 목소리가 아닌가?"

시종 가운데 한 명이 즉시 그쪽으로 달려가서 물었다.

"누구시옵니까?"

"우리는 가토 기요마사 님의 가신이오. 다이코 전하의 안부가 염려되어 성을 지키기 위해 서둘러 달려온 길이라오."

누군가의 대답이 되돌아왔다. 시동의 보고를 들으면서 다이코는 잠자코 있었다. 하지만 남편의 마음이 흔들린다는 사실을 알아차린 기타노만도코로가 벌떡 일어나 서너 명의 시녀를 데리고 기요마사 일행이 있는 쪽으로 걸어갔다.

이윽고 이시다 미쓰나리를 비롯한 중신들이 달려왔고, 히데요시는 시동들에게 등불을 들린 채 기타노만도코로와 함께 성안의 상황을 둘러보았다.

기타노만도코로는 일부러 남편을 기요마사가 엎드려 있는 쪽으로 데리고 가 시녀들에게 신호를 보내 등불을 비추게 했다.

다이코 히데요시의 눈에 야위어 광대뼈가 툭 튀어나온 기요마사가 엎드린 모습이 들어왔다. 기요마사는 고개를 푹 숙인 채였다.

그러자 늙은 다이코의 눈에서 하얀 눈물이 넘쳐 뺨을 타고 흘렀다. 기요마사의 살이 빠지고 검게 그을린 뺨으로도 눈물이 흘렀다.

22. 대담한 연극

　다이코 히데요시는 기요마사를 용서했다. 그의 분노가 풀렸기 때문이다. 그러자 일본으로 돌아온 뒤 기요마사에게 등을 돌리고 쌀쌀맞게 대하던 여러 영주들의 태도가 돌변했다. 축하 인사를 전하느라 사람을 보내면서 그동안의 고통을 위로하는 주효(酒肴 : 술과 안주)를 선물하기도 했다.
　"전하께서는 이런 경솔하기 짝이 없는 가신들에게 에워싸여 계시는 거야!"
　기요마사가 영주들이 보내온 선물들을 보면서 내뱉듯이 중얼거렸다.
　"간신들에게 속고 계신다."
　기요마사의 눈에는 그들 간신의 가장 윗자리에 이시다 미쓰나리가 있고, 고니시 유키나가가 있었다. 그들이 강화라는 구실로 무엇인가를 획책하고, 그 획책을 수행하느라 기요마사를 고자질했다. 그것은 오직 기요마사만이 그들이 꾸민 모략을 눈치 채고 있었기 때문이다. 비록 전체가 아닌 일부분에 불과했지만……

"가쿠베에, 기다유!"

이럴 때 그는 항상 어린 시절부터 친구처럼 함께 놀고 자란 두 명의 가신에게 의논하곤 했다.

"다이코 전하의 분노도 풀리고 했으니……"

단정하게 자리에 앉은 기요마사가 그들에게 자신의 생각을 들려주었다.

"이제 나도 더 이상 어제처럼 폐문 칩거할 필요는 없어졌어."

"그러면 이제 무엇을 하실 계획이시옵니까?"

이이다 가쿠베에나 모리모토 기다유도 기요마사의 마음의 움직임을 잘 파악하고 있었으나 모른 척 시치미를 떼고 물어보았다. 기요마사가 되물었다.

"명나라와 조선 사절들의 움직임은 어떤가?"

"잘 아시는 바와 같이 6월 23일 명나라 사절이 후시미에 도착했고, 지금은 뒤이어 올 조선 사절을 기다리는 중이옵니다."

"두말 할 필요도 없겠지만, 이 화의에는 반드시 무슨 꿍꿍이속이 있다. 그것이 무엇인지 안타까운 노릇이로되 나는 아직까지 알아내지 못했다. 더군다나 도리어 간신들의 함정에 빠져……"

기요마사가 야위고 검게 탄 얼굴에 침통한 표정을 떠올렸다.

"그렇지만 확실한 증거가 없으면 전하께 저들의 모략을 일러바칠 수도 없다. 그것이 지금의 나로서는 무엇보다 괴롭다."

"저희들도 똑같은 심정이옵니다."

차분한 성격의 모리모토 기다유가 방바닥에 손을 짚으며 말했다.
"그러나 절대로 서두르시면 안 되옵니다. 전하의 분노가 풀린 지 얼마 지나지 않았사옵니다."
"잘 안다. 하지만 시간이 없다. 손을 쓰지 않으면 안 된다. 나는 확실한 증거가 필요하다!"
기다유와 가쿠베에가 숙이고 있던 고개를 들자 기요마사의 눈에 이슬이 맺혀 있었다.
이 용감무쌍한 사나이가 눈물을 흘린다. 오랜 세월 기요마사를 곁에서 지켜 온 두 사람으로서도 이것은 처음 경험하는 일이었다. 어린 시절부터 제아무리 힘든 전투에 나서더라도 단 한 번도 겁을 낸 적이 없는 사나이의 눈에서 눈물이 흐른다.
(폐문 중에 얼마나 속이 상하셨으면 저러실까?)
그 지진이 발생하기까지 방안에 틀어박혀 오로지 법화경만 외던 기요마사의 심정을 두 사람도 이제 약간 알 것 같은 기분이 들었다.
"주군, 최선을 다해 알아보겠사옵니다!"
가쿠베에가 떨리는 목소리로 다짐했다.

조선 사절 일행은 이미 사카이에서 묵고 있는 명나라 사절의 뒤를 쫓듯이 무로쓰에서 배를 내려 거기서부터는 육로를 이용하여 오사카로 향할 예정이었다.
그 배가 세토 내해의 섬들 사이를 빠져나와 무로쓰에 닿기 전날 밤, 비가 내렸다. 칠흑 같은 바다 맞은편에서 비안개를 헤치고 두 척의 조그만 배가 다가왔다. 배에 매달린 등불이 흔들거렸다.

"누군가?"

뱃사공의 우두머리가 그쪽 배를 향해 큰소리로 물었다.

"이쪽은 다이코 전하의 세 측근 참모 가운데 한 분인 마시타 우에몬 집안의 다카다 고자에몬이라고 한다. 오사카성의 지시에 따라 우리 주군께서 조선 사절을 무로쓰에서 마중하는 역할을 맡기로 했다. 그런 뜻을 전달하고자 하니 잘 말씀드려 주시기 바란다."

고함소리가 뱃전에 부딪치는 파도 소리에 뒤섞여 끊어질듯 이어지며 들려왔다.

우두머리 뱃사공이 서둘러 경호 책임자인 유우키 요시치로에게 이런 사실을 고했다. 참고로 요시치로는 고니시 유키나가의 친척이자 가신이기도 한 유우키 야헤이지의 아들이었다.

허락이 내려지자 다카다 고자에몬은 두 척의 작은 배에서 커다란 접시에 담긴 요리와 술통을 잇달아 조선 사절들이 탄 배로 옮겨 실었다.

"보잘것없는 음식이지만 사절들이 맛있게 드시길 바란다. 마시타 집안에서 정성들여 빚은 술이다."

고자에몬이 정중하게 인사를 했다. 작은 배에는 다이코의 세 측근 참모 가운데 한 명인 마시타 나가모리 집안의 가문家紋이 찍힌 막이 쳐져 있었다. 그런지라 유우키 요시치로는 조금도 이들의 행동을 의심하지 않았다.

이제 막 잠자리에 들려던 조선 사절들도 요시치로와 함께 다카다 고자에몬이 가져온 진미에 눈을 크게 떴다.

"오랜 전쟁이 이렇게 끝난다고 여기니 기쁘기 한이 없다."

조선 사절이 통역을 통해 이 같은 인사를 다카다 고자에몬에게 전하도록 했다. 고자에몬은 조금 전부터 한 가지 사실을 알아차렸다. 처음에는 그렇게 여기지 않았는데, 술이 한 순배 돌고 본성이 드러나기 시작하자 두 조선 사절의 용모와 태도에 품위가 없었다. 와작와작 소리를 내면서 음식을 먹는 것이거나 홀짝거리며 술을 마시는 모습도 영 마땅찮았다.

(아무래도 수상해!)

"황송한 부탁이옵니다만……."

부쩍 의심이 든 고자에몬이 일부러 공손한 자세를 취하며 부탁했다.

"오늘밤을 오래토록 추억으로 간직하고 싶으니 사절께서 시를 한 수 지어주시면 고맙겠사옵니다."

그는 예전부터 조선의 사절들은 교양이 뛰어나며 시를 잘 짓는다는 이야기를 종종 들어왔다. 그래서 이렇게 시험해 보기로 한 것이다. 과연 어떻게 나올까? 통역이 고자에몬의 부탁을 통역하기도 전에 유우키 요시치로가 낭패한 표정을 지었다.

"오늘은 밤이 너무 늦었소. 어차피 사절들이 사카이로 가게 되니까 그때 부탁하면 어떻겠소이까?"

요시치로가 가로막고 나섰다. 그런 모습을 보고 고자에몬의 의심은 더욱 깊어졌다.

(무언가 있다!)

하지만 노회한 고자에몬은 겉으로는 전혀 그 같은 내색을 하지 않았다.

"이거 실례가 많았소이다."

그렇게 한 걸음 물러서면서 덧붙였다.

"그러면 이로써 그만 물러나겠사옵니다. 사카이에 도착하시면 저희 마시타 집안에서 마중을 나오게 될 것이옵니다."

고자에몬이 정중하게 인사했다. 그리고는 데리고 간 시종들에게 뒤치다꺼리를 시켜 놓고 사절들이 다시 잠을 자러 들어가기를 기다렸다가 요시치로에게 은근히 말을 걸었다.

"요시치로 님! 여간 걱정이 크지 않겠소이다."

그는 아주 딱한 표정을 지으며 계속 이야기를 이어갔다.

"실례의 말씀이오나 조선 사절들은 상당히 격이 떨어져 보입니다. 저래서야 오사카나 후시미에 도착하면 더 수상하게 여기지 않을까요?"

"고자에몬 님도 그리 여기십니까?"

이판사판의 도박을 건 고자에몬에게 젊은 요시치로가 걸려들고 말았다.

"사실은 우리도 여기까지 오면서 그게 계속 마음에 걸렸답니다. 마시타 집안에서 일을 하신다니까 잘 아시겠지만, 말이 사절이었지 실제로는 부산의 말단 관리에 지나지 않는 자들이라서 시 따위는 지어 본 적도 없을 겁니다."

요시치로는 술도 취한 김에 입 밖으로 내어서는 안 될 비밀까지 술술 털어놓았다. 고자에몬은 세심한 주의를 기울이면서 일의 진상을 살살 캐기 시작했다.

이틀 후, 비가 내리는 가운데 무로쓰에 도착했으나 다카다 고자에몬이 약속했던 마시타 나가모리의 가신은 단 한 명도 마중 나오지 않았다.

(이게 대관절 어떻게 된 거야?)

요시치로는 갑자기 여우에 홀린 것 같은 기분에 사로잡혔다.

"역시 그랬구먼!"

모리모토 기다유로부터 보고를 받은 기요마사가 비로소 웃음을 머금으며 즐거워했다.

"증거를 잡아내느라 수고 많았다!"

"자칫 탄로가 났으면 황천길이 될 뻔 했사옵니다."

기다유도 덩달아 기분이 좋아져 엄살을 떨었다.

"그렇지만 우토 님도 저보다 더 황천길을 재촉하는 모양이옵니다."

기다유가 이렇게 비꼬면서 쓴웃음을 지었다.

우토 님이란 물론 고니시 유키나가를 가리킨다. 그리고 황천길이란 마시타 집안의 가신으로 변장한 기다유의 부하가 긴급히 알려 온 놀랄만한 보고의 내용을 빗댄 것이었다.

보고에 따르면, 유키나가가 보낸 조선의 사죄 사절은 새빨간 거짓말이었다. 유키나가는 심유경과 모의에 모의를 거듭하여 일본을 명나라의 속국으로 삼는다는 조건으로 명나라가 사절을 파견하는 데 성공했다. 그런 다음 유키나가는 끝까지 사절 파견을 거부하는 조선 조정을 어쩌지 못해 다시금 대담하기 짝이 없는 연극을 꾸미기로 했다.

조선 측의 〈선조실록〉은 나중에 이 속임수를 '부근의 한 관리를 내세워 엉터리 통신사로 칭하고'라고 적었다. 다시 말해 이름조차 없는 시골의 말단 관리를 조선 조정이 보내는 사절처럼 둔갑시켰던 것이다.

"다이코 전하께서 이런 사실을 아실 리 없다. 알려 드려야 한다."

기가 막혀 한동안 아무 말도 못하던 기요마사가 간신히 이렇게 중얼거렸다. 그러나 기다유가 고개를 저었다.

"잠깐 기다려주옵소서. 서두르다가 일을 망칠 수 있사옵니다."

그의 의견은 이랬다.

"필경 유키나가 측도 배위에서 벌어진 사건을 알게 되면 대책을 숙의하리라 봅니다. 그러니 모른 척하여 상대가 방심하도록 하는 게 상책으로 여겨지옵니다."

"하지만 그냥 내버려 두면 전하께서 바보 취급을 당한다니까!"

그러자 기다유가 한동안 궁리 끝에 입을 열었다.

"그러시면…… 미카와 님에게만 남몰래 살짝 의논해 보시는 게 어떻겠사옵니까? 미카와 님이시라면 누구를 편들지 않고 일을 처리하시리라 여겨지옵니다. 더군다나 있는 그대로 다이코 전하에게 바른 말을 할 수 있는 분이기도……."

기요마사는 눈을 감고 생각에 잠겼다. 그는 미카와, 즉 도쿠가와 이에야스에게 그다지 호의를 품고 있지는 않았다. 그러나 저 유키나가와 미쓰나리가 자신보다 더 이에야스를 싫어했고, 이에야스 역시 그런 사실을 알아차리고 있음도 눈치 챘다. 게다가 다이코 히데요시는 이에야스의 진언이라면 한 수 접고 받아들이곤 한다…….

"그럴까?"
기요마사는 기다유의 제안을 수용키로 했다.

"가토 기요마사 님, 잘 알았소이다."
다이코의 명령으로 명나라 정사의 접대 역을 맡은 이에야스는 오사카의 저택에서 기요마사의 이야기를 들었다. 그리고는 미소를 띠면서 고개를 끄덕였다.
"내가 이것저것 따져본 뒤 결코 전하에게 불충을 저지르지 않도록, 그리고 누구 한 사람 다치지 않도록 일을 처리하겠소이다."
그는 절대로 기요마사가 이야기하는 대로 하겠다는 말은 하지 않았다. '전하에게 불충을 저지르지 않도록, 그리고 누구 한 사람 다치지 않도록'이라는 표현을 썼다.
기요마사가 돌아가자 이에야스가 함께 자리했던 혼다 다다카쓰를 쳐다보았다.
"이거 낭패로군. 기요마사의 체면을 세워 주자니 이시다나 고니시의 원망을 살 것이고, 이시다나 고니시의 편을 들면 기요마사가 나를 미워할 거야."
그러면서 쓴웃음을 지었다.
"그렇사옵니다."
다다카쓰가 동감을 표하고 나섰다.
"도쿠가와 가문이 자중하지 않으면 안 될 지금, 경솔하게 적을 만드는 것은 득책이 아니라고 보옵니다."
"하지만 저 기요마사에게는 은혜를 베풀어 둘 필요가 있어. 싸움이 벌어지게 되면 이시다나 고니시야 그다지 두려운 존재가 아니야. 그러나 기요마사를 적의 편에 서게 해서는 곤란해!"

이에야스는 며칠 숙고하더니 히데요시를 찾아갔다.

"이번에 온 사절의 관직과 지위를 알아보는 게 당연한 일로 여겨지옵니다. 그것에 따라 명나라나 조선이 전하께 얼마나 성의를 지니고 있는지를 알 수 있습니다."

잡담을 나누는 도중에 슬그머니 이렇게 권했다.

히데요시도 그럴듯하게 여겼는지 사절의 관직과 지위를 알아보게 했다. 그 결과 명나라 정사인 양방형과 부사인 심유경에게서는 별 이상함이 발견되지 않았다. 그런데 조선 사절인 황신 등은 여태 들어본 적이 없는 직함이라는 사실을 알았다.

"이보다 더 무례한 짓이 있는가!"

화가 치민 히데요시는 조선 사절에게는 아무런 접대도 하지 못하게 했고, 자신을 알현하는 것조차 허락하지 않았다.

"기요마사가 알아챘어."

미쓰나리가 유키나가에게 몰래 통고해 주었다.

"그런데다가 미카와의 이에야스도 무언가 술책을 꾸미기 시작했다."

두 사람이 가장 두려워하던 일이 벌어질 모양이었다. 만약 모든 것이 발각된다면 일족이 남김없이 처형당할 게 뻔했다.

"이렇게 된 이상 사절 알현을 하루라도 빨리 실현시켜야 한다."

기요마사 쪽에서 손을 쓰기 전에 알현을 마친 다음, 사절들을 귀국시켜야 한다고 미쓰나리가 유키나가를 재촉했다.

"10월의 알현 의식을 9월에, 그것도 초하루로 앞당긴다."

"그게 과연 가능할까?"

"가능할지 불가능할지는 알 수 없다. 다만 하루가 늦어지면 그만큼 우리가 위험해진다."

미쓰나리는 그것을 위해 갖은 지혜를 다 짜내고, 온갖 방안을 다 구사하여 9월 1일 알현을 성사시켰다.

그리고 바로 그 9월 1일, 오사카성의 대접견실로 초대된 사람은 명나라의 양방형과 심유경 뿐이었다. 조선 사절들에게는 아무런 전갈도 없었다. 히데요시가 도저히 허락하지 않았기 때문이다.

도쿠가와 이에야스를 비롯한 여러 영주들이 좌우에 정좌한 접견실의 상좌에 큰칼을 든 근시의 호위를 받으며 다이코 히데요시가 나타났다. 그러자 심유경이 얼른 바닥에 엎드렸고, 그 모습을 본 양만형도 엉겁결에 심유경을 따라 엎드렸다.

심유경의 이마에서 땀이 배어 나왔다. 그처럼 노회한 노인도 히데요시의 예리한 눈초리에 압도당했던 것이다.

그리고 이 사절의 안내역이자 주상奏上 역이기도 한 유키나가 역시 목소리를 떨면서 책봉의 금인金印과 붉은 관복을 바쳐 올렸다. 이로써 첫 날의 의식이 끝났다.

9월 2일 -

사루가쿠(猿樂 : 익살스러운 동작과 곡예를 주로 한 고대의 연극. 옮긴이)가 개최되었다. 다이코 히데요시는 선물로 받은 붉은 관복을 입고 기분이 좋았다. 그는 손수 사절들에게 술을 따라주면서 성안에 있는 다실로 안내하겠다고 말했다.

오사카성 내에 있는 금으로 된 다실은 히데요시가 무척 뽐내는 장소였다. 이름 그대로 다실의 벽과 문 등에 모조리 금박을 입혀 번쩍거렸다. 너무나도 히데요시의 취향을 잘 드러내는 곳이었다. 다실 상좌에 히데요시가 앉고, 차 담당 시종과 사절, 그리고 통역만이 다실로 들어갔다. 여러 영주들은 다실 바깥에 줄지어 섰다.

다실 내부는 당대 명필과 화가의 글씨와 그림으로 장식되어 있었다. 그것을 본 사절들이 이구동성으로 감탄해 마지않았다.

사흘째, 세 번째 알현이 있었다. 이날도 히데요시의 얼굴에서 미소가 가시지 않았다.

"해로와 육로를 오면서 사절의 대역을 이룬 노고를 치하하고자 한다. 원하는 것이 있으면 무엇이든 주겠다. 내일까지 잘 생각하여 답하도록 하라."

알현이 끝날 즈음 히데요시가 불쑥 이렇게 이야기했다.

사카이에 마련된 숙소까지 돌아오는 동안, 양방형과 심유경은 살얼음 위를 걷는 것 같았던 이 임무가 드디어 끝난 게 무척 기뻤다. 그들은 사카이까지 동행한 고니시 유키나가의 손을 꼭 잡았다.

숙소에 도착하자 뒤를 추적해 오기라도 하듯 히데요시가 보낸 네 명의 승려가 나타났다.

"다시 한 번 다이코 전하께서 말씀 전하라 하셨습니다. 무엇이건 원하는 바를 들어 줄 것인즉, 사양 말고 원하는 것을 이야기하라는 말씀이셨습니다."

사절들은 더욱 기뻐 어쩔 줄 몰라 했다.

"전하께서 이토록 관대하실 줄이야……."

유키나가까지 깜짝 놀라 믿어지지 않는다는 표정을 지었다.

"그렇다면 어떻게 할까? 오늘도 알현이 허락되지 않았던 조선 사절들의 체면을 세워 줄 수는 없을까?"

심유경이 양방형에게 눈짓으로 신호를 보냈다.

"그 사람들도 머나먼 이 나라에까지 와서 빈손으로 돌아갈 수가 없다. 어떨까? 다이코 전하께 조선이 바라는 바를 한 번 들어 주시도록 해주지 않겠는가?"

그 조선 측의 바람이란 일본군의 전면 철수와 그들이 주둔하는 성채를 파괴하는 것이었다.

"그것은……."

유키나가가 세차게 고개를 저었다.

"지금으로서는 입 밖으로 꺼내지 않는 게 좋다. 만일 그 이야기를 했다가는 오늘까지의 고심이 다 수포로 돌아가고 만다. 다이코께서 격노하실 것이다."

유키나가는 두 사람에게 조급하게 일을 처리하려고 해서는 안 된다고 다짐을 두었다. 다이코의 건강은 나빠져 간다. 그가 이 세상을 하직하는 날도 그리 멀지 않았다.

그러므로 하루라도 빨리 전쟁을 끝내는 것이 선결 과제다. 전쟁을 끝내기 위해 사흘 간의 알현이 있었지 않느냐고 유키나가가 역설했다.

그런데 불가사의하게도 똑같은 그날 밤, 조선 사절이 묵고 있던 절에도 오사카성에서 파견 나왔다고 칭하는 승려가 나타나 이렇게 전했다.

"전하께서는 이번에 맺은 명나라와의 화의를 아주 기뻐하신다. 그래서 특별히 배려하여 조선 측의 희망도 듣고자 하신다. 그 뜻을 잘 헤아려 서면으로 적어 주기 바란다."

영문을 모르는 조선 사절은 몹시 기뻐하며 서툰 글씨로 자신들의 요망 사항을 적었다. 자칭 오사카성에서 파견되었다는 승려가 그 청원서를 지니고 돌아갔다.

그로부터 두 시간이 지난 다음이다. 다이코가 별안간 유키나가를 소환했다. 그것은 바로 저 규슈 출전 당시, 하코자키의 본영에서 유키나가와 우콘 등 기리시탄 영주들에게 기습적으로 가톨릭을 버리도록 강요했을 때와 어딘가 닮아 있었다.

호리 교안이 쓴 〈조선 정벌기〉에 의하면 격노한 히데요시가 유키나가의 '목을 날려버려야 마땅하다고 욕을 퍼부었다'라고 적혀 있다. 분노가 이 노인의 온몸을 활활 불태우고 있었던 것이다.

"이걸 봐! 모든 게 가토 기요마사가 보고한 그대로였다!"

히데요시는 조선 사절이 적어 낸 청원서를 조그만 손으로 휘두르면서 유키나가를 질책했다. 너무나 화가 치민 나머지 야윈 얼굴이 시뻘개졌고, 침이 사방으로 튀었다.

엎드린 유키나가의 얼굴에도 진땀이 흘러내렸다. 소동이 벌어진 사실을 안 요도기미가 달려와 히데요시를 달래기 시작했다. 때마침 오사카성에 문안을 드리러 와 있던 마에다 도시이에도 여기에 가세했다.

히데요시가 자신을 완전히 속여 온 유키나가를 어째서 이때 처형하지 않았는지 그 확실한 이유는 알려지지 않았다. 한 가지 설은 유키나가가 당시 이시다 미쓰나리를 위시한 히데요시의 세 측근 참모도 이 모략에 가담했노라고 자백했기 때문이라는 것이다.

모리야마 다케오 씨의 연구에 의하면, 유키나가가 시도한 화의책의 배후에 사카이 상인들과 오사카성의 오토기슈(御伽衆 : 주군의 말벗을 맡은 사람. 옮긴이)들이 있었음을 지적한다. 따라서 그들이 집단적으로 구명 운동을 펼쳤을지도 모른다. 슈타이센 교수는 요도기미가 모든 책임을 졌다고 썼는데, 그 진위 여부는 알 수 없다.

어쨌거나 히데요시는 유키나가뿐만 아니라 요도기미와 오토기슈, 세 측근 참모를 포함한 모든 관련자들을 처벌하는 것이 어리석다고 판단하여 눈감아 주기로 한 것이리라.

그러나 히데요시는 다이코로서의 권위와 체면을 지키느라 또 다시 조선 침략을 명하지 않을 수 없었다. 그가 처한 형편으로 볼 때 발을 뺄 수가 없었다.

23. 꿈은 깨어지다

"다이코는 내심 몹시 난처하시겠지요?"

사카이 다다쓰구가 즐거운 표정으로 주인인 도쿠가와 이에야스에게 보고했다.

"자신을 배신한 인간이 다름 아닌 측근 중의 측근이라 할 미쓰나리와 유키나가라는 사실이 드러났건만 그 자들을 처벌할 수도 없고, 그렇다고 해서 기요마사나 후쿠시마 마사노리 등의 불평불만을 모른 척 그냥 내버려 둘 수도 없고……."

"흠!"

화로에서 얼굴을 번쩍 쳐든 이에야스는 그냥 '흠' 하고 한 마디 했을 뿐이었다. 다른 사람들에게는 희로애락을 드러내는 수가 있어도 이 다다쓰구에게만은 벌써 오랫동안 무표정으로 대하는 것이 이에야스의 습관이 되어 버렸다. 그는 다다쓰구를 도저히 진심으로 믿을 수 없었기 때문이다. 그것은 저 옛날, 큰아들 히데이에를 오다 노부나가와 바로 이 사카이 다다쓰구가 손을 잡고 할복 자결로 몰아간 그 쓰라리고 슬펐던 날 이래의 일이었다. 그러나……

"흠!"

다시 한 번 신음 같은 소리를 낸 그의 얼굴이 굴에서 빠져나온 너구리같았다.

"다이코가 또 다시 조선으로 파병하라는 명을 내려도 본심은 명나라와 다시 붙는 것이 얼마나 어리석은 짓인지를 잘 알기 때문에 그 또한 제대로 되지 않을 터……."

"흠!"

"여러 영주들과 백성들이 이제 다들 다이코에 질려버렸습니다. 오로지 그의 죽음을 바라는 자들도 적지 않을 것입니다."

"……."

"주군, 듣고 계시옵니까? 이것은 주군께 칼자루가 쥐어지기 시작했음을 뜻하는 것이옵니다."

"……."

"그러니 지금이야말로 여러 영주들에게 손을 써두는 게 좋을 것이옵니다. 도요토미 대신 도쿠가와를, 이 같은 기회를 슬슬 만들어 가지 않으면 안 되옵니다."

다다쓰구가 열변을 토하면 토할수록 이에야스는 이야기를 듣고 있는지 마는지 도통 짐작할 길 없는 표정을 지었다.

(그러나……)

그는 내심 다른 생각을 하고 있었다.

(어차피 도요토미와는 싸우지 않을 도리가 없다. 그 때가 오면 누구를 적

으로 하고, 누구를 우리 편으로 끌어들여야 하는가? 도요토미 가문을 무엇보다 소중히 여기는 가토 기요마사가 그리 쉽게 우리 편이 되지는 않을 것이다. 미쓰나리나 유키나가는 기요마사보다는 도요토미 가문에 대한 충성심이 모자란다. 그렇다고 해서 나에게 굴복할 것 같지도 않다.)

하지만 그는 자신의 속마음을 사카이 다다쓰구에게는 단 한마디도 드러내지 않았다.

"알았어!"

이에야스는 무덤덤한 표정으로 그냥 이렇게 답한 뒤 자리에서 일어섰다.

다다쓰구가 하는 말이 하나도 그르지 않다는 사실은 이에야스도 잘 안다. 다이코 히데요시가 이제 와서 이러지도 저러지도 못하는 상태에서 곤혹스러워 한다는 사실이나, 체면을 세우느라 도리 없이 재출병을 명하는 데 대해 모든 영주들의 전쟁 기피증이 더욱 더 심해진다는 사실도 굳이 다다쓰구의 설명을 듣지 않아도 이에야스는 죄다 알아차리고 있었다.

집결된 병력이 잇달아 규슈로부터 쓰시마로 보내졌다. 제1진으로 기요마사가 이끄는 부대가, 제2진으로 유키나가가 휘하 부대가 조선으로 재상륙하기로 정해져 있긴 했다. 하지만 다시 바다를 건너가야 하는 영주들의 본심은 달랐다.

(이제는 지쳤다……. 너무 지쳐버렸다!)

쓰시마의 후우라는 소 요시토모의 성채가 있는 동네다. 그 후우라까지 이토는 요시토모의 배필로 정한 딸을 데리고 갔다. 남편인 유키나가를 배웅하기 위해서였다.

(그때 지진만 일어나지 않았더라도…….)

이토는 가슴을 치며 애통해 마지않는 남편의 괴로운 심정을 누구보다 잘 헤아렸다.

후시미에서 지진만 일어나지 않았더라면, 기요마사에 대한 히데요시의 분노는 결코 풀리지 않았으리라. 그리고 유키나가나 미쓰나리의 구상은 계획대로 척척 들어맞았을지 모른다. 기요마사가 비집고 들어올 여지가 없었던 것이다.

"이 역시 하느님의 섭리인가?"

마음이 약해질 대로 약해진 남편을 이토가 달랬다.

"무슨 말씀을 하시옵니까? 당신께서 하신 일은 절대로 잘못되지 않았사옵니다. 하느님은 항상 올바른 일을 도와주시오니, 한두 번의 실패에 좌절해서는 아니 되옵니다. 하느님은 스스로 돕는 자를 돕는다고 하시지 않았사옵니까?"

"하지만 나는…… 너무 기진맥진하고 말았어."

유키나가는 자신이 애를 써온 지금까지의 기나긴 노력을 떠올려 보았다. 그 모두가 물거품이 되어버린 상처는 여전히 낫지 않았다.

"아니옵니다. 당신께는 아직도 용기가 남아 있사옵니다. 사나이는 마음으로 작정한 일은 끝까지 해내지 않으면 안 되옵니다. 이 이토도 반드시…… 다시 한 번 지혜를 짜내어 다이코 전하의 목숨을 거둘까 하옵니다."

이런 순간의 이토는 늠름하기 이를 데 없었으며, 무척 아름다웠다.

"가능성이 있는가?"

"예, 제 나름대로 계획이 있사옵니다."

"말해 보라, 그 계획을……."

유키나가가 물어보자 이토가 웃으면서 고개를 설레설레 저었다.

"안 되옵니다. 당신께도 이것만은 털어놓을 수 없사옵니다. 조금만 더 기다려 주시옵소서."

이튿날, 유키나가는 자신의 사위가 될 소 요시토모 일행과 더불어 조선 재침을 위한 선단이 출발할 쓰시마의 도요시마로 가는 배에 올랐다. 평지다운 평지가 거의 없고, 섬 전체가 산이라고 해도 과언이 아닌 쓰시마는 배가 유일한 운송 수단이었다.

"일 년이 아니면 10개월 가량만 꾹 참으시면 되옵니다."

출발하는 남편의 귀에 대고 이토가 속삭였다.

"그걸, 어떻게 아는가?"

쉬 믿어지지 않아 물어보는 유키나가에게 이토가 다시 웃음만 머금은 채 대답하지 않았다.

도요시마로 향하는 배 안에서 유키나가는 아내가 들려 준 이상한 이야기를 곰곰 되새겨 보았다. 그녀의 웃음 띤 얼굴이 지워지지 않고 유키나가의 뇌리에 깊이 새겨졌다.

유키나가의 병력은 도요시마에서 부산까지 저항다운 저항 한 번 받아보지 않은 채 무혈 상륙했다. 그렇지만 그의 권한은 대폭 박탈되어 기요마사와 함께 고바야카와 히데아키의 지휘를 받게 되었다.

조선 측의 자료인 〈재조번방지再造藩邦志〉에 따르면 유키나가는 일본에서 빈손으로 귀국하여 부산에서 기다리던 조선 사절에게 이렇게 중얼거렸다고 한다.

"당신들은 앞서의 침략에 내가 찬성했다고 여기겠지만, 그렇지 않다. 나는 다이코의 명령이 내려졌기 때문에 도리 없이 출정했던 것이다. 이 사실은 내 사위인 요시토모도 마찬가지다. 그것을 조선 조정에 전해 주기 바란다."

만일 이 조선 측의 기록이 정말이라면, 유키나가는 처음부터 적과 진짜로 싸울 의지가 없다는 사실을 알려 준 셈이다. 뿐만 아니라 그 후의 그의 행동은 기괴하기 짝이 없다.

그는 부하인 가케하시 시치다유(조선 측 기록으로는 요우지라)를 경상 좌병사 김응서의 진영으로 보냈다. 그리고 김응서에게 다음과 같이 전달했다.

"화의가 이뤄지지 않았던 것은 모두가 기요마사 탓이다. 나는 그를 깊이 증오한다. 기요마사는 어느 어느 날 바다를 건너 이 섬에서 묵을 예정이다. 해전에 뛰어난 조선이 이들을 바다에서 공격한다면 승리를 거둘 수 있으리라."

이것은 기요마사 암살을 위한 정보를 유키나가가 제공했음을 암시한다. 조선 조정은 즉시 이 정보를 놓고 협의했다. 그러나 예전에 일본 수군을 전멸시킨 적이 있는 이순신 장군만이 일본 측의 모략이라면서 반대했다.

그러나 유키나가가 제공한 정보는 결코 거짓이 아니었다. 정보로 알려 준 날에 기요마사는 '그 섬'에 도착했던 것이다. 조선 측은 기요마사를 습격할 수 있는 절호의 기회를 놓쳤다.

"요우지라는 다시 김응서에게 분통을 터트렸다. 기요마사는 이미

상륙하고 말았다. 당신들은 어째서 바다 위에서 그를 공격하지 않았는가 하고……." (《재조번방지》)

유키나가는 그 뒤로도 잇달아 중요한 일본군의 기밀을 제공한다.

7월에 한산도 해역에서 조선 수군과의 해전이 벌어졌다. 앞서의 전투에서 이순신에 대패한 일본 수군은 거제도 부근에서 조선 수군에게 야습을 가하여 그들을 거의 전멸시키고 조선 수군에 넘어갔던 제해권을 빼앗았다.

이 수군의 승리에 힘입어 우키타 히데이에가 이끄는 5만의 병력과 모우리 히데모토를 총사령관으로 하는 다른 병력이 남원을 공격하기에 이른다.

유키나가가 조선 측에 작전을 일러 준 것은 이때이다. 그는 "기요마사의 병력이 경주에서 밀양 또는 대구를 거쳐 전라도로 향한다. 나는 의령에서 진주로 진격한다. 그러니 노약자를 미리 대피시키고, 장정을 뽑아 산성에서 응전하는 게 좋으리라. 또한 경상우도로부터 전라도에 걸쳐서 곡물을 다 거둔 다음 기다리는 게 나으리라. 그렇게 한다면 일본군은 퇴각하고 싶어도 들에서 빼앗을 것이 없고, 병사들은 식량이 떨어지게 되리라."라고 통보했던 것이다.

조선과 싸울 의지가 그에게는 눈곱만큼도 없었다. 없을 뿐만 아니라, 당시 유키나가는 오히려 적의 편을 들고 있었던 꼴이다.

그는 이토가 헤어지면서 하던 그 말에 매달렸다.

"일 년이 아니면 10개월 가량만 꾹 참으시면 되옵니다."

바로 그 일 년, 아니면 10개월 동안만 그는 싸우는 척 하고 지냈다. 그래서 싸움이 끝나게 되면 조선 측으로부터 신뢰할 수 있는 일본인으로 받아들여지기를 기대했다.

이러한 병사들의 고투에는 아랑곳하지 않고 다이코 히데요시는 교토 후시미에서 그해를 보냈다. 단 한 번도 작전 본부가 차려진 나고야에는 가려고 하지 않았다.

"봄이 오면 아들(히데요리)을 위해서라도 꽃놀이를 성대하게 베풀어야겠어!"

어찌 된 영문인지 그는 가을 무렵부터 벌써 내년 봄의 꽃놀이에 대한 이야기를 수시로 늘어놓으며 즐거워했다.

"그 무렵이면 말이지, 내 몸도 지금보다 훨씬 좋아질 거야. 암, 그렇고말고!"

세상의 모든 병자들이 다 그렇듯, 히데요시의 마음에도 따뜻한 계절이 오면 자신의 몸이 회복되지 않을까 하는 기대가 어딘가에 있었다. 그리고 그 같은 다이코의 심중을 헤아린 요도기미와 측근들이 후시미에서 그리 머지않은 사찰에서 성대한 꽃놀이를 개최하여 이 노인의 풀이 죽은 마음을 위로하고자 준비에 착수했다.

영주가 조선으로 떠나고 없는 제성제령諸城諸領에도 알림장이 보내졌다.

"가능한 한 그 날의 꽃놀이에 참석하도록!"

요도기미의 이런 은근한 부탁이 영주들의 안방마님들에게도 전해졌다.

우토로 돌아와 있던 이토에게도 알림장이 도착했다.

"어떻게 하시겠사옵니까?"

나이든 시녀는 이토가 당연히 거절하리라고 여겨 형식적으로 물었다.

"기꺼이 후시미로 올라가야지요!"

이토가 빙긋 웃으며 대답했다.

"꽃놀이라면 기분 전환에도 좋을 테니까 꼭 후시미로 가고 싶어!"

노시녀가 이맛살을 찌푸릴 만큼 기뻐했다. 노시녀로서는 영지의 백성들이 잇단 유키나가의 출전으로 생활이 궁핍해져 쩔쩔 매는 판국에 이토가 멋지게 차려 입고 후시미로 꽃놀이를 떠난다는 것은 당치도 않은 일이라고 여겼던 것이다.

그러나 이토로서는 이 절호의 기회를 놓쳐서는 남편에게 맹세한 약속을 지킬 시간이 더 이상 없다고 판단했다.

약속이란 두말 할 나위도 없이 백성의 고통을 돌보지 않은 채 무의미한 전쟁을 계속하는 히데요시를 죽이겠다는 바로 그것이었다.

(더 이상 남에게 맡겨둘 수가 없다.)

그녀는 예전처럼 호소카와 다마의 시녀들로부터 도움 받을 기대를 버렸다. 아케치의 옛 가신들에게도 협력을 구하지 않을 작정이었다.

(혼자서 해치우자!)

그렇지만 여자 혼자서 이런 대사를 결행하려면 온갖 지혜를 있는 대로 다 짜내지 않으면 안 되었다. 더구나 남편에게 누를 끼치지 않도록, 사카이의 고니시 일족에게도 폐가 되지 않도록 일을 처리해야 했다. 후시미로 올라가 기회를 봐서 히데요시에게 다가가 단도로 찔러 죽이는 따위의 단락적인 수단은 물론이고, 그가 먹을 음식에 독을 타는 것은 저번에 실패했으므로 너무 위험했다.

누구의 지혜를 빌려야 좋을까?

이럴 순간 유키나가나 이토의 머리에 금방 떠오르는 인물은 바로 저 다카야마 우콘이었다. 하지만 우콘은 이미 속세를 떠나 신앙과 다도만으로 살아간다. 그런 우콘에게 이 같은 엄청난 이야기를 털어놓을 수야 없는 노릇이다.

잠들지 못하는 밤이 이어졌다. 그녀는 어둠 속에서 눈을 뜰 때마다 자신은 잘 알지 못하는 나라에 가 있는 유키나가를 그리워했다. 유키나가의 품에 안겼던 밤의 일이 정말이지 가슴이 아리도록 그립게 되살아났다.

"누구지?"

"나야!"

다카하시 몬시로가 대답하면서 망루에 선 경비병에게 다가갔다.

"주군 일행께서는……."

"여기서는 아직 잘 알 수 없지. 알아차리지 못하면 좋겠지만……."

경비병이 그렇게 말하면서 울산성 바로 아래를 흐르는 큰 강을 내려다보았다.

밤이었으나 강은 12월의 차가운 달빛을 받아 번쩍거렸다. 그리고 그 주위에는 대규모 조명 연합군이 피운 불길이 타올랐다.

적의 총대장은 마귀麻貴였으며, 그는 한때 우키타 히데이에를 우두머리로 하는 일본군의 맹공에 견디지 못하여 남주, 전주를 잃고 의기소침했었다. 하지만 일본군이 더 이상 진격하지 않고 울산, 순천, 사천, 죽도, 부산 등 해안 지대로 물러나는 것을 보자 원군을 청하여 반격을 펼치려 하고 있었다.

(주전론자는 가토 기요마사. 그러니 기요마사를 물리치면 일본군의 사기가 떨어질 것임에 틀림없다.)

이것이 마귀 장군을 위시한 조명 연합군의 일치된 견해였다. 고니시 유키나가가 남몰래 펼치는 공작이 그 점에서는 효력을 발휘한 셈이었다.

(바로 그 기요마사가 현재 울산에 성을 쌓는 중이다. 공사 중인지라 아직 병사들은 도착하지 않았다. 그렇다면 우선 울산부터 공격하기로 하자!)

마귀는 그것을 노려 전군을 동원하여 12월 19일 이른 아침부터 울산성에 공격을 가하기 시작했다. 공사 중인 성에는 3천의 병사와 공사를 감독하는 아사노 요시나가 외에 몇 되지 않는 모우리의 가신들만 남아 있었다. 가토 기요마사는 성에서 떨어진 기장에 머물고 있었다.

울산이 조명 연합군에 의해 완전히 포위되었다는 급보가 19일 오후에 기요마사의 귀에 들어갔다.

"즉각 울산으로 돌아가겠다!"

군사 회의를 연 기요마사가 벌떡 일어났다.

"나를 따르는 자는 숫자가 적어도 상관없다. 모두 조선인의 옷을 걸쳐라. 그래야 적에게 발각되지 않는다."

모리모토 기다유 등이 기요마사의 안전을 염려했다.

"너무 위험하옵니다. 적은 대군이옵니다. 그들과 싸우려면 각지의 장수들에게 도움을 청하여 함께 나서야 마땅하옵니다."

이렇게 필사적으로 말렸다.

"울산에는 아사노 나가마사의 큰아들 요시나가가 있다. 그 요시나가가 죽도록 내버려두었다가는 이 기요마사가 평생 나가마사에게 얼굴을 들지 못한다."

기요마사가 고개를 흔들었다. 그는 시종의 도움을 받아 조선 농부의 옷을 걸쳤다. 자신을 지킬 무기는 단도 한 자루뿐이었다.

똑같이 조선 농부의 옷차림을 한 시종 5명과 기요마사는 불안해하는 가신들의 배웅을 받으며 조각배에 올랐다. 조각배에는 미리 준비해 둔 야채와 집오리가 실려 있었다.

배가 울산으로 다가감에 따라 시종들의 얼굴이 창백해졌다. 건너편에는 조명 연합군의 깃발이 숲을 이루었다. 무수히 많은 막사가 세워져 있었고, 기마병들이 강가를 질주하는 모습이 보였다.

"숨을 크게 들이켜라!"

기요마사가 벌벌 떠는 시종들에게 지시했다.

"그렇게 들이마신 뒤 천천히 내 뱉으라!"

그리고 그는 일부러 병사들 눈에 잘 뜨이도록 뱃전에 걸터앉았다.

"잘 들어. 울산성 곁으로 배가 다가서면 내 외침과 동시에 배를 내려 뛰어간다. 뒤돌아보지 말라. 나를 도울 생각도 절대로 해서는 안 된다. 나 역시 너희들을 돕지 않겠다."

유키나가가 비장하게 명령을 내렸다.

이윽고 울산성 곁으로 배가 서서히 다가갔다. 해안의 경비병들이 처음에는 무슨 소리를 질렀다. 그러나 삿갓을 뒤집어쓴 기요마사가 웃으면서 다정하게 손을 흔들어주자 부근의 농부로 여긴 듯 그대로 보내주었다.
"지금이다. 배에서 뛰어내려라!"
기요마사의 날카로운 목소리에 응하여 시종들이 차가운 강물에 뛰어내려 물보라를 일으키며 강변으로 내달았다. 처음에는 어리둥절하여 바라보기만 하던 적병들이 사태를 깨닫고 뒤늦게 활을 쏘았다.
망루에서 그 광경을 바라보던 다카하시 몬시로가 이쪽을 향해 뛰어오는 농부 차림의 몇몇 조선인 가운데 기요마사를 발견했다.
"주군이다, 주군께서 돌아오신다!"
그들은 좋아서 날뛰며 적 진영을 향해 총탄을 퍼부었다.
기요마사가 돌아왔다는 사실은 조마조마해 하던 성안의 병사들에게는 백만 명의 원군이 온 것이나 다름없었다.
"계시지 않는 동안 일이 이렇게 되어 무어라 드릴 말씀이 없사옵니다."
성을 지키던 가토 기요베에가 사정을 설명했다.
"다행히 철포와 탄환은 비축해 둔 것이 있사옵니다만, 군량미와 식수를 들여올 틈이 없었사옵니다. 머지않아 식량이 바닥날 것으로 사료되옵니다."
"그런가? 하지만 버티다 보면 반드시 원군이 도착할 것이다."
기요마사가 병사들을 모아놓고 격려했다. 그렇지만 내심 여간 당혹스럽지 않았다.
(굶주림과의 싸움. 그것은 백만의 적을 상대하는 것보다 고통스럽다!)
조명 연합군은 집요하게 공격해 왔다. 이쪽도 완강하게 버티며 철

23. 꿈은 깨어지다 · 149

포를 퍼부어 그들을 격퇴했다. 매일 매일, 마치 그것이 일과라도 되는 것처럼 적진에서 북소리와 나팔 소리가 울려 퍼지고, 그것을 신호로 적군이 질서정연하게 진격해 왔다.

그것을 저지해 주는 방패 세 가지가 있었다. 하나는 성 전면에 펼쳐진 개펄이었고, 다른 하나는 추위였으며, 세 번째가 일본군이 지닌 철포였다.

조명 연합군이 물러나면 비로소 성내의 병사들에게 죽 한 그릇이 배급되었다. 처음에는 그것이 분명 죽이었으나, 날이 갈수록 멀건 국처럼 바뀌어 갔다.

철포 공격에 쩔쩔 매던 조명 연합군이 일본군의 약점을 알아챘다. 그리고 군량미 공략에 나섰다. 우선 성 바깥에서 식량을 옮겨 갈 만한 곳을 철저하게 막아버렸다. 그리고 골짜기에서 성으로 흘러드는 물줄기를 차단했다.

기록에 의하면 일본군 병사들의 발이 가느다란 막대기처럼 야위어졌고, 그 바람에 다리에 차는 각반이 흘러내렸다고 한다. 또한 얼굴이 홀쭉해져 전혀 다른 사람처럼 모습이 바뀌었다고 한다. 갈증을 견디지 못하여 야밤에 성 바깥의 우물에 가보면 시체가 버려져 있어서 물을 마실 수조차 없게 되어 있었다.

성안의 소와 말은 모조리 잡아먹었다. 그것마저 다 떨어지자 적병의 시체에서 먹을거리를 뒤졌다. 벽을 바른 흙을 긁어내어 빗물에 타서 먹을 때도 있었다.

10월 하순부터 시작된 이 공방전은 한 달이 지나고 두 달이 지나 1597년도 거의 저물어 갔다. 그럼에도 불구하고 아군의 지원병은 여전히 나타나지 않았다. 울산성은 차츰 차츰 지옥으로 변해 갔다.

　기요마사의 그 같은 고통을 다이코 히데요시는 간지럽게도 여기지 않았다. 그의 마음은 오로지 봄에 가 있었다. 요도기미로부터 인근에 있는 사찰 다이고지醍醐寺에서 성대한 꽃놀이를 열겠다는 이야기를 듣자 무릎을 치며 기뻐했다.
　"그래, 그래! 화사하게 해 봐. 화사하게 말이야!"
　꽃놀이 준비에 동원하는 사람과 돈은 아무 걱정을 하지 말라고 큰소리쳤다.
　정월이 왔다. 1598년이다. 꽃놀이에 대비하여 인부들이 불려나와 여기저기에 다실과 히데요시의 휴식처, 각 영주들의 휴식처가 만들어졌다. 고니시 가문에서도 안방마님인 이토의 명령으로(그것은 충직한 가신이나 노시녀들의 눈살을 찌푸리게 만들었지만) 특별한 다실이 세워졌다.
　이토는 여전히 다이코 히데요시의 목숨을 빼앗을 수단이 떠오르지 않았다. 후시미까지 오기는 왔으나 묘안을 찾지 못하자 안달이 났다.
　"우콘 님은 마에다 님의 배려로 가나자와에 계시는가?"
　그녀가 물에 빠진 사람이 지푸라기라도 잡는 심정으로 시녀에게 알아보도록 했다. 다카야마 우콘이 마에다 도시이에의 융숭한 비호를 받으며 가네자와에 있다는 사실은 그녀도 진작 알고 있었다.
　그런데 너무나 기쁘게도, 바로 그 우콘이 이 꽃놀이에 참석하는 마에다 도시이에를 수행하여 지금 교토에 와 있다는 사실을 시녀가 알아냈던 것이다.

"교토에, 교토의 어디에?"

이토는 다급하게 물었다.

"난만지南蠻寺에 와 계시는 모양이옵니다."

마에다 도시이에는 교토로 올라오면 다이도쿠지大德寺에서 묵는 게 상례였다. 그런데 우콘은 혼자서 난만지로 가 묵는다고 했다. 난만지는 가톨릭 성당인데, 당시의 일본인들이 남만南蠻에서 온 서양인들이 세운 절이라며 그렇게 불렀다. 이토의 눈에는 여전히 고독한 우콘의 모습이 손에 잡히듯이 어른거렸다.

예전처럼 아무렇게나 먼 곳으로 나들이할 수 있는 신분이 아니었던지라 이토는 시녀로 하여금 우콘에게 달려가 만나기를 청하도록 했다. 그리고 명목상 난만지의 미사에 참여하는 것처럼 꾸몄다. 미사에 참석하는 것으로 해두면 남들의 입에 오르내릴 일은 없을 것이기 때문이었다.

그날 이토는 시녀 두어 명을 데리고 교토의 난만지로 찾아갔다. 난만지는 히데요시가 금교령을 내린 이래 규모가 작아졌다. 그러나 이 최고 권력자가 마침내 기리시탄 신앙을 보고도 못 본 체 하게 되자 선교사들이 다시 돌아오고, 신자들도 늘어나기 시작했다.

오르간 소리가 흘러나오는 성당에서 이토는 오랜만에 우콘을 만났다. 꽤 야위고 나이가 들었으나 우콘의 눈동자는 아주 맑았다. 세속을 버린 그 사람이 제단 가까이에서 무릎을 꿇고 기도하는 모습을 보았다.

(이런 분에게 히데요시 암살을 의논하다니……. 도저히 입이 떨어지지

않는다.)

그녀의 기분이 울적해졌다.

(그러나 하느님! 그냥 이대로 두어서는 수많은 사람들이 또 고통을 당하게 됩니다. 저 나라에서는 죄 없는 여자와 아이들까지 아무 소용없는 전쟁 탓으로 죽어 갑니다. 제발 좋은 지혜, 좋은 방법을 일러주시옵소서!)

이토는 두 손을 꼭 쥐고 필사적으로 기도했다. 전선에 나가 있는 유키나가의 괴로움을 상상하니 눈에서 눈물이 흘러내렸다.

그때 성당 안에 강렬한 향냄새가 퍼졌다. 눈을 뜨자 신부님이 한창 향로에 피운 향의 연기를 신자들에게 뿌리며 몸과 마음을 깨끗이 하는 중이었다.

(향……?)

하늘의 계시처럼 이토의 뇌리에 무언가가 번쩍 스쳐갔다.

(향……?)

그녀는 꼭 잡은 손에 더욱 힘을 주었다.

24. 사랑을 위하여

1598년 3월 15일 -

유명한 다이고지의 꽃놀이가 열렸다. 당시의 광경을 기록한 여러 서적을 통해서 그것이 얼마나 성대했는지 추측하고도 남는다.

"50정町 사방의 산, 23개 지역에 경비 초소가 세워졌다. 다들 활, 창, 철포 따위의 무기를 저마다 손에 쥐었으며, 후시미에서 아래쪽 절이 있는 곳까지 수많은 시종과 말을 탄 무사들이 경비를 담당했다."

그만큼 무시무시한 경계를 펴지 않을 수 없었던 것은 다 까닭이 있었다. 다이코 히데요시의 압정에 원한을 품은 자가 만에 하나 무슨 짓을 저지를지 모른다는 불안이 있었기 때문이다.

"수상한 자들이 다이코 님의 목숨을 노린다."

실제로 이 같은 소문이 당시 입에서 입으로 널리 퍼져 갔다.

그러나 그런 삼엄한 경계 태세와는 달리, 부근의 산에는 온통 꽃이 활짝 피어 장관을 이루었다. 그야말로 온 산이 아름다운 꽃으로 물들어 있었다.

그렇지만 공교롭게 날씨는 좋지 않았다. 꽃샘 추위로 으슬으슬했고, 하늘은 잔뜩 흐렸다. 그래도 기타노만도코로를 위시한 히데요시의 정실과 측실들을 태운 가마가 경비 사무라이들의 호위를 받으며 꼬리를 물고 꽃놀이가 펼쳐질 절 경내의 삼보원三寶院에 도착했다. 다이코 히데요시도 조금 뒤처져 시종, 시녀들과 더불어 모습을 드러내어 자리에 앉았다. 드디어 성대한 꽃놀이 향연이 시작되었다.

측실 요도기미의 사전 계획으로 주변 산 여기저기에 다실이 세워졌다. 거기에는 예쁘게 차려입은 다실 담당이 다이코를 태운 가마가 들르기를 다소곳이 기다리고 있었다.

이곳저곳에서 주연이 벌어졌다. 특별 허가가 내려져 음곡도 즐길 수 있었던지라 저마다의 다실에서는 밝은 웃음소리와 더불어 음악이 울려 퍼졌다. 그리고 거기에 맞장구를 치듯이 하얀 꽃이 산 쪽에서 춤추며 떨어져 내렸다.

"이 또한 다이코 전하의 위광이옵니다."

마시타 나가모리가 흡족한 표정을 짓고 있는 히데요시의 뒤에 서서 알랑거리면서 아부했다.

"저기를 한 번 보시옵소서. 다실이 각자의 취향을 잘 살려서 만들어졌사옵니다."

다이코가 자리한 다실에서 내려다보이는 각 영주들의 다실에는 저마다의 가문家紋이 찍힌 휘장이 둘러쳐져 있었다. 그래서 한 눈에 어느 다실이 어느 영주의 것인지를 알아볼 수 있었다.

"호오, 저게 도쿠젠인의 다실인가? 저쪽은 마스다 쇼쇼의 것이고?"

히데요시가 기분 좋게 연신 고개를 끄덕였다.

각 지역 영주들의 다실과는 별도로 8개의 다실도 만들어졌다. 나무 향기도 새로운 이들 다실의 입구에는 표주박과 부채, 새의 깃 등이 장식되어 눈길을 끌도록 해놓은 곳도 있었다.

또한 삼보원 한쪽으로는 노점상들이 늘어섰다. 종이 병아리, 빗과 바늘, 염색실, 미농지 등을 파는 자들, 구운 떡과 같은 먹을거리를 파는 자들을 배치하여 다이코의 눈을 즐겁게 만들어 주도록 해놓았다.

히데요시는 쇠잔한 몸을 시녀들에게 의지하면서 시가詩歌를 흥얼거리기도 했다. 그러더니 말했다.

"자, 그럼 다실을 하나씩 둘러보기로 할까?"

이토가 다실에서 정좌하고 있었다.

"이제 곧 당도하실 것입니다."

다이코 히데요시가 상좌에서 일어나 각 영주의 다실을 돈다는 사실을 시녀 한 명이 미리 알려 주려고 왔다.

"알겠습니다."

이토가 다시 한 번 확인하듯이 다실 내부를 휘둘러보았다.

남편인 유키나가의 이름을 욕되게 해서는 안 된다는 걱정과 더불어, 다이코의 관심을 끄느라 이토는 이 조촐하고 소박한 다실에 세심한 주의를 쏟았다.

화로에는 표면이 오돌토돌한 솥을 걸쳤다. 반침상에는 꽃병을 놓았다. 중국 남송의 화가 목계가 봄을 그린 그림을 거는 것도 잊지 않았다. 이 귀중품들은 모두 시아버지 고니시 류사가 소장해 온 명품들이었다.

모든 것이 빈틈이 없다는 사실을 확인한 이토는 다실을 나와 히데요시를 마중하러 나갔다. 이미 유키나가의 형인 조세이를 비롯하여 가신과 시녀들이 줄지어 서서 다이코의 행렬을 기다리고 있었다.

다이코는 시동과 시녀 몇 명만 데리고 다실 한 곳 한 곳을 둘러보았다.

"멋있군, 그래!"

"잘 만들었어!"

들르는 곳마다 짤막하게 칭찬의 말을 건넸다. 그렇지만 결코 다실 안으로 들어서지는 않았다.

일행이 마침내 고니시 가문의 다실로 다가왔다. 조세이가 이토와 함께 깊숙이 고개를 숙이면서 다이코를 맞았다.

"유키나가네 다실인가?"

다이코가 아는 척 했다.

"사카이에서 가져온 진귀한 다기도 있겠지?"

다이코가 조세이에게 묻다가 곁에 선 이토를 발견했다.

"오, 유키나가의 마나님이로군!"

그는 관심이 가는 듯 뒷말을 이었다.

"생각났어. 그 옛날 호소카와 다다오키 아래에서 시녀로 있었다고 했지?"

"그렇사옵니다."

당시에는 허락이 내려지지 않는 한 여성이 윗사람에게 대답을 하지 못하게 되어 있었다. 그래서 조세이가 대신 대답했다.

"다실을 보고 싶군!"

히데요시가 느닷없이 다른 다실에서는 꺼내지도 않았던 이야기를 입에 담았다. 엷게 화장한 이토의 미모에 마음이 끌린 것 같았다.

"유키나가의 마나님에게 차 한 잔을 부탁해 볼까?"

히데요시가 뒤따르려는 조세이를 제지하며 이토에게 선뜻 앞장설 것을 명했다.

이때 이토는 온몸이 부르르 떨리는 것을 느꼈다. 기다리고 기다리던 순간이 드디어 왔다. 남편과의 맹세가 마침내 이루어졌다.

그녀가 히데요시의 마음을 끄느라 살짝 미소를 지어 보였다.

그 순간 히데요시가 홀로 다실 안으로 들어섰다. 조세이와 다이코의 수행원 등 나머지 사람들은 전부 다실 바깥에서 대기했다.

히데요시로서는 유키나가의 아내가 자신에게 역심逆心을 품고 있으리라고는 꿈에도 상상하지 못했다. 또한 여자 혼자서 자신을 해칠 체력이 있으리라고 여기지 않았음이 분명하다.

주인 자격으로 이토가 가만히 차를 끓여 막사발 찻잔에 부은 후 최고 권력자 앞에 내밀었다. 다실 안에는 향이 피워져 있어서 미묘한 향기가 감돌았다.

"좋은 향기가 다실 내에 감도는구나!"

히데요시가 차를 다 마신 뒤 칭찬을 하자 이토가 엎드려 답했다.

"예, 예전에 마카오에서 남만 선박이 싣고 온 것을 시아버지 류사가 사 두었던 것이옵니다."

그러면서 그녀는 향이 담긴 조그만 항아리를 공손하게 다이코 앞에 내밀었다.

"그래?"

뚜껑을 연 히데요시가 야윈 얼굴을 항아리 가까이 가져갔다.

"아주 좋은 향기가 나는구나!"

히데요시가 고개를 끄덕였다. 그리고 이토가 기대한 대로 그 향기를 흠뻑 자신의 폐로 들이마셨다.

기분이 좋았던 히데요시는 그날 다른 다실도 죄다 돌아다녔지만, 차를 직접 마신 것은 이토를 만났을 때뿐이었다.

저녁 무렵이 되자 꽃놀이도 마침내 막을 내렸다. 정실 기타노만도코로와 요도기미를 비롯한 측실을 태운 가마가 사라지자 사람들은 다실을 철거하기 시작했다. 꽃놀이가 워낙 요란했던지라 모두가 떠난 후의 적막감이 더욱 황량했다. 하얀 벚나무 꽃잎이 철거한 건물 잔해 위로 떨어져 내렸다.

"피곤하다."

이튿날 다이코는 이렇게 말하며 하루 내내 자리에 누워 있었다. 전의들은 꽃놀이로 인해 체력이 많이 소모된 것으로 진단했다. 그래서 한 사흘 휴식을 취하면 회복될 것이라며 낙관적으로 예상했다.

그러나 그날 이후 다이코는 단 한 차례도 자리를 털고 일어나지 못했다.

그럴 수밖에 없었다. 그는 이토가 내민 항아리에 코를 박고 향냄새를 가슴 가득 들이마셨던 것이다. 향 항아리에는 오장육부를 해치는 친다라沈太羅라고 하는 유명한 샴 지방의 독이 담겨 있었다.

친다라는 샴의 특산물이다. 아유타야 왕조 시대로부터 샴 궁정에서는 권력자를 해치기 위해 독을 마시게 하는 경우가 잦았다. 그 바람에 열대 식물 가운데 유독 물질이 함유된 것을 채취한 뒤 여러 형태로 사용했다.

야마다 나가마사가 샴의 총독으로 임명되었다가 독살당한 것은 당시 그곳의 정적에 의한 암살이었다. 이때 사용한 것이 친다라라는 설이 나돌았다.

친다라는 그 냄새를 맡기만 해도 인체에 돌이킬 수 없는 해를 끼친다. 아편이나 마찬가지인데, 전혀 이상한 냄새를 느끼지 못한다.

이토는 유키나가의 형 조세이로부터 친다라를 구했다. 그녀는 미사를 올릴 때 신부가 향연을 피우는 모습에서 뇌리를 스친 것이 있었다. 그것은 독을 입으로 먹게 하는 것이 아니라 코로 들이마시도록 하는 것이었다. 어째서 진작 그 생각을 하지 못했을까 하는 후회조차 들 지경이었다.

그리고 그날 다실에서 아무 것도 모르는 다이코 히데요시가 상쾌한 기분으로 향의 냄새를 맡는 순간, 이토는 미칠 듯한 기쁨을 느꼈다. 마침내 함정에 빠트렸다는 쾌감이었다.

권력자가 병사들의 노고는 나 몰라라 하고 꽃놀이에 흥을 돋우고 있을 때, 울산성에서는 지옥과도 같은 굶주림에 시달려 온 가토 기요마사에게 어렵사리 일본군의 지원을 얻어 간신히 한숨 돌렸다. 4만의 조명 연합군은 기요마사를 구원하러 온 3만의 일본군을 보자 철수해 버렸다. 그 이유는 역시 일본군의 총격으로 꽤 많은 사상자가 나왔기 때문이었다.

　포위망에서 겨우 해방은 되었으나 기요마사의 병사들은 모두가 한결같이 해골처럼 비쩍 말라 있었다. 식량이 다 떨어진 그들은 종이를 씹고, 흙벽을 뜯어내어 끓여 먹었다고 한다. 기요마사조차 머리카락과 수염이 제멋대로 자라 있었고, 눈은 움푹 패었으며, 뺨이 홀쭉해진 상태로 구원군 앞에 모습을 드러냈다.

　"너무 고맙다."

　기요마사가 구원군을 이끌고 온 모우리 히데모토와 구로다 나가마사에게 감사의 인사를 했다.

　"뭐 필요한 것은 없는가?"

　나가마사가 물었다.

　"그저 잠이나 실컷 자고 싶다."

　기요마사가 맥없이 중얼거렸다. 그는 물론 히데요시의 측근들이 이 봄에 성대한 꽃놀이를 계획하고 있다는 사실 따위는 꿈에도 몰랐다. 자신들의 고통을 본 체 만 체하고 그 같은 떠들썩한 유흥에 빠져 있었다는 사실을 알았더라면, 제아무리 기요마사라고 해도 괴롭고 참담한 기분에 휩싸였을 것임에 분명하다.

　울산에서 철수한 조명 연합군은 병력을 재편성하여 순천과 사천 공략에 나섰다. 순천은 고니시 유키나가가 지키고 있었으며, 사천의 수비는 시마즈 요시히로가 맡고 있었다.

　유키나가에게는 더 이상 싸울 마음이 없었다. 그보다도 그는 자신이 그토록 애간장을 태우며 화의 교섭을 벌였건만 그 참뜻을 알아주지 않는 조명 연합군에 절망하기 시작했다.

(지쳤다.)

그것이 그의 진심이었다. 온몸의 구석구석이 죄다 솜처럼 풀어져 내리는 것 같은 절망감과 서글픈 체념이 그의 정신을 지배했다.

조명 연합군이 남하해 온다는 정보를 시마즈 요시히로가 보내왔음에도 불구하고 유키나가는 성을 나가 이들과 맞아 싸우려 들지 않았다.

(내 인생은 대관절 무엇이었단 말인가!)

공명을 추구하고, 사카이의 고니시 일족의 대표로서 히데요시의 가신이 되었고, 그래서 우토성의 영주 자리에까지 올랐다. 대신 그가 바꾼 것은 권력자의 욕망을 채워주는 도구로서의 일생이었다. 동분서주, 소나 말처럼 부려먹는 노예와 하등 다를 게 무엇이란 말인가.

그는 이 무렵 가끔 이토를 떠올렸다. 이토만이 자신이 마음을 터놓을 수 있는 단 한 사람의 전우라는 기분이 들었다. 그리고 그 이토가 자신을 위해서 히데요시의 죽음을 앞당길 비책을 찾아 나섰다. 그것만이 그의 희망이자 바람이었다.

"주군은 완전히 맥이 풀리신 모양이야."

그런 주인의 모습을 훔쳐보곤 유키나가의 시동들이 남몰래 쑥덕거렸다.

유키나가 역시 꽃놀이에 관한 소식 따위는 깜깜하게 몰랐다. 만일 그가 그 같은 사실을 들었더라면 기요마사와 마찬가지로, 아니 기요마사와는 달리 격렬한 증오와 원한을 품었을 것임에 틀림없다.

다이코 히데요시는 꽃놀이를 한 뒤 병상에 누웠는데, 6월에 들어

가서부터는 이미 죽음을 각오하기 시작한 모양이었다. 그만큼 노쇠가 빨리 진행되어 음식조차 받아들이지 못했다. 그는 후시미 성안에서 그저 잠에 빠진 채 살아갈 따름이었다.

그때 그 영웅의 모습은 찾아볼 수 없었다.

히데요시의 머리맡에 늘어선 시동과 시녀들은 그의 쪼그라든 몸과 얼굴을 바라보며 온갖 감회에 사로잡혔다.

그들은 다이코를 모셔 온 자들인지라 엄청나게 퍼붓는 빗속을 헤치고 주고쿠의 다카마쓰성에서 히메지로 돌아와 아케치 미쓰히데와의 결전을 전광석화처럼 준비한 히데요시의 이야기를 귀에 못이 박히도록 들었다.

그 노회한 지략과 지모로 천하의 최고 권력자가 된 사나이가 지금은 다 늙어 빠진 채 혼수상태에서 헤맨다. 침을 질질 흘리면서 잠들어 있다.

"미카와 님!"

히데요시가 이따금 도쿠가와 이에야스의 이름을 중얼거렸다.

"스테마루인가!"

아들인 히데요리를 부르기도 한다. 모두가 잠꼬대였다.

8월의 무더위가 쇠약해진 히데요시의 몸을 더욱 악화시켰다.

"붓을……"

신음 속에서 고통스러운 숨을 몰아쉬며 다섯 명의 다이로(大老 : 최고위 영주)에게 보내는 편지를 적은 것이 8월 5일이었다.

이 편지에서 히데요시는 조선에 파견된 병사들의 철군을 명했다. 또한 '거듭하여 히데노리를 잘 부탁함'이라면서 조그만 손을 벌벌 떨어가며 다섯 다이로에게 애원했다.
 8일에 마에다 도시이에가 병문안을 왔다.
 "히데노리를 잘 부탁하오. 히데노리를……!"
 히데요시가 도시이에의 손을 꼭 잡으면서 부탁했다.
 10일부터 여드레 동안 혼수상태가 이어지더니 18일 오전 2시 숨을 멈추었다.
 통곡하는 시녀들 사이에서 기타노만도코로만이 꼼짝 않고 앉아 있었다. 비보는 즉시 일본 전국으로 전해졌다. 그리고 그 소식은 규슈의 우토에도 알려졌다.
 그 무렵 이토는 시녀들과 성안에서 밭일을 했다. 교토에서 꽃놀이를 하던 때의 아름다운 옷을 입고 화사한 화장을 했던 모습과는 180도 달랐다. 햇볕에 그을린 그녀는 자칫 그 부근에 사는 농촌 아낙으로 착각할 정도였다.
 "백성들이 사역으로 고통을 당하고, 가신들은 이역만리에서 싸우고 있는데 우리만 놀아서는 안 된다."
 이토는 우토성의 시녀들에게 명하여 성안의 공터에 밭을 일구고 누에를 쳤다. 그렇게 해보았자 오랜 전쟁으로 피폐할 대로 피폐해진 영지에는 강물에 떨어뜨린 먹물 한 방울과 같으리라는 사실을 모르는 것은 아니었지만, 이토로서는 무언가를 하지 않고서는 참을 수 없었던 모양이다. 그리고 이토는 다이코가 기어코 죽었다는 소식을 들었을 때도 고개를 푹 숙인 채 밭갈이를 멈추지 않았다고 한다. 그 바람에 시녀들은 그녀의 마음속의 움직임을 조금도 알아차리지 못했다.

마침내 다이코가 죽었다. 그러나 그 소식은 순천성에 칩거한 유키나가에게는 즉각 전해지지 않았던 모양이다. 조선으로 출병한 병사들의 동요를 두려워한 다섯 명의 다이로와 이시다 미쓰나리 등이 사실을 숨겼기 때문이다.

8월 26일 -

순천성은 여전히 적장 유정의 대군에 의해 포위되어 있었다. 그렇지만 일본의 총격을 무서워한 그들은 공격을 가하지 않았다. 그냥 멀리서 성만 포위하고 있었던지라 일본군의 전령이 야음을 틈타 성내로 잠입하기란 그리 어렵지 않았다.

야밤에 유키나가는 우키타 히데이에 진영에서 남몰래 파견한 전령을 만나 다이코의 죽음을 알게 되었다.

"정말인가?"

유키나가가 절규했다.

"정말이옵니다."

전령은 유키나가가 이 비보에 충격을 받은 것이라 짐작했다. 분명히 유키나가는 엄청난 충격을 받긴 했다. 하지만 그 충격은 비슷한 시기에 똑같은 비보를 들은 가토 기요마사의 그것과는 정반대로, 희열의 충격이었다.

만약 이때 전령이 주의 깊게 유키나가의 표정을 관찰했더라면, 유키나가의 입 언저리에 미소가 천천히 피어나는 것을 알아차렸으리라. 서서히 얼굴에 퍼진 미소였지만, 그것은 흡사 슬퍼서 웃는 것처럼 바뀌어 갔다.

전령이 떠나고 유키나가 홀로 남았다.
"우, 우, 우!"
신음이라고도, 오열이라고도 할 수 없는 소리가 그의 입에서 터져 나왔다.
"이토!"
그가 외쳤다.
"너무 고마워. 너무 감사해!"
유키나가는 무릎을 꿇고 합장하듯이 두 손을 모은 채, 이토가 있는 규슈 쪽을 향해 고개를 숙였다.

이토로부터는 비밀을 지키느라 그 건에 관해서는 단 한 가지 소식도 들려오지 않았었다. 그는 다이코의 죽음이 드디어 찾아온 까닭이 오로지 아내의 노력에 의한 것이라고 확신했다.

"이제 일본으로 돌아갈 수 있게 되었다."

지금까지 억눌려 있던 그의 마음에 새로운 희망이 솟구친 것은 바로 이때였다. 그 희망이란 새로운 형태로 명나라와 조선과 화의를 맺어 모든 일본군의 무사 철수를 보증하도록 하는 일이었다.

조건이야 어떻게 되어도 상관없었다. 그저 형식적으로 다소의 배상만 해준다면, 그 외에는 달리 바랄 게 없었다. 유키나가는 그렇게 적장 유정에게 알렸다.

유정은 이 같은 제안을 받자 이상하게 여겼다. 이렇게까지 일본군이 양보해 오는 이면에 무언가 있지 않을까? 그가 의심하는 것도 무리는 아니었다.

(무언가 있다…….)

그것이 무엇인지는 조명 연합군도 이내 알아차렸다. 그들 역시 일본의 최고 권력자인 다이코가 죽었다는 사실을 알아냈던 것이다.

(그렇다면 총공격을 가하자!)

유정은 전군에 사천과 순천 두 성에 대한 맹공을 명했다.

10월 1일부터 12일까지 육지와 바다에서 격렬한 전투가 벌어졌다. 유정은 일본군이 다이코의 죽음으로 전의를 상실했을 것으로 판단했다. 그러나 그것은 정반대였다.

(이기지 않으면 일본으로 돌아가지 못한다!)

이런 결심이 거꾸로 시마즈와 고니시가 이끄는 병사들로 하여금 용감한 반격에 나서게 만들었다.

"적賊의 탄환이 비 오듯 함. 제독, 끝내 깃발을 내린 채 전투를 독려하지 못함."

조선 측이 이렇게 한탄할 정도로 끈질기게 저항했다. 그로 인해 12일에는 유정도 어쩔 도리 없이 일본군에 강화를 제안했다.

일본군이 이를 거부할 리가 없었다. 양쪽은 논의를 거듭한 결과, 포로를 교환한 다음 순천성의 일부를 넘겨주는 선에서 타결을 지었다.

그렇지만 유키나가는 욕심이 생겼다. 이번에는 그가 정전 협정을 더욱 발전시켜 국교 회복을 꾀하고, 자신이 국교 회복의 주역이 되어야겠다는 꿈을 꾸기 시작했다. 만일 그것이 실현된다면, 히데요시 사후의 도요토미 정권에서 자신이 중요한 위치를 획득할 수 있다, 그렇게 계산했던 모양이다.

히데요시가 죽은 다음, 후계자인 히데요리는 아직 어렸다. 필경 다섯 다이로와 미쓰나리 등의 합의에 의한 정치가 당분간 행해지리라. 그럴 경우 명나라, 조선과의 외교와 무역은 자신이 담당하지 않으면 안 된다. 다섯 다이로들도 자신을 무시하지는 못할 것이다. 그것이 유키나가의 계산이었다.

오랫동안 찌들어 있었던 그의 얼굴에 생기가 되살아났다.

그러나 조선과 명나라 수군은 명장 이순신의 지휘 아래 사기가 왕성했다. 이순신은 유정의 희망과는 달리 철저 항전의 태도를 취했다. 그들은 일본군이 철군하는 찬스를 노려 공격하겠다는 작전을 폈다.

11월이 되자 유키나가도 어쩔 수 없이 부하 병사의 절반을 철수시키는 데 동의했다. 그들이 출발하기 전날, 주연이 베풀어졌다. 오랜 전투에서 간신히 해방되는 병사들은 너무 기쁜 나머지 밤새도록 박수를 치며 노래 부르고 춤을 추었다. 아침이 되도록 술판이 그치지 않았다.

날이 밝아오면서 취중에 성 밖을 향해 오줌을 누려던 한 병사가 자신도 모르게 기겁을 하며 고함질렀다.

"으아!"

아침놀에 장밋빛으로 물든 바다 위에 안개와 구름이 낀 것처럼 적선이 잔뜩 늘어서서 일본군의 승선을 방해하기 위해 기다린다는 사실을 그제서야 알아차렸던 것이다.

기가 막힌 유키나가는 상대에게 사자를 보내는 것과 동시에 반격 준비에 들어갔다. 이윽고 적의 답장을 들고 사자가 돌아왔다. 거기에는 순천성을 조명 연합군에 넘기라는 요구가 적혀 있었다. 유키나가는 이를 거절했다. 하지만 사위인 소 요시토모가 있는 남해성을 넘겨주는 것으로 타협을 지었다.

그렇지만 11월 중순에는 치열한 해전이 양군 사이에서 벌어졌다. 시마즈 요시히로의 사천성을 적의 수군이 공격해 왔던 것이다. 일본의 소형 선박은 조명 연합 수군의 공격으로 쩔쩔 맬 수밖에 없었으나 이순신 장군을 전사시킴으로써 간신히 호구虎口에서 탈출했다.

어쨌거나 이 마지막 전투를 끝으로 통산 7년간에 걸친 어리석고 고통스러웠던 조선 침략 전쟁은 마침내 막을 내렸다. 일본군은 철군에 앞서서 자신들이 머물던 성채를 남김없이 불태웠다. 그 연기가 새카맣게 하늘을 뒤덮었다.

11월 26일 -

유키나가는 일본을 향해 휘하 병사들과 더불어 부산에서 배에 올랐다. 그가 오랜 세월 동안 고락을 함께 한 소 요시토모, 아리마 하루노부, 오무라 요시사키 등 기리시탄 영주들도 귀환의 여로에 올랐다.

유키나가는 조선 해협의 검은 바다를 물끄러미 응시했다. 그리고 멀어져 가는 조선 땅을 뒤돌아보면서, 이 순간만큼 허무하다는 단어의 의미를 곱씹은 적이 없었다. 이 얼마나 어리석은 전쟁이었던가! 의미 없는 소모와 출혈과 헛고생, 그 모든 것이 예순 세 살로 죽은 노 권력자의 명령에서 비롯되었다. 그리고 그것을 끝내기 위한 유키나가의 숱한 노력들이 다 수포로 돌아가고, 결국에는 그저 문제의 권력자가 죽기를 기다리는 수밖에 달리 방법이 없었던 것이다.

25. 흘러가는 운명

도쿠가와 이에야스는 요즈음 들어 잠을 제대로 이루지 못한다. 야밤에 잠에서 깨어나 측간으로 가는 것이 두 번이나 된다. 불침번을 서는 시동이 손에 등을 들고 침소 가까이 있는 측간까지 안내하여 주인이 용무를 마치기를 줄곧 기다린다.
"나이를 먹는다는 것 말이지……."
손을 씻으면서 이에야스가 혼잣말처럼 중얼거렸다.
"괴로운 일이란 말씀이야. 옛날처럼 몸이 내 말을 듣지 않으니!"
그는 다시 침상에 드러눕지만, 금방은 잠이 들지 않을 것이라는 사실을 자신이 누구보다 잘 알았다.
잠들지 못한 채 눈을 뜨고, 어둠을 응시하면서 이런저런 생각을 한다. 그의 인생은 이제 그리 많이 남지 않았다. 시간이 얼마 없는 것이다. 그에게 주어진 시간 내에 천하를 손아귀에 쥐지 않으면 안 된다.

오랫동안 도요토미 히데요시 아래에서 자복(雌伏 : 장래의 활약을 위해 때를 기다림)해 왔다. 자복하는 동안 이에야스는 가슴에 솟구치는 야망을 억누르면서 오로지 호기가 오기만을 기다렸다. 호기란 히데요시가 자신보다 먼저 죽는 순간이라고 여겼다.

그걸 위해 그동안 얼마나 건강에 신경을 쏟았던가!

"주군으로서 해서는 안 될 소심한 행동이시다."

가신들 가운데에는 약초를 모아 스스로 제조하는 이에야스를 두고 이렇게 비웃는 자도 있다는 사실을 잘 알았다. 살짝 감기 기운이 있기만 해도 약탕을 마시고 침상에 들어버리기 때문이다.

매사냥을 즐겨 했던 까닭도 몸을 단련해 두기 위해서였다. 늙음은 몸의 허약함에서 비롯되는 법이다.

방사(房事 : 섹스)조차도 세심한 주의를 기울였다. 다이코 히데요시는 천하의 미녀들을 오사카성으로 불러 모으고, 기타노만도코로와 요도기미 외에도 여러 측실을 거느렸다. 또 아름다운 시녀에게까지 손을 댔다. 그에 비해 이에야스는 신분이 낮은 여자 외에는 침소로 불러들이지 않았다. 그 이유는 미녀에게는 마음까지 움직여 방사를 지나치게 하기 때문이었다.

그는 히데요시가 사치하고, 다도를 즐기며, 여자를 곁에 두기 좋아하는 모습을 지켜보면서 상상했다.

(우선은 좋겠지만 그것이 어떤 결과를 초래할지…….)

그는 경멸과 만족이 뒤섞인 미소를 남몰래 머금었다. 그리고 그 예상대로 히데요시는 몸이 약해져 갔다.

세상 사람들은 몰랐지만, 히데요시와 이에야스는 눈에 드러나지 않는 싸움을 기나긴 세월 동안 벌여왔던 것이다. 그것은 어느 쪽이 먼저 죽고, 어느 쪽이 살아남는가 하는 육체의 싸움이었다. 그리고 히데요시는 이 싸움에서 졌다. 이에야스는 살아남았다.

(다이코 히데요시에게는 이겼다!)

어둠 속에서 이에야스는 절절히 다짐했다. 싸움은 절대로 병력을 움직이고, 무기를 들고 나서는 것뿐만이 아니다. 외교의 줄다리기, 굴복하는 척 하면서 때를 기다리기, 건강 돌보기 등 이 모든 것을 싸움이라고 한다면 이에야스는 자신이 이겼다고 믿었다.

그렇지만 또 하나의 큰 싸움이 그를 기다리고 있었다. 그것은 히데요시 사후의 도요토미 가문을 무너뜨리고, 천하를 쥐기 위한 싸움이었다.

잠들지 못하는 시간이면 이에야스는 그것만을 골똘히 궁리했다. 그리고 궁리한 사항을 중신들에게는 일절 밝히지 않는 것이 이에야스의 버릇이었다. 그 대신 중신들이 제시하는 의견은 적극적으로 들었다.

"음!"

"그래?"

이런 식으로 애매하기 짝이 없는 대답을 하면서도 어떤 이야기든 귀를 쫑긋 세우고 들었다. 가령 사카이 다다쓰구는 현재의 정세를 다음과 같이 설명했다.

"저 조선에서의 전쟁은 도쿠가와 가문으로서는 뜻밖의 행운이었습니다. 이시다 미쓰나리, 마시타 나가모리 등과 가토 기요마사, 구로다 나가마사 등이 두 패로 나뉘어 서로 증오하며 으르렁거리는 것도 다 조선 전쟁의 덕입니다. 말하자면 하늘이 도쿠가와 가문에 내린 가외의 수입인 셈입니다. 이 가외의 수입을 어떤 식으로 사용하는가에 따라 도쿠가와 가문의 운명이 정해지겠지요. 내버려 두면 마에다 도시이에가 넉살좋게 앞으로 치고 나올지 모릅니다. 물론 도시이에 님이야 그와 같은 인품의 소유자가 아닌 게 확실하지만, 세상에는 본의 아니게 움직이는 수가 생깁니다. 도시이에 님이 그런 움직임에 휩쓸리면 우리가 지게 됩니다."

"그렇다면 결국 마에다 가문이 우리 도쿠가와 가문의 앞길을 가로막게 되리라는 이야기인가?"

"저는 그렇게 봅니다."

그런 말과 함께 오만하게 천장을 올려다보는 게 사카이 다다쓰구의 버릇이었다.

그와 같은 논의를 하는 자리에서도 이에야스는 항상 단 한마디도 하지 않았다. 그러나 마음속으로는 나름대로 판단을 내렸다.

(다다쓰구의 예상은 잘못 되었어. 도시이에는 화로 속의 밤을 손으로 집어낼 만큼 어리석지 않아!)

가토 기요마사가 구마모토로 돌아와 맨 처음 한 일은 죽은 가신의 혼령을 조문한 것과 영지 내의 마을을 돌아보는 것이었다.

긴 조선 침략 전쟁으로 그는 여러 부하를 잃었다. 1만의 병력을 이끌고 두 번째 전쟁에 나선 그였는데, 돌아올 때는 그 절반 가량인 4천6백 명의 병력을 잃었다.

매일 아침 기요마사는 죽은 부하들을 위해서 법화경을 읊었다. 그가 읊는 법화경 소리를 들을 때마다 가신들은 주인이 입은 마음의 상처가 얼마나 큰지를 절절하게 깨달았다고 한다.

그는 또한 소수의 수행원을 데리고 영지 내의 마을을 돌아다녔다. 마을은 가는 곳마다 피폐해져 있었다. 전쟁으로 인한 연공年貢, 한창 일할 나이의 남자들 중에는 공역公役을 위해 조선에 끌려간 자도 많았다. 그러니 마을의 황폐함은 당연한 일처럼 여겨졌다.

"고생들이 많았다."

기요마사를 보고 밭일을 멈추면서 일어서는 농부의 손을 잡고 기요마사가 위로의 말을 건넸다.

"이제 전쟁도 끝이 났으니 더 이상 무리한 연공을 강요하지 않을 거야. 안심하고 열심히 일하게!"

사실 그는 이미 담당 관리들에게 앞으로 1년은 무리하게 연공을 거두지 말도록 명해 두었다. 그 대신 가신들에게 매사 절약하도록 지시했다. 자신도 역시 영주에게 걸맞지 않은 조촐한 식사를 하고, 소박한 옷을 입었다.

그렇지만 그는 구마모토에서 팔짱을 끼고 수수방관하고 있지만은 않았다. 오사카에서 펼쳐지는 여러 움직임에 예민하게 주의를 기울였고, 그 대책을 궁리했다. 그를 위해 기요마사는 눈치가 빠른 가신을 보내 오사카의 동정을 자세하게 보고하도록 했다.

"주군!"

어느 날 모리모토 기다유가 법화경을 다 읊고 난 기요마사에게 안색마저 바꾸며 보고했다.

"아무래도 사와산이 일을 벌이기 시작한 모양이옵니다."

사와산이란 이시다 미쓰나리를 지칭하는 것이다. 미쓰나리의 우토성이 사와산에 자리 잡고 있었기 때문이다.

"어떻게 말이냐?"

"미카와 님의 잘못을 가가 님(마에다 도시이에)에게 고자질했다고 하옵니다. 미카와 님이 여섯 째 아들인 다다테루 님과 다테 가문의 따님과 혼담을 추진했는데, 이것은 앞서 영주들 간의 혼인을 금지시킨 규칙에 어긋난다고 지적했다고 하옵니다."

"그래서……. 마에다 님이 어떻게 하셨나?"

"일단 미카와 님에게 해명하도록 요구하셨습니다만, 그러면서 일을 시끄럽게 만들고 싶지 않다는 말씀도 슬쩍 흘리셨다고도 하고……."

"지극히 당연한 판단이시다. 전하께서 서거하신 직후인 만큼, 도요토미 가문을 위해서도 함부로 긁어 부스럼을 만들 필요가 어디 있겠는가……. 저 잔재주꾼이 또 잘난 척 하고 나선 모양이로구먼."

"그렇사옵니다."

모리모토 기다유가 정원을 쳐다본 뒤 아무도 없는 것을 확인하고 말했다.

"미쓰나리가 마에다 도시이에 님을 끌어들여서 미카와 님을 다섯 다이로의 역할에서 밀어내려고 하는 것이 아니겠사옵니까?"

"그렇군, 그런 꾀를 내고도 남을 사내야!"

기요마사로서는 미쓰나리와 그 일파가 생리적으로 도무지 맞지 않았다. 그런지라 그들이 하는 일은 모조리 음험한 책략으로 보이는 것은 어쩔 수 없었다.

"그런데……. 우토는?"

기요마사가 이웃 우토성의 상황을 물었다. 그곳은 숙적이라고 해야 할 유키나가가 도사리고 있는 성인지라 기요마사로서도 무관심할 수 없는 곳이었다.

"너무 조용한 것이 도리어 이상할 지경이옵니다."

기다유가 팔짱을 꼈다.

"조용해?"

"예."

기다유가 고개를 주억거리며 덧붙였다.

"돌아온 이래 유키나가가 오사카 쪽으로 올라간 기색이 없사옵니다."

"그렇다면 미쓰나리와도 만나지 않았단 말이지?"

"그런 것 같사옵니다."

"혹시 병에라도 걸린 게 아닐까?"

"아니, 그렇지 않사옵니다."

"그 사내가 미쓰나리와 완전히 손을 끊었다고는 도저히 믿을 수 없다……. 무슨 꿍꿍이가 있을 거야."

기요마사가 종잡을 수 없다는 표정을 지으며 명했다.

"자세히 잘 지켜보라고!"

기요마사로서는 미쓰나리와 마찬가지로 책사이자 야심가인 유키나가가 이런 시기에 아무 것도 하지 않고 넋을 놓고 있다고는 도저히 믿어지지 않았다. 그리고 유키나가가 움직이기 시작할 때는 이시다 미쓰나리도 움직일 것이라는 예감이 강하게 들었다.

그런데도 기다유가 보낸 염탐꾼들은 불가사의하게도 하나같이 똑같은 보고를 해왔다.

"전혀 낌새를 챌 수 없습니다."

영지로 돌아온 다음 유키나가는 가신들에게 충분한 휴식을 명했으며, 우토성으로의 출사조차 하지 말도록 지시했다고 한다. 그 자신은 온통 피폐해진 영지의 복구에 온 힘을 쏟았다. 그리고 가톨릭 선교사를 성안으로 불러들여 살도록 한 뒤, 오로지 기리시탄 이야기를 듣거나 기도하면서 시간을 보낸다는 것이었다.

"아니야!"

기요마사가 새삼 고개를 저으며 기다유를 바라보았다.

"그 작자가 우리를 속이느라 위장하고 있는 게 분명해!"

기요마사로서는 아무리 생각해도 유키나가의 행동이 믿어지지 않았다.

이에야스는 사카이 다다쓰구의 짐작에 동의하지 않았다. 하지만 이쯤해서 일부러 마에다 도시이에의 마음을 한 번 떠보고 싶어졌다. 다시 말해 도시이에가 진심으로 자신의 앞을 가로막고 나설지 어떨지를 시험해 보고 싶었던 것이다.

그것을 위해 이에야스는 자신과 도시이에를 포함한 다섯 다이로가 약속한 것 중의 하나를 일부러 무시해 보기로 했다. 다섯 다이로의 약속에는 그들 가운데 누구라도 다른 영주와 혼담을 맺어서는 안 된다는 항목이 있었다. 개별적으로 세력을 확대하지 못하도록 하기 위해서였다. 이에야스는 이 항목을 떠올리고 여섯 째 아들 다다테루와 다테 마사무네의 딸을 결혼시키기로 했다. 또한 자신의 이복동생 히사마쓰 야스모토의 딸도 후쿠시마 마사노리의 큰아들에게 시집보낼 작정을 했다. 그는 이 두 가지 공작을 행하도록 중신들에게 명했다.

"주군, 그것은……"

중신들이 깜짝 놀라 말리려고 했다. 그러나 입을 꾹 다물고 있는 주인의 얼굴을 살핀 뒤 무슨 속셈이 있으리라는 짐작이 들었는지 고개를 숙여 답했다.

"잘 알겠사옵니다."

이 공작이 즉각 이시다 미쓰나리의 귀에 들어가리란 사실을 이에야스가 모를 리 없었다. 그리고 미쓰나리가 이것을 마에다 도시이에에게 일러바치리라는 사실도 충분히 예상했다. 오히려 그것이 그가 노리는 바였다. 이를 통해 이에야스가 알고 싶었던 것은 과연 마에다 도시이에가 어떤 행동을 취할 것인가 하는 문제였다.

(필시 도시이에는 형식적으로만 따지고 나오리라. 그렇지만 본심으로는 일을 시끄럽게 만들 용기가 있을 턱이 없다.)

이에야스는 도시이에가 나이를 들어감에 따라 체과 기력이 거의 다 떨어졌다는 사실을 간파했다. 도시이에에게는 이제 예전의 패기를 찾을 길이 없다. 미쓰나리 일파의 총수가 되어 이에야스와 결전을 벌일만한 용기가 없다는 판단을 내렸던 것이다.

아니나 다를까, 이에야스는 정월에 도시이에가 보냈다는 승려 쇼타이와 이코마 가즈마사의 방문을 받았다. 물론 애매하게 변명하여 빠져나갈 구멍은 미리 준비해 두었다.

"우리로서는 중매인인 이마이 소쿤이 미리 나머지 다이로들과 다섯 측근 참모들에게 이야기하여 허락을 받은 줄 알고 있었소이다만······."

다다쓰구가 넉살좋게 유들유들 대꾸했다.

"그 건에 관한 이야기라면 부디 이마이 소쿤에게 따져봐 주셨으면 하오."

그렇게 꽁무니를 빼다가 느닷없이 불쑥 물었다.

"듣자하니 우리의 답변 여하에 따라 우리 주인을 다섯 다이로에서 빼자는 제안을 미쓰나리 님이 하셨다는데, 그게 정말이오이까?"

쇼타이와 이코마 가즈마사는 뜻밖의 질문에 당황하여 어쩔 줄 몰라 했다.

"만약 그게 정말이라면 미쓰나리 님께 전해 주시기 바라오. 미쓰나리 님에게 언제부터 그와 같은 권한이 부여되었는지, 분명히 답해 주시기 바란다고······."

어물쩍하여 구렁이 담 넘어가듯 문제를 덮어버리기보다는 도리어 일부러 세게 밀고 나가 마에다 도시이에의 반응을 살피겠다는 것이 이쪽의 노림수였다.

미쓰나리는 이 이야기를 듣자마자 즉시 이에야스를 힐문하는 편지를 적어 자신의 편에 서 줄 것으로 믿어지는 영주들에게 보냈다. 그 영주들이란 우키타 히데이에, 모우리 데루모토, 우에스기 가게카쓰, 사타케 요시노부, 조소가베 모리치카, 그리고 고니시 유키나가였다.

우토성 내에 만든 성당에서 유키나가는 이토와 그 시녀들을 데리고 아침 미사를 드린 뒤 바깥으로 나왔다.

앞바다가 햇빛이 비쳐 번쩍였으나 약간 쌀쌀했다. 멀리 운젠의 산이 보였다. 조선에서 돌아온 뒤로 유키나가는 매일같이 그 운젠을 질리지도 않고 바라보았다.

"마치 꿈만 같구나!"

운젠을 바라보면서 유키나가는 지옥 같았던 저 조선의 전쟁터에서 용케도 돌아올 수 있었노라고 새삼스럽게 감회에 젖곤 했다. 그러면서 그것을 하느님에게 감사했다.

그 길고 고달팠던 전쟁에서 그의 인생관이 조금씩 바뀌었다.

(이 세상 모든 것은 덧없기만 하다.)

한마디로 말하자면 그것이 결론이었다. 현세에서의 출세나 입신에 무슨 의미가 있는가? 그것은 조선에 있는 동안 그가 온몸과 마음으로 절실하게 고민했던 문제였다.

면종복배, 그것이 조선에 있는 동안 그가 다이코 히데요시에게 취하던 자세였다. 겉으로는 복종하는 척 하면서 속으로는 자신의 의지를 관철시킨다. 그랬기에 다이코의 명령에 따라 싸우는 척 하면서, 실제로는 조선과 명나라와 화의를 맺기 위해 온 힘을 다 쏟았던 것이다.

그것은 그 전쟁이 무모하고 무의미하다는 사실을 너무 잘 알았기 때문이었지만, 동시에 하나의 야망이 있었다. 명나라나 조선과의 무역을 자신과 사카이의 고니시 집안이 완전히 장악하는 일이었다. 그리고 그것을 도와줄 이시다 미쓰나리와 더불어 다이코 히데요시 사후의 새로운 체제를 만드는 것이었다.

하지만 피를 토할 것 같았던 노력도 결국은 물거품이 되고 말았다. 화의 대신 일본에 대한 증오와 적의를 황폐해진 조선에 남겨 두고 유키나가는 일본으로 돌아오고 말았다.

(아마도 조선은 앞으로 영원히 일본에 대한 증오를 품게 되리라.)

유키나가에게는 그런 예감이 들었다. 언젠가는 표면적인 화의가 맺어질지 모르지만, 조선인들은 자자손손 증오심을 이어가게 될 것이다.

(내가 기울였던 노력들이 다 헛수고가 되고 말았다.)

무엇을 위해 괴로워하고, 무엇을 위해 희생했는가. 그 하나하나를 떠올리며 유키나가의 눈에서 눈물이 번졌다. 눈물에 젖은 눈에 평양에서의 패전과 눈길을 헤치면서 달아나던 광경, 죽어 가던 병사들의 모습이 되살아났다.

그리고 그의 마음에 히데요시의 죽음이 결정적인 결론을 내려 주었다. 그토록 탁월한 영웅조차 헤매면서 착란의 말년을 극복하지 못했다. 그로 인해 비참하게 죽어갈 수밖에 없었던 게 아닐까?

유키나가는 혼노지에서 죽은 오다 노부나가를 떠올렸다. 그렇게 노부나가를 죽였으나 자신도 히데요시에게 죽고 만 아케치 미쓰히데도 떠올렸다. 유키나가의 그동안의 삶에는 그처럼 두각을 드러냈다가는 사라져간 무장들의 인생이 꼬리를 물고 이어져 왔다. 그리고 그 어느 것도 절대적이지는 못했다.

(모든 것이 덧없는 일이로다!)

이것이 조선 침략 전쟁에서 그가 얻은 오직 하나의 수확이었다.

(가능하다면 이 우토에서 아내와 더불어 일생을 마치고 싶다.)
이토를 쳐다보면서 유키나가는 마음속으로 그렇게 빌었다.
부부는 웬일인지 모르나 전쟁이 그들을 갈라놓았던 당시의 이야기를 의식적으로 피했다. 무엇보다 이토가 다이코 히데요시에게 독을 마시게 했다는 사실은 결코 화제에 올리지 않았다. 그것은 마치 두 사람이 손을 대어서는 안 될 터부와 같았다.

오사카에 있는 중신 센조쿠 젠에몬이 급히 사람을 보내왔다.
그에 따르면 이에야스를 성토하기 위해 이시다 미쓰나리가 유키나가에게 즉각 오사카로 올라오도록 간청한다고 했다.
"우토에 달리 부탁할 것은 없다. 미쓰나리 님은 이렇게 말씀하셨으며……."
젠에몬의 편지에는 그렇게 적혀 있었다.
유키나가는 그 편지를 물끄러미 바라보다가 잠자코 이토에게 건넸다.
이토가 한동안 편지를 읽더니 속삭이듯 이야기했다.
"오사카로 가시지 않으면 안 되겠사옵니다."
그녀 역시 미쓰나리와 남편의 결속을 이전부터 잘 알았다.
"우토에 달리 부탁할 것은 없다."
이런 미쓰나리의 단언은 절대 거짓말이 아닐 것이었다.
"모두가 꿈, 환상이었구려!"
유키나가가 고개를 주억거리며 운젠으로 눈길을 던졌다.
이토와 둘이서 설령 농부가 되어도 좋았다. 이 바다가 보이는 우토에서 여생을 보내고 싶다는, 소박하기 짝이 없는 바람도 단 한 통의 편지로 인해 꿈과 환상이 되고 말았다.

"준비하라!"

유키나가가 시종에게 명했다.

젠에몬으로부터 자세한 이야기를 듣지 않아도, 유키나가는 이미 오사카의 정세가 어떻게 돌아가는지 대충 알아차렸다.

한 명의 야심가가 사라지면 새로운 야심가가 등장한다. 그리고 그 야심가를 에워싸고 피투성이 싸움이 또 다시 펼쳐진다. 그와 같이 반복되는 과정을 유키나가는 지금까지 몇 번이나 보아 왔던가!

"이번에는 이에야스인가?"

그는 속으로 고통스럽게 그 이름을 되뇌었다. 이에야스에게는 원한도 증오도 없다. 그리고 다이코가 사라지고 나면 미카와의 이 노인이 꿈틀거릴 것이라는 사실도 거의 예상하고 있었다.

2년 전의 자신이라면 미쓰나리와 손을 잡고 이 노인의 야망을 어떻게 막아낼지 온갖 지혜를 짜냈으리라. 그러나 지금의 유키나가에게는 그럴 기분이 터럭만큼도 나지 않았다.

누가 천하를 쥐건 관심이 없었다. 바라건대 그 소용돌이에 휘말리지 않고 조용히 살아가고 싶다는 생각뿐이었다.

그것이 꾸밈없는 유키나가의 진심이었다.

26. 막을 내릴 때

오사카를 향해 길을 나서기까지 유키나가는 정세를 파악하고 있는 가신들이 이상하게 여길 정도로 조용하게 하루하루를 보냈다.

미사를 올리고, 차를 마시고, 신부님으로부터 가톨릭 이야기를 듣고, 이것이 조선과의 전쟁에서 그토록 열심히 책략을 짜내던 사나이라고는 도저히 믿어지지 않을 지경이었다.

그의 얼굴에서는 이미 세상의 영달이나 야심을 버리고 달관한 사람이나 다름없는 표정이 드러나곤 했다. 예전부터 다소 살이 찐 사내였지만, 그 둥근 얼굴에 선승과 같은 분위기마저 느껴졌다.

내일이면 드디어 오사카를 향해 배를 타고 우토를 떠나게 된다.

"차를 마시고 싶군."

유키나가가 이토에게 부탁했다.

"예."

이토가 언제나처럼 시녀들에게 명을 내려 고니시 집안 비장의 다기를 준비시켰다. 다기만큼은 역시 사카이의 거상인 고니시 가문이 사들인 것인지라 히데요시조차 필경 선망해 마지않을 것 같은 명품들이었다.

그 중에서도 이토는 유키나가가 가장 소중하게 여기는 막사발 찻잔인 '달의 바다'를 이날 사용했다.

유키나가가 다실로 들어가 벽에 걸린 글씨를 응시했다.

'인생사몽환人生似夢幻'

다섯 글자였다. 그 액자는 히데요시의 명으로 자결한 다도의 명인 센노리큐의 글씨였다. 그가 죽기 직전에 글씨를 얻은 아버지 류사가 유키나가에게 주었던 물건이다.

"인생은 몽환과 닮았다는 것인가……?"

유키나가가 중얼거리더니 익숙한 솜씨로 차를 끓이는 이토 쪽으로 눈길을 돌렸다.

부부 두 사람만이 이 같은 시간을 보내는 것은 조선에서 돌아온 이래 가끔 있는 일이었다. 어쩌면 그 조선과의 전쟁으로 오랫동안 떨어져 있었던 것을 메우기라도 하려는 것처럼, 혹은 자신들의 앞으로의 운명을 예감하고 있기라도 하듯이, 그들은 두 사람만의 시간을 가능한 한 자주 가지려고 했다.

"흠!"

유키나가는 이토가 내민 막사발 찻잔 '달의 바다'를 두 손으로 받쳐 들었다.

"이것이……."

영지로 돌아온 이래 처음으로 터부를 깨트렸다.

"다이코 전하에게 차를 올릴 때 쓴 찻잔인가?"

이토의 얼굴이 핏기가 빠지는 것처럼 창백해졌다.

"예."

이토가 가만히 고개를 끄덕였다.

"그렇군……."

부부는 더 이상 말이 없었다.

"이토, 오사카로 가는 이상 아마도 이 우토로 다시는 돌아오지 못할 거야……."

한참 뒤 유키나가가 나지막하게 중얼거렸다.

"예."

"그래서 이 말을 해두고 싶다. 나와 당신은 문자 그대로 일심동체였다. 적어도 그 전쟁을 끝내고자 하는 목적에서는……."

"예."

"우리 부부는 함께 오랫동안 다이코 전하를 속였고, 더군다나 다이코 전하의 죽음을 앞당긴 역신이라 손가락질 당해도 어쩔 도리가 없다. 게다가 그것은 기리시탄의 가르침에도 어긋나는 짓이었는지 모른다."

"예."

"하지만 그렇게라도 하지 않았다면, 오랜 전쟁은 끝나지 않았을 것이다. 옳다고 믿은 일을 하기 위해서 기리시탄의 가르침에도 등을 돌리지 않을 도리가 없었다."

"그 점, 애초부터 분명히 각오하고 있었사옵니다."

"각오했었나?"

"예, 저는 고민 끝에 다이코 전하에게 독을 마시게 했사옵니다. 그것이 기리시탄의 가르침에 어긋나는 한이 있더라도, 저는 당신을 위해 이 목숨을 바치고 싶었사옵니다."

이토가 남편의 눈을 똑바로 쳐다보면서 분명하게 자신의 심경을 털어놓았다. 이토의 두터운 애정에 유키나가는 압도되었다.

"면목이 없다……."

유키나가는 자신도 모르게 한숨을 내쉬며 고개를 푹 숙였다.

"그렇다면 우리 두 사람의 마음은 앞으로 죽을 날까지 떨어져서는 안 된다. 싸움이 벌어지고, 만에 하나 내가 죽는 한이 있더라도 마지막까지, 이토! 항상 널 생각했음을 잘 기억하고……."

거기까지 말하자 유키나가는 목이 메었다. 그의 눈에서 천천히 눈물이 뺨을 타고 흘러내렸다. 이토는 터져 나오는 감정을 꾹 누르고 일부러 미소를 지어 보였다.

"너무나 고마우신 말씀이옵니다. 당신이 싸움에서 목숨을 버리는 일 따위는 절대로 있을 수 없사옵니다."

"그리 생각하는가?"

"그렇고말고요. 이토가 생각한 일은 지금까지 틀린 적이 없지 않사옵니까?"

유키나가는 이토의 미소와 격려의 말 속에서 이토 역시 자신처럼 이번 싸움에 대해 각오하고 있음을 알아차렸다.

이에야스와 미쓰나리가 머지않아, 아니 이제 곧 천하 쟁패의 전쟁을 감행하리라. 유키나가의 짐작으로는 그 승패의 추이는 제 3의 세력이라고 할 마에다 도시이에가 어느 쪽의 편을 드느냐에 달려 있을 것 같았다. 그렇지만 도시이에는 너무 나이를 많이 먹어 신중에 신중을 거듭한 나머지, 어느 쪽의 편도 들지 않고 양쪽의 움직임을 지켜볼 것인지도 몰랐다. 그렇게 되면 미쓰나리로서는 상황이 불리해진다……

"도시이에인가, 도시이에의 움직임인가?"

이 무렵 후시미성에 있던 이에야스 역시 닥쳐올 싸움은 마에다 도시이에의 움직임 여하에 달렸음을 깨닫지 않을 수 없었다.

"도시이에인가……"

평소에는 지나치다고 할 만큼 과묵한 그가 이렇게 중얼거리는 것만 보아도 상황을 짐작할 수 있는 일이었다.

중신들은 이에야스의 중얼거림만으로도 주인의 고뇌를 알아차리고 즉시 염탐꾼을 몰래 파견했다. 중신들 자신도 나쓰카 마사이에나 마시타 나가모리처럼 도쿠가와 이에야스 가문에 호의를 보여 온 영주들에게 접근하여 비밀리에 정보를 캤다.

그 결과, 이에야스의 불안이 적중했음을 알아냈다.

마에다 도시이에가 모우리 데루모토나 우키타 히데이에 등 다이로들, 그리고 미쓰나리와 아사노 나가마사 등과 공모하여 이에야스를 암살하려 한다는 비밀 정보를 입수했던 것이다. 그들은 이에야스가 도요토미 히데요시의 아들 히데노리가 있는 오사카성으로 문안 인사차 들르는 날을 목표로 암살 계획을 세웠다.

(그냥 두지 않겠다……)

이 정보를 들은 이에야스의 살찌고 둥근 얼굴이 분노로 인해 순식간에 벌겋게 달아올랐다.

(도시이에를 힐문하지 않으면 안 되겠다.)

중신들은 도시이에를 곧장 힐문하기 전에 다른 수단을 먼저 강구해보는 게 낫다고 판단했다. 그래서 도시이에의 친척인 호소카와 다다오키에게 그와 같은 사실이 있었는지 물어보았다.

다다오키가 자신의 영지인 단고에서 서둘러 이에야스를 찾아왔다. 그는 자신들이 전혀 딴 뜻을 품고 있지 않다고 해명했으며, 이에야스 측의 요구에 응하여 서약서까지 썼다. 뿐만이 아니었다.

"그렇다면 다다오키 님이……."

이에야스가 한 걸음 더 나아갔다.

"마에다 도시이에 님이 나에게 별 뜻이 없음을 보여줄 수 있도록 힘을 좀 보태주지 않겠소? 그렇지 않으면 돌아가신 다이코 전하의 의사에 따라 히데노리 님을 지키기 위해 네 분의 다이로가 힘을 합칠 수 없으니까……."

이에야스로부터 직접 부탁을 받은 다다오키는 싫다는 소리를 입 밖에 낼 수 없었다. 상황이 그런 식으로 다다오키를 막다른 골목으로 내몰았으며, 이에야스도 그것을 노렸음이 분명했다.

귀로에 도시이에를 찾아간 다다오키가 은근히 권했다.

"지금은 일단 점잖게……."

하지만 도시이에가 화를 벌컥 냈다.

"돌아가신 다이코 전하의 의사에 따라…… 그 따위 소리를 이에야스가 했단 말이지! 전하의 의사를 하나씩 하나씩 짓밟고 있는 것은 바로 그 작자가 아닌가?"

하지만 역시 노회한 늙은이는 달랐다. 화를 내놓고는 이내 심사숙고하는 표정을 지으며 말했다.

"알았어!"

다다오키에게 시선을 던진 뒤 고개를 끄덕이며 쓴웃음을 지었다. 그리고 이런 말까지 덧붙였다.

"나가모토로 하여금 해명을 하도록 하지!"

나가모토란 마에다 가문의 노신老臣인 요코야마 나가모토를 지칭했다. 명을 받은 요코야마 나가모토가 오사카에 있는 이에야스를 찾아갔다. 그는 다른 뜻이 없음을 맹세하고, 도시나가의 친어머니를 인질로 에도에 보냈다. 또한 이에야스의 손녀와 도시이에의 차남인 도시즈네와의 혼약을 승낙했다.

"도시이에 님이 겁을 먹다니, 믿어지지 않는다."

그 보고를 들은 미쓰나리가 무심결에 혀를 세차게 찼다. 평소 침착하기 짝이 없는 그로서는 드문 일이었다. 심지어는 얼굴마저 새빨개졌다.

마에다 도시이에가 뒤를 받쳐주는 동안에는 제아무리 이에야스라도 섣불리 움직이지 못한다. 그것이 미쓰나리의 전략이자 계산이었다.

그럼에도 불구하고, 이에야스의 일갈에 다이코 히데요시의 오랜 친구이기도 한 도시이에마저 반항을 피했다는 사실을 알았을 때, 미쓰나리는 무어라 형언하기 어려운 환멸과 더불어 초조함을 느꼈다.

(이래서는 이에야스의 힘이 날로 강해지게 된다.)

마에다 도시이에까지 무릎을 꿇었다는 정보가 나라 전체에 퍼져 나가게 되면, 이에야스의 비위를 맞추고 나설 영주들의 숫자가 더욱 늘어나게 되리라. 그러면 자신과 도요토미 가문이 절대적으로 불리해진다.

(무슨 수라도 쓰지 않으면 큰일이다.)

그럴 경우 미쓰나리는 한쪽 무릎을 세우고, 그 무릎에 턱을 고인 채 골똘히 궁리하는 버릇이 있었다. 촛대를 들고 시종이 방으로 들어와 날이 저물도록 그런 자세를 취하고 있는 미쓰나리에게 고했다.

"사카이의 고니시 집안에서 심부름꾼이 왔사옵니다."

유키나가가 벌써 사카이에 도착했으며, 내일 모레라도 만나기를 희망한다는 전갈이었다.

"내일 모레라고 하지 말고 내일이라도, 아니 내가 내일 사카이로 달려가겠노라고 심부름꾼에게 전하라!"

미쓰나리가 조금 전까지 짓고 있던 우울한 표정을 싹 지우고 얼굴에 희색이 만면해졌다. 고니시 유키나가가 그의 요청에 응하여 달려와 주었다는 사실은 천군만마를 얻은 것 같은 기분이었기 때문이다.

이튿날, 미쓰나리는 남몰래 사카이의 고니시 저택을 방문했다.

"여기까지 잘 와 주었네!"

미쓰나리가 유키나가의 손을 쥐고 진심으로 고마운 뜻을 표했다. 미쓰나리는 한동안 조선과의 전쟁에서 있었던 고통스러운 추억담을 늘어놓았다. 그러다가 화제를 바꾸었다.

"그건 그렇고……."

이제 미쓰나리가 무슨 이야기를 할지 유키나가도 짐작했다.

"언젠가는 한 판 붙지 않을 수도 없고……."

미쓰나리가 운을 떼자 유키나가가 가로막고 나섰다.

"언젠가가 아니라 이제부터 아닌가?"

"이제부터인가……?"

"그렇게 하지 않으면 이에야스의 힘이 더 커지게 돼!"

유키나가도 그 대답에 동감했다. 그 순간 그의 뇌리에는 생애의 숙적인 가토 기요마사의 다부진 얼굴이 느닷없이 떠올랐다.

"기요마사 패거리들은 물론 싸움이 벌어지게 되면 우리를 향해 이빨을 드러내겠지?"

"그건 어쩔 도리가 없어. 후쿠시마 마사노리, 도토 다카토라, 이케다 데루마사, 호리오 요시하루는 저쪽 편에 붙어. 구로다 나가마사, 나베시마 나오시게도 우리 부름에 응할 리가 없어."

유키나가에게는 머지않아 닥칠 싸움이 아무리 봐도 미쓰나리에게 불리한 것처럼 여겨졌다. 그런 사실을 잘 알면서도 미쓰나리의 편에 가담하는 것, 유키나가는 그것이 운명이라고 체념했다.

인간에게는 아무리 발버둥을 쳐도 벗어날 수 없는 운명이라는 것이 있다. 그 운명이 지배하는 한, 제 아무리 용을 써도 소용이 없다. 조선에서의 전쟁을 끝내기 위해 그토록 노력했던 유키나가는 최근에 와서 이 운명을 떠올리고, 자신의 운명을 거역할 수 없음을 깨달았다.

"물론 유키나가는 나와 함께 행동해 주겠지?"

유키나가가 잠자코 있자 불안해졌는지 미쓰나리가 이렇게 물었다.

"염려하지 마! 서약서라도 쓸까, 그도 아니면 인질이라도 보낼까?"

이렇게 대꾸하면서 유키나가가 쓴웃음을 지었다.

"미안해, 요즈음 내가 좀 어떻게 된 것 같아!"

미쓰나리가 사과했다. 그리고 두 사람은 목소리를 낮추고 앞으로의 일을 의논하기 시작했다. 시간을 끌면 끌수록 이에야스에게 유리해진다는 이야기를 미쓰나리로부터 듣고 유키나가는 새삼 당연하다는 생각이 들었다.

"그럼 싸움을 우리 쪽에서 먼저 걸어야 하나?"

"그 외에는 달리 방법이 없어."

"하지만 구실이 필요할 거야."

"음!"

눈을 감고 미쓰나리가 중얼거렸다.

"가게카쓰를 움직이자."

가게카쓰란 아이즈의 영주 우에스기 가게카쓰를 가리켰다.

이처럼 이에야스와 미쓰나리의 전초전은 벌써 시작되었다. 미쓰나리가 같은 편을 끌어 모으는 것보다 빨리 싸움을 거는 방책을 찾고 있었던데 비해, 이에야스는 한 명이라도 더 많은 영주를 자기편으로 불러들이는 것과 미쓰나리에 대한 반감을 퍼트리기 위해 부심했다. 미쓰나리에게는 히데요시에 대한 충성이라는 기치를 내걸기만 하면 상당히 많은 영주들이 달려오리라는 기대가 마음속 어딘가에 있었을지 모른다. 따라서 그는 유키나가와 짜고 확실하게 이에야스를 지지할 가토 기요마사, 구로다 나가마사, 나베시마 나오시게,

모우리 가쓰노부 등이 조선 침략 전쟁에서 잘못한 것을 들추어내어 이를 다섯 다이로에게 제소했다. 그렇게 함으로써 그들의 힘을 빼놓으려 했던 것이다.

그렇지만 노회한 이에야스는 이 제소를 역이용했다. 제소의 내용을 기요마사에게 보여 준 것이다. 반反 미쓰나리의 감정은 이를 계기로 불길처럼 타오르고 번져 갔다. 미쓰나리를 습격할 계획까지 이들 무장들 사이에서 진지하게 논의되었다.

미쓰나리로서 불리했던 것은 은근히 기대했던 마에다 도시이에가 이해 3월 타계했다는 사실이었다. 도시이에는 일단 이에야스에게 굴복하는 자세를 취했었지만, 그래도 자녀들을 머리맡에 불러 모아 다이코 히데요시의 아들, 히데노리를 지켜 주라는 유언을 남겼다.

도시이에의 병이 악화되었을 무렵부터 미쓰나리는 도시이에의 오사카 저택에서 지냈다. 명목상으로는 다섯 다이로의 중진인 도시이에를 간호한다는 것이었지만, 실제로는 기요마사 일파가 자신을 습격할 계획을 세우고 있다는 사실을 재빨리 탐지하여 이곳에 피신해 있었던 것이다.

도시이에의 장례일인 3월 3일 밤, 미쓰나리가 느닷없이 마에다의 저택을 빠져나갔다. 자신을 습격하려는 자들의 의표를 찔러버린 것이었다.

그리고 그는 우키타 히데이에, 우에스기 가게카쓰를 오도록 하여 보호해 주도록 부탁했다. 사다케 요시노부도 달려왔다.

"이렇게 되면 이에야스 님 외에는 그대를 지켜 줄 사람이 없구먼!"

사다케 요시노부가 갑자기 묘한 소리를 했다.

"이에야스에게? 기요마사 일파를 뒤에서 조종하는 자가 이에야스가 아닌가?"

"그러니 끈을 잡고 조종하는 당사자에게 부탁해 보는 게 어떠냐는 뜻이지."

미쓰나리가 팔짱을 꼈다. 사다케 요시노부의 제안은 기발한 술책이라고 할만 했다. 위기를 넘길 수 있는 임시방편으로 효과가 없지도 않을 것 같았다. 그것은 이에야스에게 어떤 안심감을 줄 수 있기 때문이다. 미쓰나리도 결국 보잘것없는 소인배였다고 방심하게 만드는 것은 그다지 나쁘지 않았다.

"그래, 과연 그렇군!"

그는 요시노부의 의견을 받아들여 이에야스에게 사태의 수습을 청원했다.

"미쓰나리도 역시 보통내기가 아니야!"

당시 이에야스가 혼다 사도와 이이 나오마사에게 이렇게 이야기했다고 한다.

"나를 방심하게 만들려는 거지. 그렇다면 그에 상응하는 답례를 해주지 않을 수 없어. 답례품을 잘 궁리해 봐!"

이에야스는 이렇게 한마디 던지면서 후속 조치를 두 중신에게 맡겼다. 두 사람은 머리를 맞대고 협의한 끝에 이에야스의 이름으로 미쓰나리에게 서한을 보냈다.

미쓰나리 님이 의뢰하신 건은 분명히 받아들이겠다. 도요토미 가문을 위하는 것이 무엇보다 시급함에도 영주들끼리 다툰다면 이보

26. 막을 내릴때 · 195

다 더 유감스러운 일이 있을 수 없다. 하지만 돌이켜보면 이 내분의 책임은 그 일단이 미쓰나리 님에게도 있다. 그런 만큼 시비를 가리는 것은 우선 미쓰나리 님이 참모 자리에서 물러나 사와야마로 은거하는 게 어떠신지?

서한의 내용은 이런 투였다.

"호의에 감사드린다. 하루 빨리 사와야마로 돌아가겠으되, 참모 자리를 버릴 것인지 여부에 대해서는 충분히 검토한 후에 답하고자 한다."

서한을 다 읽은 미쓰나리는 이에야스가 보낸 심부름꾼에게 이런 답변을 전하도록 이른 뒤 돌려보냈다. 심부름꾼이 돌아가자 자신의 측근들에게 웃으면서 이렇게 털어놓았다고 한다.

"이미 싸움은 시작된 것이나 마찬가지야!"

새해가 밝았다. 1598년이 저물고 1599년이 되었다.

이해 정월, 아이즈의 우에스기 가문에서 중신 후지다 노부요시가 오사카의 히데노리와 이에야스에게 새해 인사를 하느라 상경했다.

"아이즈가 먼 곳이라는 사실은 잘 알지만……"

이에야스가 일부러 불쾌한 표정을 지으면서 노부요시를 야단쳤다.

"나에게야 그렇다 치더라도 히데노리 공에 대한 새해 인사는 가게카쓰 님이 직접 오셔야 마땅하지 않겠나!"

이에야스가 이처럼 불쾌했던 까닭은 그 무렵 우에스기 가문에서 끊임없이 병사들을 모집하고, 성채를 수리한다는 소문이 들려왔기 때문이다.

(필경 가게카쓰는 미쓰나리와 손을 잡고 양쪽에서 우리를 공격할 심산이리라.)

그렇지만 그것을 확인하기 위해서도 이에야스는 가게카쓰를 자극할 필요를 느끼고 있었다. 가게카쓰를 화내게 만든 다음 그 반응을 살핀다. 그렇게 하느라 일부러 노부요시를 질타했던 것이다.

노부요시는 황급히 아이즈로 돌아가자마자 그 같은 이에야스의 불만을 가게카쓰에게 전했다.

가게카쓰의 중신 가운데 평소 노부요시에게 호감을 갖지 못했던 나오에 가네쓰구가 간섭하고 나섰다.

"노부요시가 이에야스와 내통하고 있는 듯하옵니다. 철저히 조사하셔서 처벌을 내려야 마땅하옵니다."

터무니없는 고자질에 기겁을 한 노부요시는 화를 면하고자 달아났다. 그리고 이 같은 사실을 도쿠가와 히데타다에게 호소했다.

히데타다로부터 보고를 받은 이에야스는 가게카쓰에게 사람을 보내어 오사카로 올라와 사죄하도록 권고했다. 하지만 가게카쓰는 쌀쌀맞게 권고를 물리쳤다.

"무례하기 짝이 없는 놈들이……."

가게카쓰와 나오에 가네쓰구가 보내온 답서는 도전적이자 비아냥에 가득 찬 내용이었다. 그 바람에 이에야스가 편지를 구겨 쥐면서 자신도 모르게 이렇게 외쳤다.

"어떻게 하시겠사옵니까?"

사카이, 혼다, 사카키바라 등의 중신들이 마른 침을 삼키며 이에야스의 결단을 기다렸다.

만일 이에야스가 우에스기 가게카쓰를 징벌할 병력을 일으키면, 그것을 기다렸다는 듯이 이시다 미쓰나리가 이에야스 타도의 격문을 여러 영주들에게 띄워 전쟁을 벌이리라. 북쪽에서는 우에스기, 서쪽에서는 이시다의 공격을 받아 이에야스로서는 양면 작전을 강요당한다.

그것이 미쓰나리가 노리는 바라는 사실쯤이야 당연히 이에야스와 그 중신들도 모를 리 없었다. 그래서 주군이 어떤 식으로 결단을 내릴지 마른 침을 삼키며 기다리는 것이다.

"가게카쓰를 쳐라!"

일순 크게 한 번 숨을 들이켠 다음, 이에야스가 단호한 목소리로 명령을 내렸다.

"옛!"

중신들은 그 기세에 실려 일제히 머리를 숙이며 외쳤다. 이렇게 해서 천하 쟁패의 싸움에 불길이 붙었다.

(잘 되었어. 이에야스가 걸려들었군!)

이에야스의 아이즈 출병 소식이 사와산에 급보로 전해진 순간, 이시다 미쓰나리는 마침 차를 마시는 중이었다. 그는 찻잔을 쥔 손이 떨리는 것을 억누르지 못했다.

(이로써 승부는 5 대 5가 되었다.)

병력을 양쪽으로 분산시키지 않을 도리가 없는 이에야스로서는 필연적으로 그 출발점부터 불리해진다. 따라서 열세였던 자신들이 숨을 돌릴 여유가 생긴다. 가게카쓰를 움직였던 것은 그 열세를 뒤

엎기 위해 미쓰나리가 짜낸 건곤일척의 술책이었다.

정보가 잇달아 그의 수중에 들어왔다.

먼저 마시타 나가모리와 나쓰카 마사이에, 호리오 요시하라 등 과거의 히데요시 참모들이 출병에 반대하여 이에야스를 말리려고 안간힘을 썼다. 하지만 이에야스는 아예 들은 척도 하지 않았다는 소식.

다음은 이에야스가 오사카성에서 모여든 영주들을 불러놓고 전후사정을 설명한 다음, 각자의 공격 루트와 담당 역할을 정했다는 소식.

그리고 이에야스 측에는 사다케 요시노부, 다테 마사무네, 모가미 요시미쓰 뿐만 아니라 마에다 도시이에의 아들인 마에다 도시나가까지 가담했다는 소식.

이들 정보는 모조리 미쓰나리에게 전해졌다. 그의 예민한 두뇌는 이들 정보를 분석하고 앞날을 점쳤으며, 배후에 도사린 여러 영주들의 움직임과 이에야스의 목표를 재빨리 예측해 냈다. 그러나 정보 가운데 가장 속이 쓰렸던 것은 마에다 도시나가가 이에야스 편에 가담했다는 것이었는데······.

오사카에서 출병하기 직전, 이에야스는 후시미성으로 가서 수족같이 믿는 가신 중 한 명인 도리이 모토타다를 불렀다.

"후시미를······ 부탁한다."

그는 이 노인의 눈을 빤히 들여다보면서 이렇게 한마디 던졌다.

"내가 오사카를 떠나면 미쓰나리가 이 후시미를 포위할 것임에 틀림없다. 그러니 이 후시미를 부탁한다."

이때 이에야스는 도리이 모토타다의 죽음을 예견하면서 이 말을 입에 올렸다. 모토타다 역시 자신의 진심을 담아 대답했다.

"잘 알겠사옵니다."

두 사람은 그 후 오랫동안 침묵을 지켰다.

한편 아이즈 출병에 참가하느라 미노의 다루이에 도착한 에치젠 쓰루가의 영주 오타니 요시쓰구에게 미쓰나리가 보낸 사람이 찾아왔다. 가시하라 히코에몬이었다.

요시쓰구는 문둥병을 앓고 있었다. 눈도 거의 실명에 가까웠다. 그는 실명한 눈을 히코에몬을 향해 돌렸다.

"그래, 무슨 용건인가?"

요시쓰구가 미심쩍어하면서 물었다.

"부탁이 있사옵니다. 사와산으로 한 번 걸음하시기를 바라옵니다. 저의 주인인 미쓰나리가 기다리고 계시옵니다."

"사와산으로?"

이 순간 요시쓰구는 미쓰나리가 사람을 보내온 뜻을 알아차렸다. 그는 동요했다.

"부탁드리옵니다."

히코에몬은 엎드린 자세 그대로 오로지 간절하게 애원하기만 했다. 만약 자신이 이 애원을 들어주지 않으면 이 사내는 죽겠구나 하고 요시쓰구는 짐작했다.

"좋아, 가자!"

그날 밤, 다루이에서 사와산까지 간 요시쓰구에게 미쓰나리는 정좌한 채 자신의 뜻을 털어놓았다.

"생각할 여유를 주게."

요시쓰구로서는 그렇게 대답할 수밖에 없었다. 요시쓰구와 미쓰나리는 오랜 친구였다. 미쓰나리의 부탁이라면 무슨 수를 쓰던 들어주고 싶었다. 그러나 그는 이에야스와 싸우려면 처음부터 질 각오를 해야 한다고 여겼다. 그리 쉽사리 가문을 멸하고, 소중한 가신들을 죽일 수 있을 것인가?

고민하다 못해 사와산에서 다루이로 돌아온 요시쓰구는 다시 가신을 보내 미쓰나리에게 자제하라고 충고했다. 그렇지만 미쓰나리의 의지가 너무나 강하다는 사실을 알게 되자 요시쓰구도 작심했다.

"다 같이 죽고 말자!"

친구 미쓰나리를 위해 함께 죽기로 작정한 것이다.

이렇게 해서 벌어지게 될 대결전은 쌍방이 허허실실의 온갖 모략을 구사하는 가운데 그 막이 오르려 하고 있었다.

27. 결전의 날

우에스기 가게카쓰를 치기 위해 후시미성을 나서서 에도로 향한 이에야스나 그의 측근들은 미쓰나리가 당연히 이 기회를 이용하지 않을 리 없다고 판단했다. 그래서 이에야스는 오사카성을 가신 사노 쓰나마사 등으로 하여금 지키게 하고, 후시미성은 도리이 모토타다가 수비하도록 했다.

모토타다는 이에야스로서는 오랜 세월 동안 충직하게 일해 온 노신이었다. 그 노신을 후시미성에 남겨 두는 것은 죽으라는 뜻에 다름 아니었다. 그런 운명을 이에야스도 알았으며, 모토타다 역시 잘 알았다.

"부탁한다."

이에야스는 오직 이 한 마디만을 했다.

"잘 알았사옵니다. 하루라도 더 이 후시미성을 지키도록 하겠사옵니다."

볼이 홀쭉하게 야윈 노령의 모토타다 역시 이렇게밖에 다른 이야기는 하지 않았다. 주인과 충신끼리의 대화는 그것으로 충분했다. 벌써 서로 마음이 통했던 것이다.

한편 미쓰나리는 이에야스가 출발했다는 소식을 전해 듣자 미나쿠치 영주인 친구 나쓰카 마사이에를 설득했다. 도중에 이에야스를 습격할 계획을 세우도록 한 것이다.

이에야스는 그와 같은 계획을 미리 알아채고 밤중에 미나쿠치성 밑을 돌아서 미카와로 갔다. 그리고 에도까지 마치 산천을 주유하는 것처럼 유유히 행군해 나갔다. 미쓰나리의 술책 따위는 안중에도 없다는 듯한 행동이었다. 이것은 거꾸로 미쓰나리가 잔꾀나 부리는 책사라는 사실을 가는 도중의 여러 영주들에게 심어 주기 위한 방안이기도 했다. 이에야스는 이미 자신만만했다.

"그건 그렇고……."

에도에 도착한 후 이에야스는 측근들에게 이런 수수께끼를 냈다.

"미쓰나리가 언제쯤 거병하리라고 보는가?"

측근들이 10일이라고도 했고, 11일이라고도 했다.

"15일이나 16일일 거야."

측근들이 괴이쩍게 여겨 물었다.

"어째서 그렇사옵니까?"

"미쓰나리는 어리석은 자가 아니야. 게다가 오오타니 요시쓰구가 곁에서 무어라고 하겠지. 자기 혼자서 거병한다고 해서 여러 영주들이 뒤따르리라고 기대하지도 않을 거야. 대의명분을 세우려면 총대장으로 모우리 데루모토를 움직이지 않으면 안 돼. 그러나 데루모토는 신중한 사나이니까 그리 쉬 움직일 리가 없어. 우선 대엿새는 곰곰 궁리하겠지. 특히 데루모토의 일족인 기쓰카와 히로이에는 가문의 평안을 위해서도 이 싸움에는 가담하지 않는 것이 옳다고 판단할 게 분명해. 그러니 닷새 가량 모의에 모의를 거듭하게 되고, 15일이나 16일은 되어야 병력을 일으키지 않을까?"

그렇게 답했다고 한다.

이 추측은 정확하게 들어맞았다. 미쓰나리와 오오타니 요시쓰구는 안코쿠지 에케이를 끌어들여 모우리 데루모토와 절충하도록 했던 것이다. 그리하여 간신히 데루모토를 서군의 총수로 삼는 데 성공했다.

"그대는 보통 사람을 훨씬 뛰어넘는 지혜와 책략을 지니고 있어."
당시 오타니 요시쓰구가 미쓰나리에게 충고했다.
"하지만 영리한 것만으로는 인망을 얻지 못해. 그대는 절대로 데루모토 님을 허수아비로 만들어서는 안 돼!"

지극히 옳은 소리였다. 그렇지만 미쓰나리는 친구의 한 사람인 오타니의 충고를 잊어버리고, 다시 책략에 빠져버렸다. 그것은 동군 쪽에 가담할지 모르는 가능성이 있는 영주들의 리스트를 작성한 뒤, 자기 마음대로 그들의 처자식을 오사카성이나 오사카에 있는 저택에 유폐시키기로 결정한 것이었다.

"하책이야!"
오타니 요시쓰구와 고니시 유키나가가 여기에 반대했다.
"그와 같은 행위는 서군에 붙을까, 동군에 붙을까 망설이는 사람들의 마음에 도리어 원망을 안겨 줄 따름이야."

그러나 미쓰나리는 인망을 얻는 방법보다 인질이라는 전통적인 협박 수단 쪽을 고집하며 양보하지 않았다.

"바보 같으니……."

구로다 나가마사와 가토 기요마사는 벌써 이 소문을 들었다.

"이번 싸움은 미쓰나리가 졌어!"

그들은 미쓰나리를 비웃었다. 싸움에 이골이 난 무장인 그들은 이런 경우에 인심을 어떤 식으로 다루어야 하는지 잘 알았다. 두 사람 다 미쓰나리의 의표를 찔러 나가마사는 어머니를, 기요마사는 아내를 살짝 빼돌려 영지로 돌아오게 했다.

미쓰나리에게 유키나가가 부탁할 일이 있어 찾아간 것은 그 직후였다.

"아니, 호소카와 다다오키의 아내까지 저택에 감금할 작정이야?"

유키나가가 다음과 같이 설명했다.

"호소카와 다다오키가 만약 서군 편을 든다면, 호소카와의 아내 가르시아 님은 염치없이 살아갈 수가 없어. 그 부인은 기리시탄이기 때문에 자결을 하진 않겠지만, 분명히 가신에게 명하여 자신을 죽이도록 할 거야. 제발 다다오키의 아내만은 몰래 영지로 돌아가도록 해주지 않겠나?"

유키나가는 이런 부탁이 어차피 아무 소용없으리라고 여기면서도 옛날의 그 가련한 가르시아의 모습을 뇌리에 그리면서 애원했다.

"더구나 내 아내 이토가 예전에 가르시아 님의 시녀였어……."

"자네 심정을 나도 잘 알아."

미쓰나리는 친구의 부탁을 듣고 곰곰 궁리했다.

"자네 부탁이니까 무슨 방법을 찾아보기로 하지. 단지 하나의 조건이 있어. 그것은 다다오키가 서군에 가담하라고는 하지 않을 테니까 동군에도 붙지 않도록 자신의 영지로 돌아가 꼼짝하지 않는 거야. 그러면 보내주도록 하지."

미쓰나리가 궁리 끝에 타협안을 내놓았다.

아마도 힘들 거라고 유키나가가 대답했다. 왜냐하면 가르시아 부인에게는 남편에 대한 애정이 눈곱만큼도 없다는 사실을 오래 전부터 이토에게 들어서 알고 있었기 때문이다. 남편인 다다오키는 가르시아로서는 아버지 아케치 미쓰히데를 배신했을 뿐만 아니라, 세상의 소문이 잠잠해질 때까지 그녀를 산속에 가두어 놓고도 태연하기만 했던 쌀쌀맞은 성격의 소유자에 지나지 않았다. 그는 자신의 아내를 남편이 아니라 호소카와 가문을 지배하는 영주라는 정치적 입장에서 대했다. 부부의 화목한 대화나 애정이 두 사람에게는 있을 리가 없었다.

그런 서글픔이 그녀를 남편보다 가톨릭 신앙에 몰입하게 만들었다. 이 혼탁하기 짝이 없는 세상에서 권력자들이 차례차례 망해 가는 모습을 그녀는 자신의 눈으로 평생 지켜보았던 것이다. 이 세상이 덧없음을 깨달은 그녀는 남편에게마저 마음을 의지하지 못하는 공허감에서 가톨릭에 귀의했다.

이토로부터 그런 사연을 들은 유키나가는 저 옛날 젊은 시절에 막연하게 사모하던 그 여성을 이 추악한 정치 권력 다툼의 희생자로 만들고 싶지는 않았다.

가능하다면 그런 일은 불가능하고도 불가능했지만, 아름다운 바다와 운젠이 보이는 자신의 영지 우토로 데리고 가서 이토와 함께 살도록 해주고 싶었다. 오로지 기도하고 사색하는 나날을 보내도록 해주고 싶었다.

그 같은 덧없는 꿈까지 그려 보았다.

그런 유키나가에게 미쓰나리가 재촉했다.

"자네가 호소카와 부인에게 내 뜻을 전해 주지 않겠나? 오직 다다오키 님이 어느 쪽 편도 들지 않고 영지에서 꼼짝하지 않고 있어만 준다면 된다고 말이야!"

유키나가의 얼굴에 쓴웃음이 떠올랐다. 이전부터 막역한 친구이자 서로 흉금을 터놓고 지내온 사이였으나, 역시 이 사나이는 최후의 최후까지 야망을 불태우며 살아갈 작정인 듯했다. 그러나 유키나가는 이미 저 조선에서의 전쟁을 겪으면서 정치와 전쟁에 혐오감을 느끼게 되었다. 그는 미쓰나리와 자신이 다르다는 사실을 비로소 알아차렸다.

"알았다."

도리 없이 유키나가가 대답했다.

"될지 안 될지는 모르지만 일단 호소카와 부인에게 전하도록 하지."

거의 절망적인 기분으로 유키나가는 오사카성 바로 곁에 있는 호소카와 저택으로 발걸음을 옮겼다. 그리고 두 사람이 나눈 대화는 유키나가가 예상했던 그대로였다. 가르시아가 이렇게 물었다.

"유키나가 님은 같은 기리시탄이신지라 제가 얼마나 이 오염되고 혼탁한 세상을 버리고 하느님이 계신 나라로 돌아가고 싶어 하는지 아시겠지요?"

"그것은…… 저도 이제야 겨우 깨달았소이다."

"이 세상의 고난 속에 살아가는 것은 하느님이 우리를 깨끗하게 만드시려는 시련으로 알고 있사옵니다. 그 시련을 가르시아는 제 스스로 돌이켜보아도 꾹 참고 오늘까지 잘 버텨 왔다고 여긴답니다."

"……"

"아버지가 노부나가 님을 살해했다는 이유로 돌아가신 그날부터 저는 호소카와 가문에서 바늘방석에 앉은 것 같은 하루하루를 보냈사옵니다. 제 마음에는 호소카와 가문의 흥망 따위는 어떻게 되건 알 바 아니었습니다. 신경이 쓰였던 것은 아이들뿐이었사옵니다. 이 아이들만이라도 살릴 수 있다면……. 저는 이 세상에 아무런 미련도 없사옵니다. 부디 하루라도 빨리 아무 고통도 없이 편안하게 잠들 수 있는 저 천국으로 보내주시옵소서……."

유키나가는 고개를 숙인 채 아무 반박도 하지 못했다. 왜냐하면 그것은 그 자신의 심정이기도 했기 때문이다.

사카이 장사꾼의 아들에서 입신 출세하여, 난세의 기운을 타고 요행히 권력자의 인정을 받았기에 어엿한 영주가 될 수 있었던 자신. 그러나 그 지위를 얻는 대신 너무나 많은 신산과 굴욕, 자기혐오를 맛보아야 했다. 권력자의 명령에 굴복하여 자신의 신앙조차 버리는 행위까지 하고 말았다. 이 세상의 영달을 얻느라 버리지 않을 수 없었던 것이 너무나 많았다는 사실을 그는 잘 알았다.

"무슨 일이 있어도 이 저택에 머무르시겠습니까?"

"예."

"미쓰나리 님의 제안은 거절하시겠습니까?"

"호소카와 가문의 흥망은……"

가르시아가 고개를 숙인 채 중얼거렸다.

"더 이상 아무 관심도 없사옵니다."

호소카와 저택에서 맥없이 물러나온 유키나가는 곧이곧대로 그녀의 뜻을 미쓰나리에게 전했다.

"어쩔 도리가 없군 그래!"

미쓰나리는 차갑게 그 한 마디를 던질 따름이었다.

이윽고 미쓰나리의 병사들이 호소카와 저택을 에워쌌다. 가신들은 그저 형식적으로 저항하는 시늉을 하더니 각오한 대로 저택에 불을 지른 뒤 자결했다. 가르시아는 자결이 가톨릭 교리 상 금지되어 있었던지라, 두 손을 모으고 앉아 중신에게 명하여 자신의 목을 치도록 했다. 하지만 그것은 말하자면 그녀가 이 혼탁한 세상을 버리고 싶은 기분에서 취한 자살이나 마찬가지였다.

"그래? 미쓰나리가 드디어 거병을 했어?"

이에야스의 목소리가 커졌다.

7월 19일, 마시타 나가모리로부터 이에야스의 가신 나가이 나오카쓰 앞으로 그런 보고가 도달했다.

그렇지만 그 보고가 올라온 7월 18일이나 19일에는 서군이 다나베성과 후시미성을 공격하기 시작했다.

"부탁한다."

말수가 적은 이에야스가 만감이 교차하는 가운데 부탁한 후시미성을 도리이 모토타다는 1천8백여 명의 병력으로 2주일 간에 걸쳐 사수했다. 적의 병력은 무려 4만. 이들을 상대로 8월 1일까지 항전했지만, 적과 내통한 자가 40여 명 있는 바람에 성 일각에 불을 질렀다. 그로 인해 성은 함락되고 말았다.

미쓰나리 거병의 전갈을 받고도 이에야스는 변함없이 우에스기 가케가쓰 토벌에 고심했다. 그러다가 미쓰나리 거병의 파문이 더 이상 확대되는 것을 염려하여 회의를 열었다. 그 결과 7월 26일에는 마침내 서쪽을 향하여 대군을 되돌리기로 결정했다.

이를 맞아 싸울 미쓰나리의 병력은 약 4만이었다. 그들은 우선 동군에 대한 최전방 방어 진지인 오가키성을 버리고, 아카사카 동쪽에 있는 니시가하라에 진을 쳤다. 동군의 진격은 완만하여 8월이 지나고 9월에 들어섰다. 도카이도東海道를 천천히 올라오는 이에야스의 대군은 그만큼 유유자적 천하태평이었다.

미쓰나리가 세키가하라 근처의 아카사카에 집결한 날은 아침부터 날씨가 흐렸다. 정오 가까이 되자 이에야스 병력으로 보이는 병사들이 급격히 늘어나는 것을 알 수 있었다. 정찰병의 보고로도 이에야스 스스로가 벌써 세키가하라 근처까지 왔다고 했다. 이에야스는 금선金扇의 크고 작은 총대장 깃발과 도쿠가와 가문의 문장인 접시꽃이 새겨진 기치를 본진에 당당히 세워 두고 있었던 것이다.

한편 서군의 총대장 모우리 데루모토는 세키가하라에 출전하지 않았다. 그는 마에다 겐이, 마시타 나가모리와 더불어 도요토미 히데요리를 지킨다는 핑계를 대고 오사카성으로 들어가 버렸다.

가토 기요마사는 당연히 숙적인 이시다 미쓰나리나 고니시 유키나가가 중심을 이룬 서군에 가담할 리가 없었다. 그는 그 이유를 모리모토 기다유를 비롯한 친한 측근들에게 다음과 같이 설명했다.

"확실히 이에야스 님에게는 야망이 없다고 단정하지 못한다. 하지만 이에야스보다 도요토미 가문으로서 당장 더 위태로운 내부의 적이 미쓰나리다. 그 사내가 만일 동군에 이긴다면 겉으로는 히데노리 님을 떠받들겠지만, 실권은 모조리 자신이 장악하고 천하의 최고 권력자로 행세할 것이 분명하다. 나는 동군에 가담하여 그 뒤 만약 이에야스가 전횡을 부린다면 후쿠시마 마사노리 등과 손잡고 히데노리 님을 지킬 것이다."

그러자 기다유가 고개를 저으며 물었다.

"이에야스 님이 히데요리 님을 허수아비 취급을 한다면……."

기요마사가 웃으며 대답했다.

"그런데 이에야스 또한 나이는 이기지 못한다. 그가 혹시 제멋대로 날뛴다고 하더라도 5년이면 수명이 다할 것이다. 그때는 히데타다가 상대가 되겠지만, 히데타다에게는 아버지만한 역량이 있을 리 없다. 도저히 도요토미 가문이 지닌 힘을 깨트리지는 못한다."

기요마사에게는 기요마사 나름대로의 예상이 있었던 셈이다.

그러나 그 예상이 틀렸다는 사실은 역사가 조금씩 증명해 주었다. 그렇지만 기요마사의 다이코 히데요시에 대한 충성심만은 평생 변하지 않았다.

9월 15일 오전 4시 -

세키가하라에는 이시다, 시마즈, 고니시, 우키타를 주력으로 하는 서군 전부가 집결을 완료했다.

사방 4킬로미터의 분지인 세키가하라에 동서 일본군의 절반이 집결했던 것이다.

이시다 미쓰나리는 6천의 병력을 둘로 나누어 미쓰나리 자신은 사사오산에 진을 쳤다. 동서에 청죽을 세워 두 겹의 울타리를 치고 참호를 팠으며, 철포 부대를 배후에 대기시켰다.

시마즈가 이끄는 1천5백은 미쓰나리의 진지에서 동남쪽 2백 미터 가량 떨어진 고이케 마을에 포진했다.

그리고 고니시 유키나가의 4천 병력은 시마즈 부대의 오른쪽에, 우키타 히데이에의 1만7천 병력은 덴만산 앞쪽에 다섯 단계의 진을 구축했다. 서군의 총병력은 8만 수천 명이었다.

나는 동료 작가 시바 료타로 씨로부터 다음과 같은 이야기를 들은 적이 있다.

1886년에 육군대학교 교관으로 일본에 온 독일군의 메르켈 소령이 세키가하라의 전투 진형을 본 뒤 즉각 이렇게 단언했다고 한다.

"이건 서군 진영의 압도적 승리였겠군요."

그렇지만 메르켈에게는 커다란 오산이 있었다. 그것은 서군의 병력들이 이시다 미쓰나리의 대의명분을 내세운 강압적인 권유에 어쩔 도리 없이 모였던 것에 비해, 이에야스 쪽은 실리와 인정을 읽어서 한 편으로 불러들였던 것이다.

예컨대 1599년 9월, 이에야스를 암살하려던 아사노 나가마사, 히지카타 가쓰히사, 오노 하루나가에게 유폐의 벌을 내렸음에도 불구하고, 미쓰나리가 거병한 다음 이에야스는 이 세 사람을 풀어주었다. 이 같은 인정에 이끌려 세 사람이 이에야스를 배신할 리가 없었다.

이에야스는 이 전쟁에 대비하여 부지런히 편지를 써서 여러 영주들의 환심을 사려고 애썼다. 또한 구로다 나가마사가 출병할 때는 이에야스가 갑옷과 말을 보냈고, 호소카와 다다오키를 비롯한 다른 영주들에게는 영지 확장을 약속하기도 했다.

물심양면에서 영주들을 장악한 이에야스와 대의명분만으로 참전을 재촉한 미쓰나리와는 각자 할 말이야 있겠지만, 역시 인간의 심리가 얼마나 약한지를 이에야스가 더 잘 알았다고 할 수 있으리라.

덴만산의 배후에 진을 친 고니시 유키나가는 예전에 조선 침략 전쟁에서 자신을 도와준 구로다 나가마사와 여전히 가르시아 부인의 남편인 호소카와 다다오키의 기치를 정면으로 바라보면서 느끼는 바가 많았다.

(세상의 변화가 이와 같구나!)

그리고 만일 다이코 히데요시가 이 광경을 보았더라면 어떤 심정일까 하는 생각도 했다.

유키나가는 벌써부터 이런 볼썽사나운 권력 투쟁에 질려 있었다. 누가 힘을 쥐고 최고 권력자가 되건, 그 패자를 노려 다음의 야심가가 반드시 나타난다는 사실을 그는 반평생 동안 물리도록 보아 왔던 것이다.

세키가하라 전투에서는 우정 때문에 이시다 미쓰나리의 편이 되기는 했다. 그러나 결코 그가 다시 정권의 실력자가 될 야망을 위한 것은 아니었다.

미쓰나리는 소년 시절부터의 친구임과 동시에, 다이코 히데요시가 기리시탄 금지령을 내렸을 때도 음으로 양으로 유키나가를 위해 힘을 보태 준 인물이었다.

미쓰나리가 없었더라면 일본의 스물여섯 가톨릭 성인뿐 아니라, 훨씬 많은 선교사와 신자들이 다이코에게 처형되고 개종을 강요받았을 게 틀림없다.

그 은혜를 갚기 위해 유키나가는 이 싸움에서 죽을 각오를 하고 미쓰나리 편에 가담했다.

그렇다. 죽음을 각오하고…….

유키나가는 이에야스가 얼마나 교활한지 누구보다 잘 알았다. 이 승부는 야전에 뛰어난 이에야스에게 유리하다는 사실도 알고 있었다.

적군 측에는 싸움에 능수능란한 무장들이 숱했다. 후쿠시마 마사노리나 구로다 나가마사, 도도 다카토라 등 백전노장의 무장들이었다. 그에 견주어 유키나가나 미쓰나리는 이름이야 무장이라고 했지만, 정치 외교에 능한 것이 히데요시의 눈에 들어 출세한 이들이었다.

유키나가에게는 아마쿠사 토호들의 반란조차 제압하지 못했던 기억이 아직 굴욕적으로 남아 있었다.

유키나가는 홀로 되뇌었다.

(이 싸움이 나로서는 마지막 장소가 될 것이리라.)

진영의 소나무 가지에 기댄 채 유키나가가 가만히 웃음을 터트렸다. 어째서 그런 웃음이 치솟았는지 그 자신도 영문을 몰랐다. 아마도 이때 그에게는 이제 곧 닥쳐올 자신의 운명이 전부 눈에 보였는지도 모를 일이다.

오전 6시, 이에야스의 본대가 세키가하라 모모쿠바리산에 도착했다. 병사들은 진흙투성이가 되어 있었으나 사기가 왕성했다. 동군 7만5천, 서군 8만여, 격전을 앞두고 아직은 숨을 고르는 상태였다. 안개가 장막처럼 세키가하라 전체를 에워쌌다.

7시경, 마침내 비가 그쳤다. 모모쿠바리산의 이에야스 본진에서는 대치중인 이시다, 시마즈, 고니시의 기치와 울타리가 안개가 흘러가는 틈 사이로 살짝 살짝 드러났다. 양쪽 병력 사이에 약 1리의 간격이 있었다.

오전 8시, 별안간 이이 나오마사의 병력 40~50명이 참모의 명령도 무시하고 선봉인 후쿠시마 부대의 옆을 통과하여 전진하기 시작했다. 깜짝 놀란 후쿠시마 부대의 가니 사이조가 고함을 질렀다.

"선봉은 우리가 맡으라는 명령이었소이다!"

이이 나오마사는 들은 척도 하지 않았다.

"구경하는 거야, 구경!"

그렇게 외치며 통과해버렸다.

이를 본 구로다 나가마사가 공격 신호를 올렸다. 그러자 서군의 미쓰나리가 있는 사사오산, 유키나가의 덴만산에서도 연기가 솟아올랐다.

이 순간 천하 쟁패의 싸움이 개시되었다.

"피아간에 밀고 당기고, 철포를 쏘고, 활을 쏘는 함성 소리, 하늘을 울리고, 땅을 울리고, 검은 연기가 치솟아 한낮이건만 캄캄한 밤과 같고, 피아간에 뒤섞이고, 투구가 벗겨지고, 창과 방패를 손에 들고, 이리 뛰고 저리 뛰며 뒤엉켜 싸웠다……"

이 같은 오오타 규이치의 회고담이 과연 그럴싸하게 여겨졌다.

이시다 미쓰나리 측에는 구로다, 다나카, 호소카와, 쓰쓰이, 다케나가의 여러 부대가 번갈아가며 덤벼들었다. 미쓰나리를 서군의 총수로 간주하여 집중 공격을 가했던 것이다.

미쓰나리 측의 맹장인 시마 사콘에게는 구로다 나가마사의 철포부대가 배후에서 불의의 총탄을 퍼부었다. 시마 사콘도 어쩔 수 없이 피에 물든 채 퇴각하고, 급기야 좌우를 에워싼 호소카와와 가토의 병력에 파묻혀 그 모습이 사라져 갔다.

미쓰나리뿐만 아니라 후쿠시마 마사노리와 서군의 우키타 히데이에의 병력도 계속 밀고 당기며 격전을 벌이고 있었다. 대장 깃발을 세우고 6천여 병력을 지휘하던 후쿠시마 마사노리는 1만7천의 우키타 히데이에와 정면으로 부딪쳤다.

일진일퇴의 공방이 이어진 시각은 오전 10시경이었다. 우키타의 병력 속에 미야모토 무사시가 있었고, 후쿠시마 병력 속에는 반단에몬이 있었다.

그런데 이 격전이 한창 펼쳐지는 가운데 데라자와 히로타카의 병력이 고니시 유키나가에게 밀린 끝에 우키타를 공격해 왔다.

(우키타, 위험하다!)

이를 본 오타니 요시쓰구의 부대가 우군에 가세하기 위해 달려들었다. 이제는 질서도 없었고 통일도 없는 혼전 상태가 되어 버렸다. 그리고 다시 세 시간 정도가 흘렀다.

 그렇지만 불가사의하게도 서군 8만여 명 가운데 실제로 전투에 나선 병력은 3만5천 정도에 지나지 않았다. 나머지는 숨을 죽이고 형세를 살피고 있을 따름이었다.

 특히 오바야카와 히데아키의 병력은 마쓰오산에 포진한 채 꼼짝도 하지 않았다. 이시다 미쓰나리와 고니시 유키나가가 둘 다 급히 전령을 보내 공격에 가담하도록 재촉했다.

 한편 이런 상황을 멀리서 관망하던 이에야스가 단호한 수단을 취하고 나섰다. 자기편으로 가담할 것을 요구했으며, 그래도 망설이는 고바야카와 병력을 향해 철포를 퍼부었던 것이다.

 총성을 듣고서야 히데아키의 망설임도 끝이 났다. 그는 서군을 배신하고 동군에 붙을 결심을 굳혔다. 히데아키는 대기하던 부하들에게 오타니 요시쓰구를 공격하라고 명했다.

28. 죽음이 다가오다

　여담이지만 그날 사방 4킬로미터의 세키가하라 일대를 동서 양군 약 15만 가량이 가득 메웠다. 그리고 저마다의 군기軍旗, 소형 장식 깃발, 사령기司令旗가 안개가 걷힘에 따라 바람에 펄럭이는 것이 마치 축제와 같은 장관을 드러냈다.
　가령 이시다 미쓰나리는 흰바탕에 검은 글씨로 대일大一, 대만大万, 대길大吉이라고 크게 적힌 군기.
　고니시 유키나가는 둥근 태양이 그려진 깃발.
　우키타 히데이에는 붉은 바탕에 바람을 받아 풍선처럼 부풀어 오르는 커다란 사령기.
　양군이 피아를 구별하느라 저마다 서로 표지를 달았다. 예컨대 동군은 오른쪽 어깨에 네 모퉁이를 오려낸 종이를 붙였으며, 또한 암구호를 정했다. 그것은 '야마가야마', '사이가사이'라는 알듯 모를 듯한 단어였다고 한다.

8시, 구로다 나가마사의 진영이 있는 마루야마에서 갑자기 하얀 봉화 연기가 피어올랐다. 여기에 대항하기라도 하듯 똑같은 봉화가 이시다 미쓰나리의 사사오산, 고니시 유키나가의 덴만산에서도 치솟았다.

이것이 일본을 동서로 나눈 대결전의 시작이었다.

그것을 신호로 동군인 후쿠시마 부대가 먼저 정면의 우키타 부대에 철포를 퍼부었다. 당시의 총은 유효 사정 거리가 2백 미터였으며, 6돈(1돈은 3.75그램)짜리 탄환을 사용했다. 그 시절의 전법은 우선 총격을 가하고, 적의 기세가 꺾이면 하급 무사들이 장창을 들고 돌격한다. 후쿠시마 부대나 여기에 대응하는 우키타 부대도 똑같은 전법을 구사했다.

도도, 교코쿠 부대는 서군의 오타니 부대에 집중 공격을 퍼부었다. 혼다, 이이, 마쓰히라 등 도쿠가와 이에야스 직할 부대는 규슈에서 올라온 시마즈 부대를 상대했다. 또 구로다, 다나카, 호소카와 등의 부대는 서군 총사령관인 이시다 미쓰나리 진영을 향해 정면 공격에 나섰다.

8시로부터 1시간, 형세는 아직 어느 쪽으로도 기울어지지 않았다.

집중 공격을 받은 것은 이시다 미쓰나리였다. 미쓰나리가 이끄는 6천여 병력은 동군의 구로다 마사나가, 가토 요시아키, 다나카 요시마사, 호소카와 다다오키 등 적어도 4개 부대의 공격 목표가 되었다. 저 유명한 고토 마타베에 등은 구로다 나가마사의 부대장이 되어 미쓰나리 토벌을 위한 특별 소대를 편성하여 적진 깊숙이 파고들기도 했다.

미쓰나리 부대의 지휘관 중 한 명인 시마 사콘이 총탄을 맞고 쓰러졌다. 그가 이끄는 부대의 병사들 대부분이 부상했으며, 정면에 세워 둔 방어용 울타리가 무너져 내렸다.

미쓰나리는 황급히 본진에 있던 5정의 대통大筒을 가져오게 하여 밀려드는 동군에게 포격을 가하여 한 때는 이들을 격퇴할 수 있었다. 하지만 그것도 일시적이었을 뿐, 급기야 동군이 밀물처럼 사사오산으로 밀려드는 것이었다.

10시가 지나 11시가 되자 오타니 요시쓰구 부대와 고니시 유키나가 부대, 그리고 동군의 여러 부대가 총격전을 그치고 처절하기 짝이 없는 백병전에 돌입했다.

눈부신 분전을 펼친 것은 우키타 부대였다. 이들은 각 병사들이 일렬로 늘어서서 창을 들고 후쿠시마 부대로 돌진했다. 총대장인 히데이에는 고작 스물여덟의 청년으로, 그랬기에 더욱 용맹함과 야망이 넘쳐흘렀다.

11시경, 우키타 부대는 난데없이 측면으로부터 기리시탄 영주인 다라사와 히로타카 부대의 공격을 받았다. 데라사와 히데타카의 부대는 처음에는 서군인 오타니 부대나 고니시 유키나가 부대와 싸우고 있었다. 그런데 고니시 부대로부터 총격을 받자 목표를 바꾸어 우키타 부대에 공격을 가하기 시작했다.

이를 본 서군의 오타니 부대가 우키타 부대를 응원하느라 달려갔다. 그러자 동군의 도도, 교코쿠 부대가 이를 저지하기 위해 앞을 가로막고 나섰다. 이미 피아의 구분조차 힘들었고, 그저 서로 뒤엉킨 채 여기저기서 전투를 계속하는 상황이었다.

동군의 집중 공격에 더 이상 버티기 어려워진 이시다 미쓰나리가 시마즈 부대에 구원을 요청했다. 그런데 시마즈 부대가 이를 거절했다.

"우리도 그럴 여유가 없다."

시마즈 부대는 시마즈 부대대로 이이 나오마사와 혼다 다다카쓰 등 이에야스 직할 부대와의 전투로 경황이 없어 도저히 발을 뺄 수 없었던 것이다.

당황한 미쓰나리는 서둘러 마쓰오산의 고바야카와 히데아키, 난구마에의 모우리 히데모토, 기쓰카와 히로이에 등에게 구원을 요청하는 봉화를 준비하도록 명했다.

그러나 애원이나 다름없는 이와 같은 미쓰나리의 요청에 기쓰카와 히로이에도, 모우리 히데모토도 꼼짝하지 않았다. 실은 이 기쓰카와 히로이에는 서군에 속해 있기는 했으나, 모우리 데루모토가 서군의 총대장으로 추대된 것에 불안을 느꼈다. 그래서 살짝 동군과 내통하고 있었다. 그는 서군의 총참모장이라고 할 안코쿠지 에케이와도 원래 사이가 좋지 않아 사사건건 대립하기도 했다.

그런지라 히로이에는 8시부터 전투가 시작된 이래 계속 정관하기만 했다. 뿐만 아니라 모우리 히데모토 부대가 움직이려고 하면 그것을 저지하려 앞을 가로막았다. 이처럼 싸우지 않고 정관하고 있던 것은 비단 기쓰카와 히로이에뿐만이 아니었다.

마쓰오산에 진을 친 고바야카와 히데아키의 부대도 한 발자국도 움직이지 않았다. 히데아키는 도요토미 히데요시의 본처인 기타노만도코로의 조카였다. 기타노만도코로는 아이를 낳지 못했던지라 그녀가 히데아키를 키웠다. 히데요시도 처음에는 히데아키를 귀여워했는데, 측실인 요도기미에게서 히데노리가 태어나자 갑자기 고바야카와 다카카게의 양자로 보내버렸다.

히데아키는 그 같은 히데요시의 냉혹함을 알고 있었다. 특히 그는 히데요시가 조선 침략 전쟁에서 실수를 저질렀다고 해서 자신을 규슈 하카타에서 에치젠으로 좌천시킨 것에 대해 원한을 품어 왔다. 그런 히데아키를 히데요시가 죽은 뒤 원래 있던 하카다로 보내 준 사람이 다름 아닌 도쿠가와 이에야스였다.

그러므로 히데아키는 미쓰나리의 출전 요청에도 그리 달갑지 않은 기분으로 응했다. 그는 미쓰나리와 고니시 유키나가, 오타니 요시쓰구로부터 "히데노리 님이 열다섯이 되실 때까지는 간파쿠 직책을 히데아키 님이 맡도록 하겠다."라는 서약을 받고 마지못해 나선 것에 지나지 않았다.

본진에서 이에야스는 한낮이 되어도 동군이 우위를 확보하지 못했다는 사실에 안달이 났다. 8시부터 시작된 전투는 이미 네 시간이 경과했음에도 불구하고 여전히 혼전 상태였다. 잇달아 전령이 달려왔으나 결정적인 승리를 전해 오지는 않았다. 초조해진 이에야스가 손톱을 씹으며 이따금 고함을 질렀다.

"히데아키의 부대는 어째서 움직이지 않는 거야!"

이것은 평소 말이 없는 그로서는 아주 드문 일이었다.

이에야스도 물론 고바야카와 히데아키를 같은 편으로 끌어들이기 위해 미쓰나리와 마찬가지로 유혹의 손길을 보냈다. 만약 동군 편에 가담해 준다면 2개 지역의 영지를 더 주겠노라고 약속했던 것이다.

오후 1시 직전, 손톱을 물어뜯던 이에야스가 도저히 참지 못하겠다는 듯이 별안간 벌떡 자리에서 일어섰다.

"히데아키 진영으로 철포를 퍼부어라!"

고함 소리가 울려 퍼졌다. 다들 고함 소리와 명령 내용에 깜짝 놀랐다. 그러나 철포대장은 반사적으로 뛰쳐나가 수하의 철포 부대에 마쓰오산의 히데아키 부대를 겨냥하여 난사할 것을 지시했다.

이렇게 해서 세키가하라 전투에서 너무나 유명해진 고바야카와 히데아키의 배신이 행해진다. 히데아키의 부대가 서군인 오타니 요시쓰구의 진영을 목표로 일제히 돌진해 들어갔던 것이다.

당시 처음에는 오타니 부대가 우세했다. 고바야카와 부대는 일거에 반격을 당하는 바람에 4백 명 가까운 병력을 잃고 마쓰오산으로 꽁무니를 뺄 지경이었다.

하지만 이 순간 제 2의 배신이 시작되었다. 오타니 요시쓰구의 지휘 아래에 있던 와키자카, 구치키, 오카와, 아카자 등 4개 부대가 돌연 오타니 요시쓰구의 본대를 겨냥하여 쳐들어 왔던 것이다. 히데아키의 배신이 이들 4개 부대 3천5백 명의 이반離反을 재촉한 셈이었다.

대혼란이 벌어졌다. 우선 가장 타격을 입은 쪽은 물론 오타니 요시쓰구 병력이었다. 그들은 고바야카와 히데아키, 도도 다카토라, 교코쿠 다카쓰구 부대 외에 자신들의 휘하로 믿었던 4개 부대로부터도 일제 공격을 당해야 했다.

이윽고 요시쓰구는 패전을 각오했다. 그는 가신에게 가이샤쿠(介錯 : 할복을 할 때 뒤에 서서 목을 쳐주는 것. 옮긴이)를 명한 뒤 할복 자결하고 만다.

　오후 1시, 오타니 부대가 궤멸 당함으로써 서군 조직이 순식간에 무너졌다. 덴만산 자락에 포진해 있던 고니시 유키나가도 오타니 부대의 전멸 소식을 들었다.

　(싸움은 이제 끝났다!)

　그 순간 그런 생각이 그의 뇌리를 스쳤다. 하지만 불가사의하게도 마음에 아무런 동요도 일어나지 않았다. 그저 담담하기만 했다. 출전할 때부터 그는 벌써 이 전쟁에서 이에야스가 승리를 거두리라고 예측했었다. 그리고 자신의 인생은 이로써 막을 내릴 것이라며 체념 비슷한 기분에 잠겨 있었다.

　승기를 잡은 마쓰히라 다다요시, 이이 나오마사, 데라자와 히로타카의 병력이 사슴을 쫓는 호랑이 무리처럼 고니시 유키나가의 진지로 쇄도했다. 그 선두에는 데라자와 히로타카의 깃발이 나부꼈다. 히로타카는 고니시 유키나가와 마찬가지로 기리시탄 영주였다.

　신앙을 함께 하는 자가 서로 적이 되어 싸워야 했다. 그것은 역시 유키나가로서는 충격이 아닐 수 없었다. 그는 분노보다는 서글픔을 맛보면서 허둥대는 가신들에게 후퇴를 명했다. 그리고 그 자신도 10명의 시종들이 호위하는 가운데 덴만산 뒤쪽에 있는 저수지를 따라 시마즈 진영의 배후를 빠져서 곧장 이시다 미쓰나리 진영으로 향했다. 유키나가로서는 우선 미쓰나리와 의논을 해보고 싶었다.

　그렇지만 사사오산의 미쓰나리 진영으로 다가갈 때까지 시종 4명이 추격해 온 동군의 총격을 받아 말에서 떨어져 죽었다.

　가는 곳마다 시신이 겹겹이 쌓여 있었고, 비에 젖은 깃발들이 어지럽게 널려 있었다.

"에이, 오우, 오우!"

동군이 지르는 승리의 함성이 안개 속에서 희미하게 들려왔다. 그러나 이때 갑자기 저수지 북쪽에 진을 치고 있던 시마즈 부대가 미친 듯이 정면의 이에야스 본진을 향해 한 덩어리가 되어 돌진했다. 그것이 유키나가와 6명의 시종에게 행운을 안겨 주었다. 유키나가를 추적해 온 동군 부대가 이 용감무쌍한 시마즈 돌격대의 움직임에 압도당하여 추격을 포기했기 때문이다. 또한 사사오산을 점령한 동군도 어안이 벙벙해져 유키나가 일행이 도망치는 것을 눈치 채지 못했다.

"기회는 지금이다!"

유키나가를 에워싼 채 안개 속에 이시다 미쓰나리의 진영이 있는 곳으로 다가갔다. 하지만 그 산기슭은 산을 내려와 달아나는 미쓰나리 부대의 병사들로 엉망진창이었다.

"가모우 빗추 님, 전사하심!"

이런 소리가 그 북새통 속에서 들려왔다. 가모우 빗추라면 유키나가도 아는 이름이었다. 가모우 우지사토의 옛 가신으로, 미쓰나리가 발탁한 사나이였다.

"미쓰나리 님은 어디 계시는가, 미쓰나리 님은? 이쪽은 고니시 유키나가다!"

말을 탄 유키나가의 시종들이 눈사태처럼 쏟아져 내려와 북쪽 가도를 향해 달아나기 바쁜 잡병들에게 고래고래 고함을 지르며 물어보았다. 그러나 핏발이 선 눈으로 힐끗 유키나가 일행 쪽을 쳐다보기만 했지 누구 하나 대답하는 자는 없었다.

겨우 그 중 한 명이 서쪽을 손으로 가리키며 내뱉듯이 말했다.

"우리를 버리고 벌써 도망쳤다고요."

후방 쪽에서 다시 총격 소리가 들려왔다. 남겨진 미쓰나리 부대가 최후의 저항이라도 하는 모양이었다.

유키나가 일행은 북쪽 가도를 향해 달아나는 패주병들과는 다른 방향을 잡아 말을 달렸다. 북쪽에는 반쯤 비구름에 가려진 이부키산이 있다. 그쪽으로 말머리를 돌릴 심산이었다. 동군의 추격대는 반드시 미쓰나리를 붙잡기 위해 서쪽을 집중적으로 수색할 것이다. 유키나가는 이렇게 판단했다.

도중에 말에서 내려 투구를 벗어던지고 하급 무사 차림으로 옷매무새를 고쳤다. 7명의 일행은 자꾸 뒤를 돌아보면서 상당히 비탈진 산길을 올라갔다. 등 뒤의 세키가하라에서는 여전히 요란한 함성이 울려 퍼지고 있었다. 흘러가는 안개가 갈라진 사이로 주인 잃은 말 한 필이 내달리는 것과 하얀 연기가 여기저기서 솟구치는 것이 보였다.

(서둘러라.)

유키나가가 크게 숨을 한 번 몰아쉰 뒤 뒤따르는 시종이 아니라 그 자신을 향해 속으로 외쳤다.

(왜 도망을 치는가?)

마음속에서 치미는 것이 있었다.

(어디로 도망친다고 해서 도망칠 수 있는 것이 아닌데도 어째서 깨끗하게 자결하지 못하는가?)

(나는 기리시탄이므로 스스로 목숨을 끊을 수 없다.)

그 순간 문득 뇌리에 호소카와 가르시아의 모습이 떠올랐다. 그 사람도 '그런 식으로' 살았다. 그리고 '그런 식으로' 돌아가셨다는 생각이 불쑥 들었다.

유키나가 일행은 바로 근처의 잡목림 속에 10명 가량의 사내들이 숨어 있다는 사실을 알아차리지 못했다. 그 사내들은 이곳 세키가하라의 주민들이었다. 산속에 숨었다가 패주하는 사무라이들을 습격하여 갑옷과 투구 등을 벗겨 갔다. 재수 좋게 이름난 무장을 사로잡기라도 하는 날에는 승리한 진영으로 끌고 가 상금을 타기도 했다. 그들은 그런 목적으로 곳곳에 숨어서 도사렸다.

그들 가운데에는 사냥꾼도 섞여 있었다. 사냥꾼이 잡목림 가지에 총을 대고 지친 몸을 이끌고 산위로 올라오는 유키나가 일행을 조준했다.

잠시 후 총성이 산속에 울려 퍼졌다. 탄환은 유키나가의 귀를 스쳤다. 곁에 있던 한자와라는 이름의 시종이 총에 맞았는지 옆의 수풀 위로 털썩 쓰러졌다. 그와 동시에 함성을 지르면서 죽창과 총으로 무장한 사내들이 숲속 여기저기서 몰려 나왔다.

피투성이가 되어 쓰러진 시종을 보살필 겨를도 없이 유키나가는 나머지 시종들과 함께 이 사내들을 맞아 필사적으로 싸웠다. 감당하기 어렵다는 판단이 들었는지 사내들이 어깨를 다친 동료를 감싸 안고 숲속으로 사라졌다.

"한자와는?"

"절명했사옵니다……."

그 말을 듣자 유키나가는 각오를 굳힌 모양이었다.

"여기서부터…… 나 혼자 가도록 하겠다. 홀로 행동하는 편이 남의 눈에 덜 뜨인다. 게다가…… 지금처럼 마을 부랑배와 부딪치더라도…… 나는 기리시탄의 몸이라 자결조차 할 수 없다. 각오하고 그들에게 붙잡혀 묶여 가게 될 것이다. 하지만 기리시탄이 아닌 너희들에게까지 그런 굴욕을 안겨 줄 수 없다!"

시종들은 잠자코 주인의 지시를 들었다.

"너희들은 무슨 수를 쓰더라도 살아남도록 해라. 우토로 돌아가는 자가 있거든 이 유키나가와의 작별을 똑똑히 전해다오."

"그럴 수 없사옵니다……."

시종 한 명이 신음하듯이 외쳤다. 그러나 유키나가는 그들이 내심 자신과 함께 가고 싶어 하지 않는다는 사실을 알아차렸다. 주인이 자결하지 않는 이상, 그들 역시 마을 부랑배들에게 묶여서 굴욕스럽게 끌려가지 않으면 안 되었기 때문이다.

"아니야, 됐어! 어서들 가라!"

유키나가가 일부러 엄한 표정을 지었다.

시종들은 고개를 푹 숙인 채 산을 내려갔다. 다섯 명의 모습이 보이지 않을 때까지 유키나가는 그 자리에 가만히 서 있었다.

혼자가 되었다. 이제 자신을 지켜 줄 부하는 없다. 무어라고 형언할 수 없는 고독감이 가슴을 옥죄었다.

유키나가는 물웅덩이에 손을 넣어 고인 빗물을 떠마셨다가 뱉어 냈다. 손등에서 피가 흘렀다. 아까 마을 부랑배들과 싸울 때 입은 상처였다.

또 다시 비가 거세게 쏟아지기 시작했다. 이렇게 비가 쏟아지면 패주하는 사무라이를 노리는 부랑배들도 행동이 그리 자유로울 리 없다. 그것이 홀로 된 유키나가의 유일한 희망이었다.

줄기차게 내리는 빗속을 걸으며 여러 가지 상념이 떠올랐다.

조선 전쟁에서의 고통스러웠던 기억들이 꼬리를 물고 되살아나 마음을 들쑤셨다. 무엇보다 1593년 정월에 평양에서 명나라 대군의 무시무시한 추격을 받으며 얼어붙은 설원을 퇴각하던 일, 지금처럼 비가 아니라 새하얀 눈을 맞으며 감행한 필사적인 탈출이었다.

그러나 당시에는 주위에 여러 가신들이 수행하고 있었다. 오늘처럼 오직 나 혼자가 아니었다. 살아날 희망이 아직 마음의 절반은 차지했었다.

(우토는 어떻게 될 것인가!)

우토성은 동생인 고니시 하야토가 대신 맡아서 지키고 있다. 그렇지만 세키가하라의 패전 소식을 알게 되면 필경 규슈의 다른 영주들이 앞 다투어 이에야스에게 아부하느라 성을 공격할 것임이 분명했다. 그 선봉이 가토 기요마사가 되리라는 사실을 유키나가도 당연히 예상했다.

이토의 하얀 얼굴이 떠올랐다. 이토가 이 자리에 있었다면 무어라고 이야기할까?

(무슨 일이 있더라도 반드시 살아남으셔야 하옵니다.)

이렇게 이야기할까? 그렇지 않으면…….

(모든 것을 하느님의 뜻에 맡기시옵소서.)

이렇게 일깨워 줄까?

"어떻게 하시겠사옵니까?"

분고의 유노인에 도착한 가토 기요마사에게 모리모토 기다유가 편지를 내밀면서 물었다. 그 편지는 구로다 조스이가 보내온 것이었다.

"오토모 요시무네의 부대를 완전히 격파함. 요시무네는 머리를 깎고 항복함."

편지에는 뽐내듯이 승전 보고를 적어 놓았다.

오토모 요시무네란 두말 할 나위 없이 오토모 소린의 큰아들이었다. 조선 전쟁에서 큰 실수를 저지르는 바람에 영지를 몰수당하고, 모우리 데루모토 휘하에 배속되었다.

하지만 세키가하라 전투를 앞두고 요시무네가 옛 영지 회복의 기회를 노리고 서군 총대장인 모우리 데루모토 등과 상의한 뒤 분고로 귀환했다. 그는 옛 가신들의 환영을 받으며 병사들을 모으자 오토모 가문의 옛 성이었던 기즈키성의 탈환을 꾀했다.

소식을 접한 가토 기요마사는 그때까지 서로 연락을 취해 온 구로다 조스이와 함께 요시무네를 물리치기 위해 4천의 병력을 이끌고 분고로 돌입하려고 했다. 그러나 거기서 한 걸음 먼저 8천의 병력으로 분고로 밀고 들어가 오토모 부대와 싸운 조스이가 승전 보고를 보내온 것이었다.

"병력을 이끌고 출전했다가 그냥 이대로 구마모토로 돌아갈 수야 없지!"

기요마사가 조스이의 편지를 뚫어져라 응시하면서 혼잣말을 했다.

"이렇게 사기가 충천했으니 이 길로 우토로 쳐들어가야 하리라."

유키나가의 우토성을 공격할 때가 마침내 왔다고 유키나가는 판단했다. 언젠가는 싸우지 않을 수 없는 숙적이었다. 하지만 지금까지 기요마사의 마음에 걸리는 것이 하나 있었다.

그것은 어쨌거나 유키나가가 자신과 마찬가지로 다이코 히데요시의 부하였다는 점이었다. 대의명분을 무엇보다 중시하는 그의 성격은 똑같은 주인을 모셨던 자들끼리 싸운다는 사실에 께름칙함을 느끼지 않을 도리가 없었던 것이다.

그렇지만 조스이가 병력을 움직여 분고에서 승리를 거두었다는 소식을 접하는 순간, 문득 망설임이 사라졌다. 왜 그랬을까?

"소문에 듣자하니 14일, 세키가하라에서 미쓰나리의 부대가 패주했다고 함. 워낙 소문인지라 의심스럽기는 함."

조스이가 편지 끄트머리에 이렇게 한 줄 적어 놓았기 때문이다.

(이제부터는 이에야스의 세상이 될 것인가?)

그렇게 예측하는 순간, 다이코 히데요시의 피로에 찌든 얼굴이 떠올랐다. 그것은 저 후시미에서 대지진이 발생하던 그날이었다. 근신중인 처지임에도 불구하고 다이코의 신변을 지키느라 후시미성으로 달려간 기요마사를 히데요시가 기타노만도코로와 함께 찾아왔다.

"도라노스케인가!"

이렇게 물으며 고개를 끄덕이던 바로 그 얼굴이었다. 그 얼굴이 지금 새삼 눈앞에 어른거렸다.

"도라노스케, 히데노리를……."

자신을 향해 애원한 것 같은 기분이 들었다. 그렇게 여긴 순간, 문득 지금까지의 망설임이 사라졌다. 그리고 히데요리를 성심껏 지켜줄 사람은 앞으로 자신 외에는 있을 것 같지가 않았다.

그러려면 힘을 길러야 한다. 규슈에서 조스이만 전공을 세우도록 내버려 두어서는 곤란하다. 우토성을 공략하여 규슈에서의 자신의 지위를 확보하지 않으면 안 된다.

"구마모토에 우토 공략을 위한 긴급 전령을 보내라!"

전투에 능수능란한 기요마사의 명령은 절도가 있었고, 적절했다.

"가토 햐쿠스케, 요시무라 기치사에몬에게 가와지리에서 우토로 공격해 들어가라고 전하라. 바다에서도 총포와 대통 등을 동원하여 성을 공격하도록 하라."

긴급 전령으로부터 명령을 받은 구마모토성의 가신들은 기요마사의 본진이 도착하기 전에 출전 준비를 갖추고 우토를 향해 진격하고 있었다.

밤새도록 비를 맞은 유키나가는 온몸에서 열이 났다. 그런 몸으로 산을 넘어간다는 것은 도저히 무리였다. 한동안 산으로 오르다가 드러누워 쉬었고, 다시 간신히 몸을 일으켜 구름 덮인 산꼭대기를 목표로 했다.

그는 신음하면서 십자가를 지고 처형장인 골고다 언덕을 걸어가던 예수를 생각했다. 그리고 그런 예수의 고통에 견주어 자신의 고통이야말로 아무 것도 아니라고 스스로를 채찍질했다.

이토의 얼굴이 다시금 눈앞에 어른거렸다. 이토가 자신을 격려하는 것 같기도 했고, 이제는 그만 쉬라고 속삭이는 것 같기도 했다. 정말 고생이 많으셨사옵니다. 이제 편히 쉬십시오. 이토도 뒤따라가겠사옵니다. 그런 소리가 들려오는 것 같았다.

정신을 차리자 비는 그쳐 있었다. 그러나 봉우리마다 아직 두터운 잿빛 구름이 뒤덮여 있었다. 그리고 계곡을 타고 안개가 피어올랐다. 그 계곡 가운데 분명히 초가지붕의 농가가 보였다는 기억이 났다.

빗물 외에는 아무 것도 먹지 못한 유키나가는 각오를 다졌다. 그는 지팡이 대신 손에 쥔 나뭇가지에 몸을 의지하며 그 농가 쪽으로 걸음을 옮겼다. 인적이 없었다. 유키나가가 한 농가의 문 앞에 서서 안을 살폈으나 사람이 사는 것 같지 않았다.

조그만 절이 보였다. 그 절의 부엌에서 몇 번이고 거듭 외치자 마침내 발자국 소리가 나더니 노파가 모습을 드러냈다. 온통 진흙투성이인 유키나가의 모습을 보더니 노파가 고함을 지르며 겁먹은 얼굴로 뒷걸음질 쳤다.

"염려하지 마라. 해치지 않는다."

유키나가가 손을 저었다.

"단지, 죽이나 한 그릇 줄 수 없겠는가?"

노파의 고함 소리를 듣고 노인이 나타났다. 이 절의 주지인 듯 했다.

"제발 그냥 떠나 주십시오. 아무에게도 일러바치지 않을 테니까요."

그가 유키나가의 모습을 보더니 허리를 굽신거리면서 애원했다.

"아니, 아니!"

유키나가가 노인의 말을 가로막았다.

"더 이상 달아날 마음이 눈곱만큼도 없다. 그저 죽 한 그릇만 먹게 해주면, 그 다음에는 나를 끌고 가도 개의치 않겠다. 그리고…… 가서 고니시 유키나가를 붙잡았다고 일러주게나."

주지 노인이 뒤에 물러서 있는 노파를 돌아보며 말했다.

"장주藏主 님에게 이야기하고 오겠다."

화로 곁에서 이빨 빠진 사발에 담긴 좁쌀죽을 입으로 떠 넣는 순간, 어쩌면 이토록 맛있는 음식이 있을까 하는 기분이 들었다. 열이 나는 탓인지 물이 마시고 싶었다.

드디어 주지가 장주 직책을 가진 남자를 데리고 왔다. 그는 이 마을의 유지로 보였다.

29. 역전노장歷戰老將이 남긴 흔적

유키나가는 자신의 운명을 기다렸다. 화롯가에 앉은 그는 노파가 벌벌 떨면서 내민 이빨 빠진 사발에 담긴 좁쌀죽을 먹었다. 그는 지금까지 먹어 본 어떤 식사보다 이처럼 맛난 음식을 먹은 기억이 나지 않았다.

굶주림이라면 조선 침략 전쟁 당시에도 몇 차례나 경험했다. 특히 평양에서의 그 겨울, 지휘관인 그 자신조차 변변히 먹을 음식이 없었다. 그러나 그때나 다름없이 굶주렸음에도 이 좁쌀죽이 이다지 맛있게 여겨지는 까닭은 이미 각오를 했기 때문인지도 몰랐다.

각오는 이 전쟁에 나설 때부터 이미 했었다.

"아니, 이제 됐어. 배가 부르다."

유키나가가 쓴웃음을 지었다.

"나는 기리시탄이라서 자살도 하지 못한다. 더구나 도망치다가 패주 사무라이를 노리는 부랑아들에게 욕을 당하고 싶은 마음도 없다.

각오하고 있다. 이에야스의 부하들이 있는 곳으로 나를 안내해 주지 않겠나?"

그는 젓가락을 깨끗이 닦아서 이빨 빠진 사발과 나란히 놓았다. 그리고 구석에 앉아 눈동자를 이리저리 굴리고 있는 노파에게 머리를 숙이며 인사했다.

"맛있는 음식, 정말 고마웠다."

주지가 그 모습을 보더니 말했다.

"여하튼 몹시 누추한 집이라서 편히 쉬실 수도 없으실 것이옵니다."

그러면서 유키나가를 마을 촌장의 집으로 안내하겠노라고 했다.

"휴식을 취하시고 나면 타고 가실 말을 준비하겠사옵니다."

"그런가?"

"구사즈에는 도쿠가와 님의 부하인 무라코시 님이 계십니다. 그곳으로 안내하겠사옵니다."

"부탁한다."

(달아나지 않을 텐데도······.)

측은한 기분이 들어 그가 쓴웃음을 지었다.

드디어 바깥에서 시끌벅적한 소리가 들리더니 한 명의 까까머리 사내가 들어왔다.

그가 공손하게 허리를 숙였다.

"제가 이 마을 촌장이며, 하야시라고 하옵니다."

유키나가가 고개를 끄덕이며 자신이 고니시 유키나가라고 밝혔다.

"여기가 어디쯤인가?"

유키나가의 물음에 촌장이 황송한 표정을 지으면서 대답했다.

"이부키산의 산속에 있는 가스카베라는 마을이옵니다."

"그렇군. 그런데 세키가하라에서의 전투는 벌써 끝났겠구먼!"

"예, 싸움이 끝났사옵니다."

"그렇다면 이에야스의 부하에게 나를 데려가도 좋다. 그리고 상금을 받거들랑 이 사람들에게 나눠 주도록 하라."

"어째서…… 도망치지 않으시옵니까?"

촌장이 안쓰럽다는 듯이 유키나가를 바라보았다. 이시다 미쓰나리가 제아무리 온갖 술책을 다 강구한다고 치더라도, 그에게는 도저히 승산이 없음을 유키나가는 잘 알았다.

인간에게는 아무리 노력해도 이뤄지지 않는 일이 있다. 그것은 저 조선에서 있는 힘을 다하여 온갖 지혜를 다 짜내어 화의를 맺고자 애쓰다가 실패한 유키나가가 깨우친 커다란 결론이었다.

인간에게는 신이 정해 준 운명이 있다. 그 운명에 아무리 항거해 보았자 아무 소용이 없다는 사실도 알게 되었다. 그리고 그는 질 줄 뻔히 알면서도 세키가하라 전쟁에 가담했다. 그리고 싸움에 패하고, 자신은 지금 그 운명의 무게를 묵직하게 어깨에 짊어지고, 생애의 결말을 향해 한 걸음 한 걸음 걸어가고 있다.

얼굴을 들자 창문으로, 판자벽의 틈새로, 이쪽을 들여다보는 몇몇 얼굴이 있었다. 필경 이 마을의 주민들이 모두 모여 감시하고 있음에 틀림없었다.

화로에서 일어나려는데 눈앞에 다시 이토의 얼굴이 어른거렸다.

우토성은 어떻게 되었을까? 늦을 새라 동군 편에 붙은 규슈의 영주들로부터 벌써 공격을 당했을까? 이토는 내가 지금 막 운명의 결말을 향해 한 걸음 한 걸음 다가가기 시작했다는 사실을 알기나 할까?

유키나가가 산골 마을 촌장에게 자신의 목숨을 맡긴 그날, 가토 기요마사의 명령을 받은 구마모토성의 잔류 부대가 우토를 향해 진격을 개시했다.

우토 각지를 지키던 경비병들로부터 성으로 잇달아 보고가 들어왔다. 그에 따르면 기요마사의 선발 부대는 가토 햐쿠스케, 요시무라 기치사에몬의 인솔 하에 성으로 접근해 오고 있으며, 바다 쪽에서도 공격을 준비하는 모양이라고 했다.

"형수님, 드디어 싸움이 벌어질 것 같습니다."

유키나가 대신 성을 지켜 온 유키나가의 동생 고니시 하야토가 이토에게 소식을 전했다.

"아마도 본격적인 전투는 일단 전초전이 끝나고 나서, 그러니까 사나흘 뒤에야 시작되리라 봅니다."

"한 번 멋지게 싸워보세요."

이토가 미소를 머금고 격려했다.

"적의 숫자는 얼마나 되나요?"

"경비병들이 알려 온 바에 의하면 분고로 향한 기요마사 휘하의 병력이 7천, 구마모토에 잔류했던 병력이 3천, 양쪽을 합쳐서 1만 명쯤 되리라고 여겨집니다. 그리고 우리 쪽은 2천입니다."

"그러면 며칠 동안이나 버틸 수 있을까요?"

"지금으로서는 잘 모르겠습니다. 모든 것이 서군과 동군의 결전

승패 여하에 달려 있습니다. 이시다 미쓰나리 님이나 형님이 승리를 거두신다면 성은 며칠이건 더 지켜 나갈 수 있을 것입니다. 그 연락이 올 때까지 있는 힘을 다해 싸워 기요마사의 코를 납작하게 해주겠습니다."

고니시 하야토는 즉시 전투 준비를 명했다. 지성支城인 야쓰시로와 야베에도 연락을 취하여 모자라는 병력을 채우기 위해 영지 주민 가운데 젊은이를 뽑아 민병대를 조직하게 했다. 또한 그들이 배신하지 못하도록 가족을 인질로 성안에 들여보내도록 조치했다. 그리고 마을 여기저기의 다리를 파괴한 뒤 목책을 세워 적병의 진격을 조금이나마 늦추도록 했고, 각 요소마다 복병을 배치했다. 성안에 있는 기리시탄 선교사 3명과 여성, 어린이들은 이토를 중심으로 하여 식량과 약을 끌어 모아 부상병 간호를 하도록 준비를 마무리했다.

모든 조치가 끝나자 이제 적군이 쳐들어오기만을 기다릴 뿐이었다. 그 정적이 도리어 기분 나빴다. 20일이 되자 하야토가 예상했던 대로 성 인근 마을에서 콩을 볶는 것 같은 총소리가 성안에까지 들려왔다. 그곳은 성에서 북쪽으로 1리 가량 떨어진 마을이었다. 그 마을의 촌장이 마을 사람들을 모아 기요마사 병력에 과감하게 저항한 탓으로 울려 퍼진 총소리였다.

정찰병의 보고에 의하면 이 같은 촌장의 저항이 의외로 큰 효과를 거두어 기요마사 부대가 쩔쩔 맨다는 것이었다. 그 사실이 알려지자 우토성 내의 병사들은 환성을 지르며 기뻐했다.

그렇지만 고니시 하야토가 엄격하게 병사들을 단속했다.

"그 정도로 마음이 풀어져서는 절대로 안 된다. 기요마사는 비록 적이지만 백전노장의 장수다. 내일이면 이 우토성으로 쳐들어올 것이다!"

그가 예상한 대로 21일, 분고에서 회군해 온 기요마사가 직접 지휘하는 가운데 적이 세 방향으로 나누어 우토성을 향해 진격해 왔다. 그들은 성 바깥의 마을에 불을 지르고, 성을 완전히 에워쌌다. 그런 다음 병력들로 하여금 총격을 중지하도록 명했다.

"무슨 영문인지 적이 잠잠해졌습니다."

부하의 보고에 작전을 짜고 있던 고니시 하야토가 서둘러 천수각으로 올라가 보았다.

검은 연기가 불탄 성 밖 마을에서 아직도 치솟고 있었다. 그리고 그 바깥쪽으로 기요마사 부대의 깃발이 사방에서 펄럭이는 광경이 눈에 들어왔다. 더구나 본대의 우익과 좌익에는 고니시 유키나가의 지휘 아래 조선으로 출전했던 기리시탄 영주인 아리마 나오즈미와 오무라 요시사키의 대장기가 나부꼈다.

"아니, 아리마와 오무라까지도……."

하야토를 비롯한 성안의 병사들은 경악을 금치 못했다. 왜냐하면 이들 기리시탄 영주들은 유키나가와 더불어 이시다 미쓰나리의 편을 들기로 벌써부터 약속했었기 때문이다.

"배신하고 말았군!"

하야토는 내심 커다란 불안감이 일었다. 서군 진영에 가담했어야 할 아리마와 오무라가 별안간 동군인 기요마사에게 붙었다……? 그렇다면 이미 이시다 미쓰나리와 도쿠가와 이에야스의 결전이 확실하게 승패가 나뉘었다는 뜻이 아닐까? 그런 불길한 예감이 하야토의 뇌리를 스쳐갔기 때문이다. 하지만 그는 그것을 입 밖에 내지 않았다. 절대로 밝혀서는 안 될 터부였다.

"적이 수공이 아니면 식량 공세를 꾀하는지 모른다."

하야토는 잠잠해진 적의 동태를 살피면서 추측했다. 그가 가장 염려하는 것은 기요마사가 다이코 히데요시가 한창 때 즐겨 쓰던 수공 작전을 흉내 내는 것이었다. 성이 바다에 면하여 있고, 주변에 습지대가 많아 적을 쉽사리 접근하지 못하게 만드는 이점은 있었다. 그러나 거꾸로 물을 끌어들여 성 주위를 호수로 만들어버리는 것도 간단했다.

"주의 깊게 적의 움직임을 살펴라!"

하야토가 장병들을 보며 엄하게 지시를 내렸다.

"만일 적이 주민들을 동원하여 둑을 쌓는 기색이 보이면 주민들도 쏘아 죽여라. 불쌍하지만 어쩔 도리가 없다!"

그러나 기요마사는 수공을 펼칠 기색이 전혀 없었다. 그 대신 성 안의 병사들은 어느 날 기요마사가 쏘아 보낸 화살에 매달린 글을 읽었다. 투항 권고문이었다.

"서군은 세키가하라에서 완전히 박살났다. 그러니 이 싸움도 아무 소용없는 짓이다."

투항 권고문에는 그렇게 적혀 있었다. 하지만 고니시 하야토는 일부러 일소에 붙였다.

"다 적의 모략이야!"

하야토는 들은 척도 하지 않았다.

그렇지만 그 스스로는 이 투항 권고문의 내용이 사실이리라고 짐작했다.

 구사쓰의 절을 이에야스의 부하인 무라고시 모스케와 그 병력이 숙소로 삼고 있었다. 말에 태워진 고니시 유키나가가 하야시 촌장과 함께 이 숙소에 도착하자 절 경내가 소란스러워졌다. 마치 적의 습격이라도 받은 듯이 잡병들이 이리 뛰고 저리 뛰면서 말 위에 앉은 유키나가를 겹겹이 에워쌌다. 떠들썩한 소리를 듣고 무라고시 모스케가 나타났다.
 "고니시 유키나가 님이신가!"
 그가 하야시 촌장의 보고를 들으며 믿어지지 않는다는 것처럼 목청을 돋우었다. 서군의 부사령관 격인 유키나가가 다름 아닌 자신의 진영에 포로로 잡혀 자수해 왔다는 사실에 모스케는 도리어 정신이 아득해지는 기분이었다.
 "안심하시라. 내가 스스로 결박을 당하여 이렇게 온 이상에는 결코 도망치지야 않을 테니까 말이야."
 유키나가가 말에서 내리면서 얼이 빠진 모스케를 이렇게 안심시켰다. 그래도 상대의 얼굴에서는 여전히 경계심이 풀리지 않았다.
 "이쪽으로……."
 모스케가 바짝 긴장된 표정으로 말했다. 그러면서 부하들에게 눈짓으로 철저히 경계하라는 신호를 보냈다.
 모스케로서는 유키나가가 어째서 자결하지 않았는지 이해가 되지 않았다. 그의 머리에는 무사는 적에게 붙잡히는 치욕을 당하기 전에 자결하는 것이 무사다운 행동으로 각인되어 있었다. 따라서 이런 식으로 순순히 자수해 온 유키나가의 진심이 의심스러웠다.

(달리 무언가 속셈이 있는 게 아닐까?)

의혹에 사로잡힌 모스케는 일단 유키나가를 옥에 가둔 다음 엄중하게 감시하도록 했다. 그리고 즉시 이에야스에게 긴급 보고한 뒤 그 지시를 기다리기로 했다.

"부탁이 있다."

옥에 갇힌 유키나가가 감시하는 사무라이에게 말을 건넸다.

"교토에는 기리시탄 선교사가 계신다."

"선교사?"

"남만인 승려가 선교사이다. 그 승려를 여기로 좀 불러주지 않겠는가? 나는 기리시탄을 믿는지라 그 승려가 나를 위해 해주었으면 하는 일이 있다."

유키나가는 자신에게 남겨진 시간을 오로지 신앙으로 보내고 싶었다. 미사를 올리고, 죄를 고백하고, 깨끗해진 마음으로 죽음을 맞고 싶었다.

"안 된다."

감시 사무라이로부터 유키나가의 청을 전해 들은 모스케가 딱 잘라 거절했다.

"상대가 누구이건 유키나가를 만나게 해줄 수는 없다!"

우직한 모스케는 이에야스의 지시가 내려질 때까지 만에 하나, 무슨 사태가 벌어지는 것을 가장 두려워했다. 솔직한 심정으로는 이 성가신 인물을 누군가 다른 사람에게 맡기고 싶었다.

긴급 전령을 보낸 이튿날 저녁, 마침내 이에야스로부터의 명령이 전해져 왔다.

"본보기를 삼기 위해 목에 칼을 씌울 것. 철저한 감시를 게을리 하지 말 것."

명령서에는 이렇게 적혀 있었다. 모스케는 명령서를 읽자마자 부랴부랴 구사쓰 마을의 대장장이를 불러 유키나가의 목에 씌울 칼을 만들도록 했다.

"나 유키나가는 우토의 영주이다. 명색이 영주인 나에게 칼을 씌우겠다니 이게 무슨 망발이란 말인가!"

당시 유키나가가 얼굴이 시뻘개져서 이렇게 항의했다고 한다. 그런데도 모스케는 완강하게 고개를 저을 따름이었다.

"나는 주인의 명을 따를 뿐이오."

묵직한 칼이 목에 씌워졌을 때 유키나가는 고통과 더불어 도저히 참지 못할 굴욕감에 온몸을 떨었다. 칼을 쓰고 지내는 것은 육체적으로도 고통스러웠다. 더구나 밤이 되어 자리에 누워도 목만 쳐들어진 상태여서 그 통증으로 한밤중에 잠에서 깨어나곤 했다.

그렇게 잠이 깨어 캄캄한 어둠의 정적으로 눈길을 던지던 유키나가가 문득 어떤 사실을 깨닫고 나지막하게 웃었다. 그것은 그의 인생 자체가 목에 칼이 씌워진 것 같았기 때문이다. 사카이 장사꾼의 자식으로 태어나 다이코 히데요시에게 발탁되어 겉으로는 화려하게 영주로 출세했다. 그 대신 자신의 몸과 마음이 스스로의 의지가 아닌 히데요시의 의지에 의해 몽땅 지배당했다.

단순하게 싸움에서뿐만 아니라 신앙의 자유조차 용납되지 않았다. 모든 것이 히데요시의 명령이라는 칼에 씌워진 채 오늘까지 살아온 것이나 다름없었다.

(우콘 님은 지금 무엇을 하고 계실까?)

저 6월 밤의 일이 또렷하게 그의 뇌리에 떠올랐다. 유키나가가 히데요시의 위협 앞에 기리시탄의 신앙을 버렸을 순간…….

"영지와 백성들을 다 반납하겠다."

과감하게 그렇게 대답하던 다카야마 우콘의 괴로움 가득한 옆모습을 유키나가는 이제 와서 새삼스럽게 뼈저리게 돌이켰다. 그때, 우콘이 버린 것은 속세의 영달이 아니었다. 히데요시라는 목의 칼을 벗어던짐으로써 그는 자신이 바라던 삶을 선택할 수 있었던 것이다.

(그런 우콘 님에 견주자면 나라는 인간은…….)

그래도 이제 후회의 기분이 들지는 않았다. 자신은 자신대로 살아왔었다. 그리고 그 인생의 종말을 맞으려 한다. 자신 나름대로의 삶 면종복배의 이중 생활, 겉으로는 다이코의 명령에 따라 기리시탄을 버린 것처럼 꾸미고, 속으로는 남몰래 신앙의 길을 걸었다. 겉으로는 싸우는 것처럼 속이고, 실제로는 조선과의 화의를 위해 고심했던 인생, 거기에는 나름대로의 고통과 더불어 희열과 의의가 있을 터였다.

(내 인생은 우콘 님의 그것과는 다르다. 하느님은 인간 한 사람 한 사람에게 저마다 십자가를 지우신 것이다.)

그는 옥에 갇힌 채 하루 종일 자신의 인생을 되돌아보고, 자기 자신에 대해 생각했다. 오랜 세월 동안 그런 식으로 스스로를 돌아볼 시간도 여유도 없었던 것 같았다. 하느님이 그것을, 죽음을 준비하도록 이렇게 내려 주신 것이다.

9월 25일 밤, 남방 해상에서 태풍이 천천히 북상해 올라왔다.
"오늘밤은 엄청난 비바람이 몰아치겠는걸!"
하야토와 고니시 조안이 하늘을 올려다보았다.
"필경 오늘밤에는 적들도 경계를 늦출 거야."
두 사람이 이렇게 주고받았다.

그들은 얼마 전부터 이 우토성의 지성이라고 할 야쓰시로에 있는 고니시 유키시게와 연락을 취할 기회를 엿보았다.

두 사람은 유키시게 휘하의 병력과 우토성의 병력이 날짜를 정하여 동시에 기요마사의 본진에 공격을 가하는 작전을 세웠던 것이다. 하지만 그렇게 하려면 야쓰시로에 몰래 연락병을 파견해야 했다. 그 기회가 이처럼 태풍 부는 밤이라고 그들은 판단했다.

야마자키 기요사에몬이라는 사무라이가 뽑혔다. 기요사에몬은 나이 쉰을 넘긴 사나이로, 사무라이다운 기개가 드러나지 않았다. 그것이 그가 비밀 연락병으로 선발된 이유였다.

"잘 알겠습니다."

야쓰시로성으로 보내는 서신을 대나무 지팡이 속에 넣고 기요사에몬이 평민으로 가장했다. 그는 벌써부터 엄청나게 퍼붓기 시작한 빗속을 헤치며 성 바깥으로 나섰다.

하지만 야쓰시로성으로 가려면 어차피 유키나가 부대가 진을 치고 있는 가운데를 뚫고 가지 않을 도리가 없었다. 그는 그것을 피하려고 기요마사 부대가 없는 늪지대를 통과하려고 했다. 그러나 폭우로 인해 늪지대가 저수지처럼 바뀌어 걸어서는 도저히 건널 수 없었다.

궁리 끝에 기요사에몬은 일단 헤엄을 쳐서 그곳을 건너 마을 외곽으로 탈출하기로 결심을 굳혔다. 그는 옷을 벗고 대나무 지팡이만 든 채 저수지로 변한 늪지대를 서서히 헤엄쳐 갔다. 그렇지만 그가 간신히 건너편에 도착하자 경비하는 적병이 이미 그 자리에 서서 자신을 내려다보고 있었다. 기요마사의 병사들은 주인인 기요마사로부터 엄명을 받았었다.

"오늘 같은 밤이야말로 적이 무슨 짓을 꾸밀지 모른다. 평소보다 더 철저하게 성의 동태를 감시해야 한다."

그 바람에 기요마사 병사들은 불탄 마을 곳곳에서 경계 태세를 강화했다.

지니고 있던 대나무 지팡이를 빼앗기고, 그 안에 숨겨 둔 편지가 즉각 들통 났다. 그러자 기요사에몬은 혀를 깨물고 자결해버렸다.

"저 옛날 주고쿠의 다카마쓰성을 포위했을 때, 혼노지의 쿠데타 소식을 전하려던 아케치 미쓰히데의 연락병이 우리 진영으로 잠입했다가 붙잡혔다. 당시에도 오늘처럼 억수 같이 비가 퍼부었다. 어째 예감이 좋군 그래!"

보고를 받은 기요마사가 이렇게 말하면서 죽장 안에 감추어진 편지를 읽었다.

"치졸하기 짝이 없는 술책이야!"

기요마사가 너털웃음을 터트렸다. 그리고는 마을 주민 한 명을 데리고 오게 하여 금화 몇 닢을 주면서 지시했다.

"이것을 우토성에서 가져온 편지라면서 아쓰시로성에 전해 주거라."

허를 찔렸다는 사실을 꿈에도 모르는 야쓰시로성의 성주 고니시 유키시게는 9월 28일, 구원 부대를 우토로 파견했다.

그런데 우토로 다가가자마자 오카와 마을 부근에서 대기 중이던 기요마사 부대의 복병으로부터 기습을 당했다. 속았다는 사실을 알아차렸을 때에는 이미 기요마사 병력에 의해 완전히 포위된 상태였다.

속수무책으로 타격을 입은 고니시 유키시게의 구원 부대는 간신히 야쓰시로로 달아났다. 목을 빼고 야쓰시로로부터의 구원을 기다리던 우토성의 병사들에게도 이것은 커다란 타격을 안겨 주었다.

그래도 그들은 여전히 항복하지 않았다.

"머지않아 주군께서 우토로 돌아오실 것이다."

이 같은 고니시 하야토의 격려가 성의 병사들로서는 유일한 희망이었다. 또 한 가지, 그들로서는 영주의 안방마님인 이토가 날마다 병사들을 보살피고, 상처 입은 자들에게는 손수 치료를 해주면서 다정하게 위로해 주는 것이 너무나 고마웠다. 병사들로서는 그녀가 어느 결에 자신들의 마음의 상징처럼 변해 가고 있었다.

"유키나가 님은 반드시 돌아오실 것입니다."

성안에 있는 선교사들이 이렇게 이야기해 주는 것도 병사들로 하여금 희망의 끈을 놓지 못하게 만들었다.

하야토는 최후의 작전으로 서군에 붙은 사쓰마의 시마즈 류하쿠에게 구원을 요청했다.

기요마사는 시마즈의 공격에 건성으로 대응하면서 10월 1일부터 본격적인 총공격에 돌입하기로 했다.

대통에서 발사된 탄환이 가차 없이 우토성의 바깥 울타리와 성벽에 퍼부어졌다. 게다가 쉴 새 없이 철포 사격이 이어졌다. 그런 가운데 기요마사 병력이 슬금슬금 성벽으로 다가갔다.

그렇지만 우토성 병사들의 저항도 완강했다. 싸움을 벌이는 사이사이에 화살로 쏘아 보낸 항복 권고문은 모조리 묵살되었다. 그 대신 성으로부터 총탄 세례가 전진하는 기요마사 병력을 향해 집중적으로 쏟아졌다.

"고니시 병사들이 이토록 용감하게 싸우는 모습을 지금까지 단 한 번도 본 적이 없다."

기요마사는 오랫동안 약졸들의 집단이라며 멸시해 온 고니시 유키나가 가신들의 격렬한 저항에 깜짝 놀라 자신도 모르게 이렇게 중얼거렸다.

하지만 이처럼 격전이 거듭되고 있는 사이에 교토에서는 유키나가와 그와 마찬가지로 붙잡힌 이시다 미쓰나리, 그리고 안코쿠지 에케이에 대한 처형이 이제 곧 실시된다는 소문이 떠돌았다.

사실 유키나가는 무라코시 모스케의 진영에서 오오쓰에 도착한 이에야스에게 보내진 다음 옥에 갇혔다. 거기에는 미쓰나리와 에케이도 함께 감금되어 세 사람은 오랜만에 대면했다.

미쓰나리는 초췌해져 있었다. 그 역시 유키나가와 마찬가지로 세키가하라를 벗어나 이부키산을 향해 달아나다가 뒤따르던 가신들과 헤어졌다. 세 명의 수행원을 데리고 인근 골짜기에 숨어 있다가 나중에는 혼자서 어머니를 모신 절 보테이지菩薩寺가 있는 후루하시 마을을 몰래 살짝 찾아갔다. 다행히 주지 스님의 호의로 숨어 지냈으나 쇠약해진 몸으로 다시 재기하기란 불가능하다고 판단했다. 그래서 마을 사람들에게 명하여 동군의 다나카 요시마사에게 연락하도록 했다.

당시 교토에 있던 칼바류 신부의 편지에 의하면, 유키나가는 구로다 나가마사를 통해 이에야스에게 선교사를 만나게 해달라고 청원했다고 한다. 그는 기리시탄이 행하는 고해성사(죄를 고백하여 하느님의 용서를 바라는 의식)를 받고 싶었던 것이다.

그러나 나가마사로부터 그런 청원을 들은 이에야스가 별로 달갑지 않다는 듯한 표정을 지으며 고개를 옆으로 돌린 채 쌀쌀맞게 대꾸했다.

"그럴 필요는 없어!"

처형은 10월 1일로 정해졌다.

칼바류 신부는 이렇게 적었다.

"옥중에서 그는 자신이 저지른 죄를 뼈저리게 반성하고 성모 마리아의 자비를 바라며 교의에 따라 기도했습니다."

9월 28일, 세 명의 죄수는 목에 칼을 찬 모습으로 이에야스의 가신인 시바타 사콘과 마쓰히라 시게나가의 경호를 받으며 우선 오사카로 연행되었다.

오사카는 세 사람에게는 추억의 장소였다. 히데요시가 살아 있을 때, 미쓰나리나 유키나가나 둘 다 파격적인 출세를 하여 사람들이 무척 부러워했다. 그렇게 그들의 선망의 눈초리를 받으며 기분 좋게 바람을 가르며 등청했던 곳도 바로 여기 오사카였다.

이에야스는 바로 그 오사카에서 일부러 미쓰나리와 유키나가, 그리고 에케이 세 명을 끌고 다니도록 명했다. 사람들에게 왕년의 히데요시 가신들이 얼마나 처참한 꼬락서니로 변했는지를 보여주고, 아울러 히데요시의 아들 히데노리와 그의 어머니인 요도기미에게 심리적 타격을 안겨 주기 위한 목적이었다.

당일 안장 없는 말에 태워지고, 목에는 칼이 씌워졌으며, 얼굴은 가리개로 가려진 세 사람이 오랜 시간에 걸쳐 오사카 여기저기를 끌려 다녔다. 그러다가 네거리에 도착하자 행렬이 멈춰 서고, 큰소리로 그들의 죄상을 공개했다.

오사카 다음에는 사카이로 데려갔다. 사카이는 거상 고니시 일족이 동네를 관리하는 에고슈로서 세력을 떨친 거리이며, 유키나가로서는 고향이었다. 유키나가로서는 그 고향 거리에서 너무나도 참혹한 모습을 사람들에게 보여주는 것만큼 더 큰 굴욕이 없었다. 이에야스는 바로 그 점을 노렸다.

안장 없는 말에 태워진 유키나가는 오로지 그가 믿는 예수님만을 생각했다. 예수 역시 지금의 그와 마찬가지로, 아니 지금의 그보다 훨씬 더 참혹하게 예루살렘 거리를 십자가를 짊어진 채 처형장까지 끌려가야 했다.

유키나가는 두 눈을 꼭 감고 예수와 똑같은 운명을 자신도 짊어졌노라고 스스로를 위로했다. 그의 귀로는 구경꾼들이 두런거리는 소리와 놀라서 외치는 소리가 들려왔으나, 그런 소리는 더 이상 그의 정신을 어지럽히지 못했다.

(길고 긴 세월 동안……)

그는 마음속으로 예수를 향해 이야기했다.

(이 유키나가는 제 자신의 허약함으로 인해 당신에게서 떠나 있었사옵니다. 그러나 지금, 어쩐지 당신과 한 덩어리가 된 것 같은 기분이 드옵니다.)

그토록 고통스럽게 끌려 다닌 다음, 그들은 교토로 보내졌다. 처형을 받기 위해서였다. 담당 최고 관리가 그들의 신병을 인수하여 자신의 저택에다 감금했다.

기록에 의하면 10월 1일은 날씨가 아주 맑았다.

말 대신 세 대의 짐마차에 실린 세 사람은 담당관의 저택에서 나와 한 블록 떨어진 네거리를 돌아 무로마치도오리와 데라마치를 거쳐 형장인 로쿠조 강가에 닿았다. 이 코스는 로쿠조 강가에서 처형되는 자들이 반드시 통과하도록 되어 있었다.

강가에나 연도에나 이 광경을 구경하느라 군중들이 몰려나와 줄지어 서 있었다. 그들은 불과 얼마 전까지의 영주가 이제는 너무나 볼품없는 꼬락서니로 짐마차에 실려 가는 모습을 쾌감을 느끼면서 구경했다. 이와 같은 광경을 목격하면서 희열을 느끼는 것이 군중들이었다.

칼바류 신부는 당시의 모습을 상당히 자세하게 기록했다. 그에 따르면 처형장에 다가갔을 때, 군중 사이에서 한 명의 기리시탄 신자가 유키나가가 실린 짐마차에 접근하여 선교사들이 당신을 만나려고 무진 애를 썼으나 허가가 내려지지 않았음을 알려 주었다.

유키나가는 고개를 주억거리면서 자신은 스스로의 죄를 용기를 갖고 갚으려 한다고 대답했다는 것이다.

형장에 닿자 여기에도 구경꾼들이 쏟아져 나와 제방을 가득 메운 채 구경하고 있었다. 경비하는 무사들이 전면에 선 다음 짐마차로부터 내려선 유키나가와 미쓰나리, 에케이를 강가로 데려갔다. 강가에는 벌써부터 그들의 목을 칠 망나니들이 와서 기다리고 있었다.

유교우 상인上人이라 불리는 승려가 이때 동료들을 이끌고 나타나 세 사람 앞에 불경을 내밀자 미쓰나리와 에케이는 공손하게 머리를 숙였다. 그러나 유키나가는 예를 표했을 뿐 정중하게 이를 거절했다.

나란히 앉은 세 사람의 등 뒤에 각각의 망나니가 섰다. 유키나가는 몸에 늘 지니고 다녔던 그림(그것은 포르투갈의 왕이 선교사를 통하여 선물로 보내온 예수와 성모 마리아의 그림이었다.)을 머리 위로 세 번 들어 올려 가만히 바라본 다음, 목을 앞으로 내밀었다.

가을 햇살이 망나니가 내려치는 칼날에 반사되었다. 일순간에 모든 것이 끝났다.

30. 하늘 너머 또 하늘

9월 21일부터 시작된 우토성 공격은 성내의 완강한 저항으로 인해 10월에 들어가서도 끝나지 않았다.

"수공을 펴는 게 어떻겠사옵니까?"

기요마사의 참모들이 옛날 다카마쓰성을 공략하던 히데요시의 전법을 떠올려 수공 전법을 제안했다. 분명히 우토성은 수공하기에 딱 안성맞춤인 성이었다.

앞쪽에는 규슈와 본토를 가르는 아리아케 바다가 펼쳐지고 있으며, 성 주변은 갈대가 무성한 습지였다. 이것은 방어를 위해서는 유리한 조건이 되겠지만, 그러나 역으로 이 습지대에 물을 끌어대면 순식간에 저수지처럼 변한다. 그러니 성이 고립될 위험성을 지니고 있었다.

기요마사의 참모가 그런 점에 착안하는 건 당연한 일이었다.

"그야 좋은 방법인줄 나도 알지만……."

기요마사가 말꼬리를 흐렸다.

"좀 더 두고 보기로 하자!"

이렇게 말리며 참모들의 제안을 수락하지 않았다.

"왜 그렇사옵니까?"

시종 중 한 명이 불만스러운 듯 따져 물었다.

"싸움이란 되도록 백성들을 곤궁에 빠뜨리지 않기 위해 벌이는 것이다. 수공으로 성을 공격하기는 쉬운 일이다만, 그로 인해 논밭이 다 물에 잠기고 만다. 주위의 집들도 물에 잠기게 될 것이다. 어쩔 도리가 없는 상황이라면 그렇게라도 해야겠지만, 이 싸움의 승패는 이미 정해져 있다. 이기게 되어 있는 싸움에서는 가능한 한 백성들이 어려움을 당하지 않도록 해야 한다."

기요마사가 이렇게 대답했다고 한다. 이런 구석이 기요마사의 종교심이 드러나는 대목이다. 또한 그것은 구마모토 사람들이 지금도 그를 존경하는 이유의 하나이기도 하다.

기요마사는 세키가하라 전투에서 동군이 승리했다는 소식을 벌써 들었다. 규슈에서도 시마즈 병사들이 산발적으로 게릴라전을 펼치고 있기는 하지만, 대세는 기울어져 있었다. 그러므로 그 같은 상황에서 우토성이 제아무리 발버둥을 쳐도 성의 함락은 불을 보듯 뻔한 일이라고 기요마사는 생각했던 것이다.

(조급할 것 하나도 없다.)

그는 가신들에게 명하여 성을 멀찌감치 포위한 채 이따금 화살에 쪽지를 매달아 쏘아 보내도록 했다. 거기에는 세키가하라에서 고니시 부대가 패전했음을 알리고, 더 이상의 저항은 무의미하므로 성문을 열고 항복하라는 권고가 적혀 있었다.
 그러나 기대했던 것만큼 성안에서는 동요의 기색이 보이지 않았다. 뿐만 아니라 조금이라도 성 쪽으로 다가서면 이내 철포를 난사해 왔다. 때로는 야간 기습 공격을 해오기까지 했다.
 "우리의 사기는 아직도 하늘을 찌른다!"
 그것은 이 같은 선언이라도 하는 것 같았다.
 "절대로 적의 술책에 말려들지 않는다!"
 성안에서는 이것이 서로를 격려하는 구호처럼 굳어져 있었다. 기요마사 진영에서 화살에 매달아 날려 보내는 권고문을 읽어 보는 것이 동료 병사 전체를 배신하는 행위로 간주되었다. 그래서 권고문을 읽지 않고 그냥 그대로 적군에게 되쏘아 보내도록 명령이 내려져 있었다.
 "반드시 주군께서는 돌아오실 것이다!"
 이런 희망이 병사들을 결속시키는 하나의 커다란 기둥이었다. 그런지라 정탐을 맡은 병사들은 끊임없이 적 진영의 움직임을 살핌과 동시에 아리아케 바다 쪽으로도 눈길을 던지곤 했다.
 10월의 아리아케 바다는 아름답다. 붉고 노랗게 물든 단풍이 나무마다 가득 매달린 그 잎사귀 사이로 마치 바늘을 뿌려놓은 것처럼 번쩍번쩍 빛나는 바다가 드러나는 것이었다. 시마바라에서 온 배에 매달린 하얀 돛이 눈이 시리도록 새하얗게 보일 때도 있었다.
 이제 곧 저 바다 위로 유키나가 군단을 태운 여러 척의 선단이 나타나리라. 그때는 성안의 병사들과 바다의 병사들이 힘을 합쳐서 일제히 기요마사 진영을 공격하여 쑥대밭으로 만들 것이리라.

누구나가 그렇게 믿었으며, 그것이 영주를 대신하여 우토성을 책임진 고니시 하야토와 고니시 조안의 작전이라는 사실도 잘 알았다.

"내일이면 주군이 타신 배가 바다에 나타나리라."

이런 희망을 품고 바다를 바라보았다. 아침에 선단이 보이지 않으면 이렇게 말했다.

"저녁 무렵에는 필경……."

항상 일말의 기대를 갖고 바다로 시선을 던지는 것이 병사들의 버릇처럼 되었다. 성안에는 선교사 5명이 살면서 이토와 시녀들과 함께 부상병 치료에 매달렸다.

영주의 정실부인이라는 신분 따위에 이토는 전혀 개의치 않았다. 그녀는 자발적으로 약을 만들고, 부상병의 상처를 씻어 주었다. 그리고 피 묻은 헝겊을 직접 빨았고, 병사 한 명 한 명에게 따뜻한 격려의 이야기를 들려주었다.

"주군께서 돌아오시면……."

그녀는 하급 무사들까지 이렇게 도닥거렸다.

"네가 얼마나 열심히 했는지를 내 반드시 말씀드릴 테니까……."

병사들 중에는 그런 그녀에게 눈물을 보이는 자들도 있었다. 배신자가 나오지 않았던 까닭의 하나는, 이와 같은 이토의 존재가 우토성의 중심이 되어 주었기 때문이다.

"이제 슬슬……."

기요마사가 가신들에게 명했다.

"세키가하라에서 진 유키나가의 패잔병들이 우토로 돌아올 때가 되었다. 길거리 요소요소는 물론이거니와 아리아케 해변 부근도 철저하게 지키도록 하라!"

앞에서도 적었듯이 기요마사는 서군이 세키가하라에서 대패한 사실을 비교적 일찍부터 알았다. 그렇지만 고니시 유키나가나 이시다 미쓰나리가 붙잡혀서 처형당한 사실까지는 아직 전해 듣지 못했다.

부상을 입은 자는 죽을 각오로 덤벼든다. 그까짓 패잔병 따위야 하고 얕보아서는 안 된다는 사실을 전투에 이골이 난 기요마사는 누구보다 잘 알았다. 그래서 아리아케 해변에도 경비병을 배치하여 야음을 타고 상륙해 오는 자가 있으면 즉각 체포하도록 지시했다.

"인간이란 죽을 장소를 찾을 때는 반드시 고향을 떠올리기 마련이야!"

기요마사가 가신들에게 이렇게 가르쳐 주었다. 우토의 병사들은 자신들이 죽을 곳을 찾아 우토로 돌아올 것임에 분명하다. 뼈를 묻을 장소로 알지도 못하는 타향이 아니라, 조상이 묻혀 있는 곳을 택하리라. 그러니 유키나가의 패잔병들은 틀림없이 돌아올 것이다…….

기요마사의 예측은 들어맞았다.

10월 19일 밤, 아리아케 바다를 노 젓는 소리를 죽여 가며 한 척의 조각배가 시마바라 방향으로부터 조심조심 우토의 해안으로 접근해 왔다.

소나무 숲에 몸을 숨긴 기요마사의 경비병들은 그들이 해변에 올라올 때까지 가만히 숨을 죽이고 기다렸다. 이윽고 조각배에서 세 명의 사내가 바다로 뛰어내려 조용히 헤엄치기 시작했다. 그들이 해변으로 올라서자 사방에서 병사들이 몰려나와 지시받은 대로 이들을 생포했다.

"어서들 오시게나!"

기요마사는 그들을 죽이기는커녕 따뜻한 국과 먹을 것을 주면서 물었다.

"세키가하라의 전투도 끝장이 났으니 너희들도 이제는 적이 아니다. 안심해도 좋다. 유키나가는 멋지게 자결했는가?"

세 명의 사내는 먹을거리를 앞에 두고 일제히 고개를 저었다.

"뭐라고? 자결하지 않았단 말인가?"

"붙잡혀서 교토의 로쿠조 강가에서 이시다 님, 안코쿠지 님과 더불어 처형되셨다고 들었사옵니다……. 저희들 주군께서는 기리시탄이시기에 자결을 할 수 없사옵니다."

그 중 한 명이 애석하다는 표정으로 답했다. 그들은 고생고생하며 간신히 오사카로 도망쳐, 거기서 배를 훔쳐 규슈까지 왔노라고 털어놓았다. 도중에 얼마나 고생했는지는 뺨과 턱을 온통 뒤덮은 무성하게 자란 수염이 대신 말해 주었다.

"그랬군, 유키나가는 목이 잘렸단 말이지……?"

기요마사가 무심결에 외쳤다. 상상은 했던 일이지만, 확실하게 그런 사실을 알게 되자 그의 가슴에는 무어라 형언하기 어려운 복잡한 감정이 들끓었다. 그것을 꾹 눌러 참았다.

"그랬구나. 하지만 우토성의 병사들은 그런 사실도 모르고, 또 알려고 애를 쓰지도 않아. 오로지 주인이 돌아오기만을 기다리면서 저토록 가련하게 고통을 견디고 있어. 너희들은 성으로 가서 모든 이야기를 자세하게 전해 주도록 해라. 그리고 이런 싸움을 계속하는 것은 너무나 어리석은 짓이라고 설득하는 게 어떻겠느냐."

세 명의 사내는 고개를 푹 숙인 채 잠자코 있었다. 그들은 내심 포로가 된 자신들이 동료들 앞에 나서는 게 부끄러워 망설이는 눈치였다.

"이 기요마사의 이름을 걸고 약속을 지키도록 하마. 고니시 하야토 한 명만 자결한다면, 다른 병사들은 죄다 살려주겠다. 나를 따르기를 바라는 자가 있다면 내가 모두 거둬들이겠다. 내 이야기를 성에 가서 전해다오."

오랜 침묵이 흐른 끝에 겨우 그 중의 한 명이 얼굴을 들었다.

"잘 알겠사옵니다."

들릴 듯 말듯 낮은 목소리였다.

"그래, 그렇게 해주겠는가?"

기요마사는 이 사내에게 따뜻한 죽을 먹으라고 권했으나, 그는 고개를 흔들었다.

"성에서는 이와 같은 음식을 먹어본지 오래라 여겨지옵니다. 우리들만 배를 채우기에는 도저히 양심이 허락하지 않사옵니다."

그렇게 거절하며 그냥 그대로 성으로 들어가기를 희망했다.

10월 19일의 일이었다.

"마님!"

시녀가 부르는 소리에 잠에서 깨어난 이토가 몸을 일으켰다. 그녀는 하루 종일 노동에 지친 탓에 자신도 모르게 잠깐 잠에 빠져버렸다.

"영주 대리님께서 긴급히 뵙고 싶다는 전갈이……."

"하야토 님이……?"

이토는 순간적으로 무슨 일이 생겼음을 직감했다. 이미 한밤중이었다. 그런데도 불구하고 여성들이 생활하는 이곳까지 하야토가 찾아올 리가 없다.

"알았어요."

재빨리 화장을 고치고 하야토가 기다리는 방으로 시녀와 함께 들어섰다. 하야토가 홀로 촛대 곁에 멍하니 앉아 있었다. 촛불에 비친 모습은 지금까지의 용맹스럽던 그와는 완전히 딴판이었다. 대단히 외롭고, 대단히 지친 사람처럼 비쳤다.

하야토는 이토의 얼굴을 보자 입언저리에 미소를 머금었다. 그러나 그 미소를 보는 것만으로도 그녀는 하야토가 무엇을 알리러 왔는지 금방 알아차렸다.

"주군의 일로……."

그녀는 앉자마자 두 눈을 크게 뜨면서 물었다. 하야토가 고개를 숙였다.

"교토의 로쿠조 강가에서…… 이시다 님과 안코쿠지 님이 함께…… 귀천하셨사옵니다."

"누가 그런 소식을 알려왔나요?"

"하급 무사 반장인 오카베 세이자에몬이옵니다. 간신히 목숨을 부지하여, 마침내 우토 땅을 밟았으나 이내 기요마사의 병사들에게 붙잡혔다가 기요마사의 지시를 받아 성으로 사태의 전말을 전하기 위해 왔사옵니다."

"그게…… 기요마사의 음모가 아닙니까?"

"세이자에몬은 거짓말을 할 사내가 아니옵니다."

이토가 두 손을 무릎 위에 올린 채 비로소 깊은 한숨을 내쉬었다.

남편이 죽었다. 각오해 온 일이지만 아직 실감이 나지 않는다. 꿈을 꾸는 듯한 기분이다. 하지만 날이 가면 갈수록 깊은 고통이 생겨나리라는 사실을 이토는 알고 있었다.

"그래서…… 성은……"

"이렇게 된 다음에야 무턱대고 싸움을 계속해 봐야 병사들의 목숨만 잃게 되리라는 게 제 판단입니다. 기요마사도 병사들 모두의 목숨은 살려주겠노라고 약속했다고 합니다. 오직 저 혼자만……."

하야토는 이 대목에서 흡사 남의 이야기라도 하는 사람처럼 쓴웃음을 지었다.

"그렇게라도 해야지요. 한 걸음 먼저 주군 곁으로 따라갈까 하여 허락해 주시기 바랍니다……."

"……."

"형수님은 절대로 자결을 하셔서는 안 됩니다. 주군께서 로쿠조 강가에서 목이 잘리는 고통을 참아내신 것은 무엇보다 자결을 금하는 기리시탄의 가르침을 지키시기 위한 것이었다는 게 어리석은 제 믿음입니다."

거기까지 이야기하자 하야토는 끓어오르는 감정을 억누르지 못했다. 하야토는 뒷말을 잇지 못한 채 한동안 침묵을 지켰다.

"저도…… 잘…… 압니다."

고개를 끄덕이며 이렇게 대답하는 이토의 눈에 눈물이 맺혔다.

"다행히 성안에는 신부님들이 계십니다. 신부님들은 만약 기요마사가 허락해 준다면 형수님을 나가사키까지 모시고 가겠노라고 말씀하십니다. 조카들을 데리고 신부님과 함께 성을 떠나도록 하십시오."

"나가사키로?"

"그렇습니다."

유키나가가 없는 인생을 살아서 무엇을 하겠는가? 그것이 이토의 진심이었다. 하지만 외동딸과 외동아들을 가진 어머니의 의무가 그녀에게는 아직 남아 있었다.

"내일은 몹시 바쁠 것입니다. 성을 내주기 전에 티끌 하나 없이 성안을 깨끗하게 청소하여 '떠나는 새는 둥지를 더럽히지 않는다'는 격언을 기요마사 패거리들에게 똑똑히 보여주어야 하고……. 그리고 잔치를 열어 병사들의 그동안의 고생을 위로해 주어야 하고……. 아무튼 정신없는 하루가 될 것입니다……."

그는 이렇게 말하면서 편안한 표정으로 웃었다.

하야토가 돌아간 다음 이토는 다시 침상에 들었으나 더 이상 잠이 오지 않았다. 어둠 속에서 그녀는 남편의 하얗고 둥근 얼굴을 물끄러미 응시하고 있었다.

그 사람의 삶, 그것은 평범한 무장, 평범한 사내들과 달랐다. 히데요시라고 하는 포악한 주인을 섬기면서 겉으로는 복종하는 것처럼 꾸몄지만, 어디까지나 자아를 관철시키고자 애쓴 사람이었다. 남들은 그것을 두고 비겁자라느니, 딴 마음을 품은 사내라느니 하면서

30. 하늘 너머 또 하늘 · 263

손가락질 할지 모른다. 하지만 남편의 복잡한 심리를 이해할 수 있는 사람은 오직 나 혼자뿐이었으리라.

그 사람의 삶, 그것은 다카야마 우콘 님처럼 오직 한 방향으로만 치달은 삶이 아니었다. 외곬의 삶이었더라면 누구라도 멋있게 보였을 것이며, 성실하게 여겨지고, 지조 있는 인간으로 비쳤으리라. 그렇지만 남편의 삶은 그처럼 단순하지가 않았다. 단순하기 않았기에 내 마음이 이끌렸다고 할 수 있을지도 모른다.

(그리고 당신은 졌습니다.)

어둠을 향해 이토는 이렇게 절규하고 싶었다.

(도쿠가와 이에야스의 세상이 되면 당신의 무훈, 당신의 삶을 이야기해 줄 사람은 한 명도 없을 것입니다. 당신은 나쁜 사람으로 욕을 먹고, 배신자라고 손가락질을 당하며, 겁쟁이나 음흉한 사람으로 불리게 되겠지요. 하지만 이 이토만은 잘 안답니다. 당신이 조선에서 무익한 전쟁을 그만두게 하려고 얼마나 속을 태우셨는지를…….)

이토의 눈에서 쉼 없이 눈물이 흘러내려 뺨을 타고 베개를 적셨다.

(저는 살아남겠습니다. 살아남아서 당신의 마음을 아이들에게 전하고, 저는 귀신이 되어 당신의 숙적인 기요마사를 처단하겠습니다. 저에게는 힘이 없지만, 여자의 지혜가 있답니다. 다이코에게 독을 마시게 했듯이 기요마사에게도 언젠가는 원수를 갚은 뒤 당신을 뵙기로 하겠습니다.)

이윽고 성의 조그만 창이 밝아오며 참새들이 지저귀는 소리가 아침이 왔음을 알려 주었다.

성 바깥에서는 마른 침을 삼키며 성으로부터의 회답을 기다리고 있었다. 기요마사는 화전和戰 양면의 태도를 취하면서 성의 움직임을 주시했다. 아침 햇살이 눈부시게 퍼지기 시작할 무렵, 지금까지 굳게 닫혀 있던 천수각의 창 하나가 열리더니 한 명의 사무라이가 서신이 매달린 화살을 기요마사 진영을 향해 쏘았다.

그것은 성안의 병사들을 살려 주는 조건으로 고니시 하야토가 자결하겠다는, 그러니까 기요마사의 제안을 수락하는 회신이었다.

그 사실을 안 기요마사 진영에서는 승리의 기쁨에 일제히 환성이 올랐다.

"오늘 하루는 조용히 지내도록 하라!"

기요마사가 소란을 피우는 가신들을 나무랐다.

"성안에 있는 병사들의 마음을 헤아려 보아라!"

성에서는 하야토의 지시로 티끌 하나 없을 만큼 철저한 청소가 행해졌고, 다섯 명의 선교사들이 미사를 올렸다. 그것은 죽은 병사들과 더불어 유키나가의 죽음을 애도하기 위해서였다. 그런데 기리시탄이 아닌 병사들까지 참석하여 미사가 진행되는 동안 여기저기서 훌쩍이는 소리가 들려왔다. 그렇지만 이토만은 묵주를 손에 꼭 쥐고 필사적으로 슬픔을 억눌렀다.

미사가 끝나자 성의 뜰에서 주연이 베풀어졌다. 주연을 마치자 하야토가 웃음을 머금고 새삼스럽게 이토에게 작별 인사를 한 뒤 돌아섰다.

"자, 여러분! 잘 들으라."

늘어선 병사들을 향해 하야토가 말문을 열었다.

"나는 한 걸음 먼저 주군이 계신 곳으로 가지만, 너희들은 반드시 목숨을 소중하게 여겨야 한다. 전쟁은 끝났다. 더 이상 쓸데없이 피를 흘리는 것은 돌아가신 주군의 뜻에 반하는 일이다. 또한 구마모토 측으로 가서 새 주군을 섬기는 경우에도 절대 부끄러워해서는 안 된다."

하야토가 옷매무새를 고친 뒤 몇몇 부하를 데리고 성을 나섰다.

성문 앞에는 기요마사의 가신인 이이다 가쿠베에와 시모카와 마타사에몬이 수행원을 거느리고 서 있었다.

"마중 나오느라 고생이 많았소!"

하야토가 고개를 숙인 뒤 가마에 올랐다. 가마는 가쿠베에와 마타사에몬의 호위를 받으며 구마모토로 향하는 가도로 나아갔다.

사흘 후 하야토는 마타사에몬의 저택에서 침착하게 할복 자결했다.

이날 이토 역시 선교사들과 함께 성을 나섰다. 기요마사의 병사들이 줄을 지어 그녀와 아이들을 태운 가마가 우토의 항구에 닿을 때까지 경의를 표하며 전송했다.

이토와 선교사를 태운 배는 시마바라 반도로 향했다. 시마바라 반도에서 그들은 다시 배를 갈아타고 나가사키로 떠났다.

이토 일행이 떠나자 기요마사는 시종들을 데리고 온통 탄흔 투성이로 변한 텅 빈 우토성을 돌아보았다.

그날은 아침까지 계속 비가 내렸다. 그러나 기요마사가 성으로 들어갈 무렵에는 하늘이 개이고, 상쾌한 햇살이 성의 풀밭 위로 가득 퍼졌다. 싸리나무 아래에서 풀벌레가 울었고, 빨간 고추잠자리가 무리를 지어 기요마사 주변을 빙빙 날아다녔다.

너무나 고요하여 불과 얼마 전까지 여기서 격렬한 총성이 울려 퍼지고, 처절한 전투가 끊임없이 벌어졌다는 사실이 꿈만 같았다.

"잠시 홀로 있고 싶다."

기요마사가 시종들을 물리치고 혼자서 성을 물끄러미 응시했다.

그는 유키나가와 자신의 기나긴 애증의 인생을 돌이켜보았다.

청년 시절부터 그는 그 사내가 싫었다. 그 사내가 세상을 살아가는 방식도 싫었다. 그러나 그렇게 싫은 사내와 더불어 똑같은 주인을 섬기지 않을 수 없었던지라 오늘까지 이러지도 저러지도 못하고 살아온 셈이었다.

그리고 지금, 결말이 지어졌다. 그 사내는 이미 이 세상에 없다. 그 사내가 살던 성은 여기저기 탄흔만 잔뜩 남았고, 성벽도 무너져 지난날의 모습을 찾을 길이 없다. 머지않아 이 성은 흔적도 없이 파괴되고 말리라. 그리고 그 성터에서 벌레가 울고 고추잠자리가 날아다니리라.

기요마사는 어찌 된 영문인지 오랜 세월의 숙적을 쓰러뜨렸다는 희열을 전혀 느끼지 못하는 자기 자신을 발견했다. 도리어 그 숙적을 동정하는 기분마저 가슴 속에 퍼졌다. 그는 싸리나무 옆에서 쪼그리고 앉은 채 한참 동안 풀벌레 소리에 귀를 기울였다.

(다이코 전하도 계시지 않는다. 이시다 사키치도 죽었다. 그리고 고니시 야쿠로도 이 세상 사람이 아니다.)

기요마사가 모든 것이 허무하고, 모든 것이 덧없음을 이때만큼 뼈저리게 느낀 적은 없었다.

'모든 것이 헛되도다' 라는 경문의 한 구절이 그의 마음속에 뚜렷이 되살아났다. 그렇지만 그는 바로 그 '헛되다'라고 하는 똑같은 기분으로 고니시 유키나가가 로쿠조 강가에서 죽어 갔다는 사실은 몰랐다.

"이 성에서……."

기요마사가 이날 시종에게 명을 내렸다.

"성루 하나를 구마모토로 옮겨서 우토 성루라고 명명하라!"

오늘날 구마모토 성안에 남아 있는 우토 성루는 기요마사의 명령으로 우토성에서 가져간 것이다. 기요마사가 숙적이었던 유키나가가 남긴 자취로서 보존하게 했던 것이다.

이토가 새로운 생활을 보내게 된 수도원은 나가사키의 곶岬으로 불리는 한 모퉁이에 있으며, 바다가 보였다. 이 곳은 예전에 히데요시가 여기서 26명의 기리시탄 신자와 선교사를 처형한 것으로 유명하다. 하지만 그 후 히데요시가 남만 무역에서 이익을 챙기기 위해 자신이 내렸던 금교령을 대폭 완화하자 이 '성지'에 다시금 수도원이 세워졌다. 이토는 여기서 앞으로의 인생을 보내게 되었다.

얼마지 않아 이 수도원에 쓰시마의 소 요시토모에게 시집갔던 이토의 딸이 이혼을 당하여 잔뜩 풀이 죽은 모습으로 찾아왔다. 장인인 유키나가가 처형을 당하자 요시토모는 이에야스의 분노를 두려워하여 그녀와 헤어질 결심을 했던 것이다.

조선에서의 전투에서는 친아들 이상으로 유키나가를 따르며 함께 싸우고, 함께 화의 교섭을 벌이던 요시토모였다. 그러나 전국 시대 영주들의 상식은 달랐다. 젊은 아내에 대한 애정 이상으로 지키지 않으면 안 될 가문과 가신이 있었다. 자신의 가문을 위하여 요시토모는 아내를 나가사키에 있는 장모에게로 돌려보내지 않을 수 없었다.

"그랬구나……."

이토는 딸로부터 전후 사정을 듣자 체념한 듯이 고개를 끄덕였다. 이것이 어쩔 수 없는 인심이라는 것이며, 시대의 흐름이라는 사실을 그녀도 모를 리 없었다.

어머니와 딸은 서로 의지하는 두 마리의 작은 새처럼 바다가 보이는 수도원에서 쓸쓸하게 하루하루를 보냈다. 수도사들은 남자들이므로 두 사람은 수도원에서 떨어진 집에서 다른 여성들과 함께 생활했다. 기도와 밭일 외에 수도사들의 옷가지와 미사복을 짓거나, 요리하는 것도 이토는 마다하지 않았다. 이제 더 이상 이 수도원에서는 신분의 고하가 없다며 그녀 스스로 다짐했고, 딸에게도 그렇게 충고했다.

수도원으로 온지 반년 가량 지났을 무렵, 교토에서 한 명의 사내가 찾아왔다. 그는 자신이 교토에 있는 칼바류 신부로부터 소중한 물건을 부탁받아 가져왔노라고 말했다.

그 소중한 물건이란 유키나가가 죽음 직전 이토와 자녀들에게 쓴 유서였다. 그 유서는 그가 처형당한 날 입었던 흰옷 안쪽에 몰래 기워 놓았던 것이다.

이토는 떨리는 손으로 기름종이에 싸인 그 유서를 꺼냈다. 결코 잊을 수 없는 남편의 필적이었다. 머나먼 전쟁터에서 몇 번이고 보내왔던 편지에 적혀 있던 바로 그 필적이 틀림없었다.

"이번에 예상치 못한 결말을 당하기에 이르러 마음속에 할 말이

많다오. 눈물로서 한 줄 쓰게 되었소. 마침내 내가 받아야 할 죄과를 치러야 하니 고통스럽건만, 이 불운은 내 죄업이 가져온 바라 여기오. 그래도 이 또한 하느님이 우리 아니마에게 주는 시련이라 여기면 고맙기 이를 데 없으리오. 마음을 바쳐서 하느님을 믿는 것이 무엇보다 중요하리오. 이 세상에서는 만사가 너무나 돌변하여 멈추는 것은 하나도 없음을 알아야 하오."

이 세상에서는 만사가 너무나 돌변하여 멈추는 것은 하나도 없다.

이 마지막 구절을 이토는 뚫어져라 바라보면서 거기에 남편의 50년 인생이 마침내 도달한 결론을 읽어 냈다. 오다 노부나가의 영달과 분사憤死를 본 남편, 도요토미 히데요시의 영달과 죽음을 본 남편, 그리고 자기 자신의 영광과 좌절을 깨달은 남편, 그런 남편이었던지라 '만사가 너무나 돌변하여' 라고 가슴 밑바닥에서 치밀어 오르는 감회를 가질 수 있었으리라.

(이에야스나 기요마사라고 해서 무엇이 다르겠사옵니까……?)

이토가 마음속으로 중얼거렸다.

(하지만 저는 기요마사를 이대로 살려둘 수 없사옵니다. 그의 죽음을 하루라도 앞당길까 하옵니다.)

남편이 그녀의 이 결심에 기뻐해 줄 것인지, 고개를 저을 것인지 몰랐다. 그러나 그녀는 남편이 세키가하라로 출전한 날로부터 그 같은 결심을 남몰래 가슴속에 품어 온 것 같은 기분이 들었다.

1606년, 즉 유키나가가 로쿠조 강가에서 처형된 지 6년이 지난 5월, 가토 기요마사는 도요토미 히데노리가 있는 오사카에서 배를 타고 히고로 향했다. 그 배 안에서 갑자기 열이 나기 시작하더니 먹은 것을 토해 내고, 구마모토에 도착했을 때는 이미 중태였다. 기요마사는 그로부터 한 달 뒤인 6월 24일에 숨을 거두었다. 향년 50세였다. 유키나가와 똑같은 나이에 죽었던 것이다. 사람들은 그가 독을 마셨다고 소곤거렸다. 그러나 그 하수인이 누구인지는 끝내 알려지지 않았다…….